W0048508

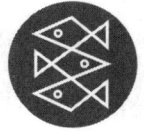

Nach seinem fulminanten Debüt »Leben ist nicht schwer« ist dem jungen Baptiste Beaulieu etwas ganz Besonderes gelungen: Auf dem Beifahrersitz der schrulligsten und außergewöhnlichsten Taxifahrerin der Literatur entdecken wir die irrsinnig schönen Seiten des Lebens neu. Beaulieu erinnert uns daran, was für ein unfassbares Glück es ist, am Leben zu sein, und dass es sich immer dafür zu kämpfen lohnt. Als der Chirurg in Sarahs Taxi steigt, prallen zwei Welten aufeinander: Verzagtheit, Depression und Mutlosigkeit gegen einen unbeirrbaren Lebensoptimismus, der bis zur letzten Seite anhält. Die Tollheit, Ausgelassenheit und französische Leichtigkeit machen diesen Roman zu einer Hommage auf das Glücklichsein, einer Kampfansage gegen den Trübsinn oder, um es mit Sarahs Worten zu sagen: »Das Leben fällt einem nur einmal in den Schoß! Das kann niemals einmal zu viel sein!«

*Baptiste Beaulieus* Erfolgsgeschichte als Autor beginnt mit einem preisgekrönten Blog, in dem er von seinem Alltag in der Notaufnahme berichtet. Sein fulminantes Romandebüt »Leben ist nicht schwer« war ein internationaler Bestseller. Wenn er nicht schreibt, arbeitet er in einer Praxis in Toulouse.

*Marlene Frucht*, geboren 1980, übersetzt seit 2008 aus dem Französischen und Englischen. 2009 erhielt sie das Bode-Stipendium des Deutschen Übersetzerfonds. Zu ihren Autoren gehören Assia Djebar, Leila Marouane, Baptiste Beaulieu und Eric-Emmanuel Schmitt.

*Weitere Informationen finden Sie auf www.fischerverlage.de*

Baptiste Beaulieu

# Die Taxifahrerin,
# die das Glück brachte

## Roman

Aus dem Französischen von
Marlene Frucht

FISCHER Taschenbuch

Erschienen bei FISCHER Taschenbuch
Frankfurt am Main, November 2017

Die Originalausgabe erschien 2015 unter dem Titel
›Alors vous ne serez plus jamais triste‹
bei Les éditions fayard, Paris
© Librairie Arthéme Fayard, 2013

Für die deutschsprachige Ausgabe:
© 2017 S. Fischer Verlag GmbH,
Hedderichstr. 114, D-60596 Frankfurt am Main

Satz: Pinkuin Satz und Datentechnik, Berlin
Druck und Bindung: CPI books GmbH, Leck
Printed in Germany
ISBN 978-3-596-03642-4

Als Ödipus ein alter Mann war und ohne Krone
auf Griechenlands Straßen lebte, soll er,
der Vatermörder, der sich des Inzests schuldig gemacht
hatte, folgende Worte gesprochen haben:
»Allen Prüfungen zum Trotz – mein vorgerücktes Alter
und die Größe meiner Seele sagen mir,
dass alles gut ist.«

*Ödipus auf Kolonos*, SOPHOKLES


»… weil die zu hundert Jahren Einsamkeit verurteilten
Sippen keine zweite Chance auf Erden bekamen.«

*Hundert Jahre Einsamkeit*
GABRIEL GARCÍA MÁRQUEZ

# Vorbemerkung

Die Seiten des Buches, das Sie in den Händen halten, sind in umgekehrter Reihenfolge nummeriert.

Dies ist kein Fehler des Herausgebers, sondern der Wille des Autors.

Die Geschichte, die Sie lesen werden, erzählt von den letzten sieben Tagen eines Lebens.

Es ist die Geschichte eines Countdowns.

*Wenn ich Ihnen nun die wundersame Geschichte von dem Arzt erzähle, der sterben wollte, muss ich daran denken, dass er viele Jahre zuvor Madame Barke behandelt hatte. Madame Barkes Bauch war sehr dick, so dick wie eine Wassermelone. Die Belegschaft des Krankenhauses hatte ihren Bauch bereits unzählige Male punktiert, aber stets erschien sie kurz darauf erneut in demselben Zustand. Also wurde wieder punktiert, und jedes Mal ließen sich dabei fast drei Liter Wasser ableiten. Es war das reinste Fass der Danaiden, und das Team gab sein Bestes, es leerzuschöpfen. Madame Barke war bereits Stammgast auf der Station. Als sie dort den jungen Arzt in seiner adretten Studentenkleidung zum ersten Mal erblickte, wollte sie nicht, dass er die Punktion bei ihr vornahm.*

*»Ich bin da einfach eine richtige Zimperliese: Erstens habe ich Angst vor Spritzen, und zweitens vor Studenten, die damit hantieren.«*

*Also ging der junge Arzt, der gerade sein erstes Praktikum absolvierte, rückwärts wieder aus dem Raum. Aber immer wenn eine Stunde vergangen war, kam er zurück, lächelte, verweilte ein paar Minuten bei ihr und ging dann, genauso wie er gekommen war, sanft und schweigend aus dem Zimmer. Als die Patientin endlich zuließ, dass er sie behandelte, ging er dabei so täppisch zu Werke und war gleichzeitig so spürbar darum be-*

müht, ihr auf gar keinen Fall weh zu tun, dass sie im Anschluss an diesen ersten Versuch niemand anderen mehr wollte als ihn. So suchte er sie zwei oder drei Mal pro Woche in ihrem Zimmer auf, um sie zu punktieren. Wen wundert's, dass sie Freunde wurden. Eines Tages jedoch musste er ihr bedauerlicherweise mitteilen:

»Madame Barke, mein Praktikum ist fast zu Ende. Bald wird sich ein anderer junger Arzt um sie kümmern. Es tut mir leid.«

Sie wirkte untröstlich, und er beeilte sich, sie allein zu lassen.

Natürlich rief der junge Arzt hin und wieder an, um sich nach ihr zu erkundigen. Meist hatte er dann einen seiner Nachfolger am Apparat:

»Sie will nur mich und niemanden sonst!«, berichteten ihm diese dann.

Zwar freute er sich für die Patientin, doch er konnte sich des merkwürdigen Gefühls nicht erwehren, dass ihm ein langes Paar Hörner auf der Stirn gewachsen war; er fühlte sich betrogen.

Du Idiot!, dachte er. Früher wollte sie schließlich immer nur dich …

Ein Jahr später arbeitete er wieder in demselben Krankenhaus und schaute auf einen Sprung auf seiner alten Station vorbei:

»Ist Madame Barke da?«

»Sie kommt am Donnerstag zum Punktieren. Willst du das übernehmen?«

»Und ob!«

Zwei Tage später stand er morgens auf, rasierte sich sorgfältig, brachte seine blonden Haare in Ordnung und zog einen sauberen Kittel an.

*Als er das Zimmer betrat, dachte er, dass sie sich nicht verändert habe, dass ihr Gesicht immer noch genauso schön sei, dass er sich glücklich schätzen könne, mit dieser Frau zusammenzusein und sie von neuem behandeln zu dürfen.*

*In der Tat, das war es, was er dachte: Er dachte, dass er glücklich war.*

*Sie lächelten einander an:*

*»Wie früher?«, fragte die Patientin.*

*»Wie früher«, erwiderte der junge Mann.*

Seitdem waren viele Jahre vergangen. Der Arzt war mittlerweile Anfang vierzig, trug sein halblanges Haar brav hinter die Ohren gestrichen, seine Wangen waren rosig. Dazu eine rote Kerbe als Mund und eine so kummervolle Miene, dass sein Gesicht ganz fahl und verwaschen aussah.

Bei der Arbeit trug er immer die gleiche dunkle Hose und immer das gleiche, untadelig gebügelte, helle Hemd. Sich anders zu kleiden war für ihn unvorstellbar: Seit dem Tod seiner Frau war er ein Mann in schwarz-weiß.

An dem Morgen, an dem diese Geschichte begann, hatten die Götter des Nordens die Stadt mit Schnee überpudert, die Sonne strahlte, ein Vogel piepste fröhlich auf dem Zweig eines Feigenbaums, und das Leben des Arztes hatte eine entscheidende Wendung genommen: Er hatte beschlossen, sich noch am selben Abend umzubringen.

# Sieben Tage vor der Beerdigung

## Eine Begegnung unterm Feigenbaum

Es war noch früh, als er aus dem Haus trat und unter dem Feigenbaum ein nigelnagelneues Taxi stehen sah. Normalerweise musste er lange gehen, bis er eines fand, und ausgerechnet an jenem Tag hatte er die schlechte Idee gehabt, in ein Paar schlichte Wildleder-Mokassins zu schlüpfen, die bereits feuchte Ränder bekommen hatten. Als er im Pulverschnee Fußabdrücke erblickte, platzierte er seine Schritte genau dort hinein, um auf diese Weise zu dem Wagen zu gelangen.

Da wurde er von dem Nachbarn, der unter ihm wohnte, überholt, einem stämmigen, kurzbeinigen Mann, der zielstrebig auf das Fahrzeug zuwatschelte.

*Mist*, dachte der Arzt, *wenn ich jetzt noch bis zur Hauptstraße vorlaufen muss, kann ich meine Schuhe anschließend wegschmeißen.*

Er sorgte sich sehr um seine Schuhe – auch ein Mittel, um nicht zu häufig an den Tod zu denken.

Der Nachbar wechselte ein paar Worte mit dem Fahrer, dann aber stieß er einen Schwall Flüche aus und setzte seinen Weg zu Fuß fort.

Da schob sich aus dem vorderen Fenster des Taxis erst eine faltige Hand und dann eine blaue Armbanduhr heraus, dann wurde elegant auf das Ende einer langen

Zigarette getippt. Auf Höhe des Fahrersitzes angelangt, erblickte der Arzt eine alte Dame hinterm Steuer, die in einer Handtasche kramte, in der ein unbeschreibliches Durcheinander herrschte. Plötzlich stieß sie einen entzückten Schrei aus und fischte mit der Geschicklichkeit einer Magierin zwei weiße Tabletten heraus, die sie sogleich hinunterschluckte.

»Sind Sie frei?«, fragte er, nachdem er einmal leise gehüstelt hatte, um auf sich aufmerksam zu machen.

Die Alte wandte den Kopf und blickte ihn an, ohne etwas zu sagen oder auch nur zu zwinkern. Ihr knochiger Körper steckte in einem eleganten und zugleich hochgradig albernen Abendkleid.

»Was ist, sind Sie frei?«, wiederholte der Arzt und schob so etwas wie ein Lächeln über die graue Maske, die ihm seit Monaten als Gesicht diente.

Die Oma im Abendkleid deutete auf die Rückbank, und ihm fiel auf, dass sie am rechten Handgelenk ebenfalls eine Uhr trug, und zwar eine gelbe.

»Los, mein Kleiner, steigen Sie ein.«

## Die alte Magierin

Sobald er im Fahrzeug Platz genommen hatte, kitzelten ihn gleich mehrere Gerüche in der Nase: Leder, Tabak und ein betörendes Parfüm. Instinktiv suchte er darin nach dem Geruch seiner Frau. Um höflich zu sein, fragte er die Fahrerin, ob sie ein französisches Parfüm trage.

Die Alte zuckte mit den Schultern. Im Rückspiegel sah er, wie in ihren Augenwinkeln durch ein breites, offenes Lächeln unzählige Falten entstanden.

»Ja, es ist französisch«, bestätigte sie. »Meine allerletzte Entdeckung. Ich bin niemand, der sich von seinen Gelüsten beherrschen lässt, also sehe ich zu, dass ich sie schleunigst loswerde.«

Verlegenes Schweigen. Der Arzt hatte gerade den Mund aufgemacht, um ihr sein Ziel zu nennen, als die Alte ihm zuvorkam: Sie würde nicht losfahren, bevor er sich nicht angeschnallt hätte.

»Stellen Sie sich vor, wir hätten einen Unfall ...« Sie schlug einmal heftig mit der Faust auf das Armaturenbrett. »Heiliger Christophorus! In meinem Taxi wird nicht gestorben, mein Herr.«

Folgsam griff der Mann nach dem Gurt und steckte ihn in das Gurtschloss. Sie nickte und strich sich flüchtig über eine Narbe an der Stirn, die wie eine Acht geformt war.

Dann blieb ihr Blick eine Sekunde lang an den Händen ihres Fahrgastes hängen.

»Sind Sie Pianist, mein Kleiner?«

Der Mann warf einen ungeduldigen Blick auf seine Uhr: Er wollte sterben, er würde sterben, also hatte er keine Zeit mehr zu verlieren.

»Ich bin Chirurg. Fahren Sie mich bitte zum Klinikum West«, wiederholte er und gab sich keine Mühe, seine Gereiztheit zu verhehlen.

»Und wenn ich keine Lust dazu habe?«

»Wie bitte?«

»Ich sage, dass ich Sie nicht dorthin bringe, mein Kleiner. Ich habe nämlich keine Lust dazu. Dafür kenne ich aber ein Bistro, in dem der Kaffee zwar nach Abwaschwasser schmeckt, die Beignets aber dafür so gut sind, dass sie den Teufel persönlich in Versuchung führen könnten.«

Ihre Stimme klang heiser, und der Arzt zögerte kurz: Gehen oder bleiben? Die Vernunft gewann die Oberhand: Kam nicht in Frage, dass er seine Mokassins ruinierte. Er klopfte auf sein Handgelenk:

»Die Zeit vergeht, Madame. Sind Sie Taxifahrerin? Dann fahren Sie bitte los!«

»Blablabla«, äffte sie ihn nach, ließ ihre Uhren einmal aufblitzen, drückte ihre Zigarette brutal im Aschenbecher aus (oder hatte sie gerade eine Schlange darin zerquetscht?) und nahm sich eine neue. »Sie wären nicht der erste Arzt, der seine Patienten warten lässt!« Sie machte eine Bewegung, als würde sie im Fahrzeuginneren irgendetwas von rechts nach links befördern. »Die Hoffnung auf Leben, die einem die Ärzte auf der einen Seite geben, nagen sie einem auf der anderen Seite in ihren Wartezimmern wieder ab. Haben Sie Termine?«

»Nein, aber ich muss Papiere sortieren«, sagte er, ohne nachzudenken, und gleichzeitig wurde ihm bewusst, wie irrational es war, dass er am letzten Tag seines Lebens vorhatte, sich in ein Büro einzuschließen. »Davon abgesehen, geht Sie das überhaupt nichts an.«

»Papierkram? Weiter nichts? Dann ist es ja nicht eilig. Dann also grässlicher Kaffee und diabolische Beignets!«

Wieder stieg dem Arzt ein Schwall Parfüm in die Nase, er dachte an seine Frau, und trotz der Winterkälte brach ihm der Schweiß aus. Seine Frau hatte immer behauptet, er würde über eine Engelsgeduld verfügen.

»Nennen Sie mir nur einen guten Grund, weshalb ich mit Ihnen mitgehen sollte, Madame.«

»Nichts leichter als das: Tante Maria.«

»Tante Maria?«, wiederholte er stirnrunzelnd.

»Sie war zwar klein, aber: oho! Sie war die Vierte einer großen Geschwisterschar und hatte eine …«

Ärgerlich legte er seine Finger auf den Türgriff: Die Alte war gewarnt.

»Tante Maria hatte eine Gabe«, beeilte sie sich zu sagen. »Und als sie spürte, dass ihre letzte Stunde nahte, hat sie sie mir übertragen.« Die Züge der Alten veränderten sich, und ihr Gesichtsausdruck wurde ernsthafter, überzeugender. »Sie brauchte einem Menschen nur in die Augen zu schauen, um Stunde und Datum seines Todes zu erraten.«

Schon sah er, wie sie sich zu ihm herüberbeugte und

mit bebenden Nasenflügeln schnuppernd die Luft einsog.

»Auch wenn es bewundernswert ist, wie redlich Sie
sich darum bemühen, es zu verbergen: Sie riechen nach
Sarg, Teddybär.«

## Das verwüstete Land

Dem Arzt verschlug es die Sprache, und gleich darauf spürte er, wie ihm die Luft wegblieb. Er lockerte seinen Krawattenknoten, öffnete den Gurt und stürzte nach draußen. Da verließen ihn seine Kräfte völlig, und er sank hinab auf den Bürgersteig, so dass zu beiden Seiten seines Hinterns eine kleine Wolke Pulverschnee aufstob.

Die alte Dame verließ lässig ihren Wagen und schnappte sich eine Fußmatte, die sie neben ihn auf den Boden legte. Sie war sehr alt und sehr schön und magerer als ein zusammengeklappter Regenschirm.

»Tante Maria hat sich nie geirrt, mein Kleiner.«

Sie legte dem Arzt die Hand auf die Schulter.

»Es wäre das erste Mal, dass ein Verurteilter einen letzten Beignet ausschlägt!«

Im Kopf des Mannes drehte sich alles, so dass er kaum spürte, wie die Kälte ihm in die Hosenbeine kroch.

»Wie haben Sie das erraten?«

Flink formte sie einen Schneeball, machte zwei große Löcher für die Augen hinein, zwei kleine für die Nase, dann eine Kerbe für den Mund. Dann erklärte sie, es stünde ihm ins Gesicht geschrieben, vor allem in seinen Augen würde sie es lesen: Unter seinen Wimpern, die ihr zufolge sehr lang und sehr blond waren, in den Pupillen sowie am Rande der Iris. Er könne sich noch so sehr anstrengen, es zu verbergen, es stünde dort geschrieben, und sie hätte bloß zu lesen brauchen: ›Hallo! Der Tod naht, und es wird ein gewaltsamer Tod sein. Ein Selbstmord, keine Frage. Kuss und Adieu.‹

»Sind die wirklich so gut, Ihre Beignets?«

Er wusste überhaupt nicht, warum er diese Frage gestellt hatte, es war bescheuert. Er presste die Zähne aufeinander, wie um sich davon abzuhalten, noch etwas hinzuzufügen.

»Heiliger Christophorus!«, fluchte sie und schleuderte den Schneeball gegen den Feigenbaum »Sie werden in Ihrem Leben keine besseren mehr bekommen!«

Dann half die alte Dame dem Arzt, vom Bürgersteig aufzustehen, und bugsierte ihn auf den Beifahrersitz. Nach dem Leder seiner Schuhe machte er sich nun Sorgen um das der Sitze, denn er war vollkommen durchnässt und würde überall Flecken hinterlassen.

»Macht überhaupt nichts«, sagte sie, »ist doch nur die Haut von toten Kühen.«

Während sie ihn wieder anschnallte, versicherte sie ihm, der Kaffee sei wirklich scheußlich. »Sockenaufguss, und von äußerst verdreckten noch dazu!«

Er schüttelte den Kopf, anscheinend kurz davor, die Waffen zu strecken.

»Ich habe keinen Durst, Madame.«

»Ich auch nicht, mein Kleiner.«

»Auch keinen Hunger«, unternahm er einen letzten Versuch. Die Lippen der alten Dame verbreiterten sich zu einem strahlenden Grinsen.

»Das ist wunderbar!«, fügte sie hinzu »Wir haben schon jetzt so vieles gemeinsam! Also abgemacht, wir gehen nicht dorthin. Und ich habe Taschentücher, falls Sie weinen wollen.«

»So viele haben Sie nicht.«

»Ich habe auch ein Handtuch im Koffer, das hatte ich immer für die Hunde dabei.«

»Haben die geweint?«

»Nee, die haben gestunken! Stellen Sie sich zwei verrückte, ungestüme Labradore vor«, fügte sie hinzu. »Einmal habe ich ein Stöckchen geworfen, da haben sie mir einen ganzen Baum angeschleppt!«

Das brachte den Arzt nicht zum Lachen: Einem herrenlosen Hund im Flur eines Krankenhauses hatte er es zu verdanken, dass er seine Frau kennengelernt hatte. Er warf einen ungeduldigen Blick auf die Straße, und die Fahrerin steckte den Autoschlüssel ins Zündschloss: Da plärrte das Radio mit voller Lautstärke los, so dass die Zigarette, die lose zwischen ihren Lippen geklemmt hatte, unter dem Sitz landete.

»Die soll bloß nicht glauben, dass sie mir entkommt. Dann rauche ich sie eben später, und zwar bis auf den letzten Zug.«

Und an ihn gerichtet:

»Also?«

Der Mann blickte sie an und lächelte. Einfach so. Aufs Geratewohl. Sie war ungefähr so alt wie seine Mutter, und er dachte naiv, dass ein Lächeln sie vielleicht zum Schweigen bringen würde.

»Reden wir?«, fuhr sie unbeirrt fort.

Vergebens … Er drehte sich mit einer entschlossenen Bewegung zum Fenster und verlangte erneut, dass sie ihn ins Krankenhaus brachte.

»Dann reden wir eben auf dem Weg dorthin.«

Sie ließ den Motor aufheulen.

»Was, wenn wir mehr Zeit brauchen, Teddybär?«

»Ich bin müde«, entgegnete er widerwillig und dachte dabei ganz entschieden, dass das Leben hässlich war und die Welt klein, dass er zu nichts anderem Lust hatte, als Papiere zu sortieren, und dass heute Abend alles vorüber wäre.

»Nein, nein und nein!«, ereiferte sie sich. »Man schleicht sich nicht einfach so aus dem Leben, nur weil einem danach ist!«

Er wollte soeben etwas erwidern, da erblickte er im Rückspiegel sein Spiegelbild und seufzte. Da war nicht mehr viel übrig von seiner einstigen Holzfällerstatur und seinen Geburtshelferhänden. Früher hatten die Leute immer gesagt, er sei zwar nicht besonders schön, habe dafür aber einen gewissen Charme. Charisma. Mittlerweile hingen seine Schultern herab, und er hatte verlernt, wie man lächelte, ohne dabei traurig auszusehen. Man merkte ihm an, dass er etwas verloren hatte, das er niemals wiederfinden würde. Er hatte den Lebensmut verloren. Das war es. Seinen Lebensmut. Tief in seinem Inneren, hinter den grünen Augen, die von dunklen Ringen umgeben waren, war sein Gesicht tränenüberströmt.

Das war auch der Alten nicht entgangen.

»Irgendetwas verrät mir, dass Sie zu dieser hochnäsigen Sorte von Menschen gehören, die einen unerträglichen Pessimismus an den Tag legen«, ließ sie mit einer genervten, leicht angewiderten Geste verlauten.

»Merkwürdig, denn ich verdächtige Sie einer weit unangenehmeren Eigenschaft: unverbesserlicher Optimismus.«

»Ist besser für die Gesundheit«, gab sie zurück und zündete sich eine weitere Zigarette an. »Und jetzt, rücken Sie schon raus damit: Warum wollen Sie mit allem abschließen?«

Der Arzt schwieg beharrlich. Warum der Tod? Warum das Nichts und das Vergessen? Er war unglücklich. Die alte Dame, seine Frau, die Fußgänger auf dem Bürgersteig ... jeder weiß, wie sich das anfühlt, wenn man unglücklich ist. Und er wusste es zu gut, um weiter damit zu leben, das war alles.

»Teddybär!«, rief seine Chauffeurin. Mit einem Zungenschnalzen erinnerte die herrische und hartnäckige alte Dame ihn an ihre Aufforderung: Sie wollte eine Erklärung.

Er hätte es ihr in einfachen Worten sagen können: ›Meine Frau ist gestorben.‹ Nicht mehr, nicht weniger. Die Alte hätte verstanden. Er konnte es nicht. Also sagte er mit sehr leiser Stimme, den Blick auf das Armaturenbrett gerichtet, mit eingezogenem Kinn, niedergedrückt von einer mächtigen Melancholie:

»Ich habe einen Fehler gemacht, und meine Frau hat mich verlassen. Ich liebe sie noch immer. Seit sie weg ist, kann ich nicht mehr operieren. Meine Hände sind nicht mehr zu gebrauchen. Ich glaube, es liegt daran, dass ich keine glücklichen Erinnerungen an diesen Beruf mehr habe.«

»Aber Sie müssen über die Trennung hinwegkommen und sich etwas Neues aufbauen, mein Kleiner!«, rief sie, als sie sah, wie sich sein langer Körper zusammenkrümmte. »Ihnen bleibt gar nichts anderes übrig! Das Leben fällt einem nur einmal in den Schoß: Das kann niemals einmal zu viel sein.«

Anschließend steckte sie zwei Finger in den Aschenbecher und wühlte darin herum, um sich zu entspannen. Er rechnete fest damit, dass sie im nächsten Augenblick mit irgendeinem grundlegend positiven Gedanken aufwarten würde. Aber nein. Ihr Vorrat war aufgebraucht, es war alles gesagt. Fast hätte man meinen können, dass selbst der Optimismus seine Grenzen hätte …

Am Rückspiegel baumelte ein Heiliger Christophorus und schlug in einem nervenraubenden Rhythmus immer wieder dagegen. Die Alte fuhr fort, in der Asche herumzukneten, und der Arzt fand es widerlich. Er klaubte hinter der Sonnenblende ein vergilbtes Foto hervor, auf dem ein lächelnder, dunkelhäutiger Mann zu sehen war, der der Kamera das Sieges-V entgegenstreckte. Er wandte das Foto nervös hin und her, um eine Orts- oder Datumsangabe zu entdecken, erfuhr aber nichts.

»Stecken Sie das wieder zurück, Teddybär.«

»Wer ist das?«

Ihm war alles recht, um das Thema der Unterhaltung zu wechseln. Als sie nicht antwortete, fragte er:

»Warum nennen Sie mich Teddybär?«

Sie schlug sich mit der Faust gegen den Schädel.

»Weil Sie wie ein Plüschbär sind: Sie haben Schaumstoff im Kopf.«

»Ach so, ich hatte angenommen, es wäre vielleicht liebevoll gemeint.«

»Ist es auch«, erwiderte sie mit einem ärgerlichen oder ungeduldigen Zucken und riss ihm das Foto aus den Händen. »Sie werden sich nicht herauswinden, indem Sie vom Thema ablenken, ich kriege Sie schon mürbe. Schließlich habe ich schon schwierigere Fälle geknackt.« Sie warf einen spöttischen Blick auf seine Hose. »Und trockenere allemal!«

»Ist das in dieser beknackten Stadt so üblich, dass jeder Taxifahrer sich für einen Psychotherapeuten hält?«

»Beim Heiligen Christophorus, ja, drei Mal ja! Sonst würde es dieser ›beknackten Stadt‹, wie Sie es ausdrücken, um einiges schlechter gehen.«

Sie betrachtete sich im Rückspiegel.

»Schauen Sie mich an. Was für eine schreckliche alte Schachtel! In meinem Alter schminkt man sich nicht mehr, um zu gefallen, sondern um kein Missfallen zu erregen. Heute Morgen hat Make-up nicht mehr ausgereicht, also habe ich Gips genommen.«

Er murmelte: »Und ich hätte Stiefel anziehen sollen.«

Sie hatte ihn gehört und verpasste ihm einen schallenden Klaps auf den Oberschenkel. Er schrak zusammen. Er hatte sich bereits so weit von der Welt entfernt, und sogar von seinem Körper ... Dieser Klaps hinterließ einen kleinen, brennenden Abdruck direkt oberhalb des Musculus quadriceps. Zwei Finger und eine Handfläche. Warm und schmerzhaft. Zugleich nahmen die Wangen des Arztes ebenfalls Farbe an, und aus unerklärlichen Gründen war ihm auf einmal nicht mehr ganz so übel.

»Und Ihre Familie?«, rief sie aus und versetzte ihm einen weiteren Schlag. »Ich habe Ihnen von meiner erzählt, aber Sie? Haben Sie etwa keine Familie?«

»Einen Großvater. Er ist tot.«

Der Arzt war noch nie besonders gesprächig gewesen, und der nahende Tod hatte auch kein Plappermaul aus ihm gemacht.

»Und Ihre Eltern?«

»Ich will nicht darüber reden.«

»Kommen Sie, jeder hat Eltern!«

»Meine Eltern gibt es nicht mehr, es hat sie nie gegeben. Ich bin bei meinem Großvater aufgewachsen, er hat mir alles beigebracht.«

»Freunde?«

»Niemanden, der unentbehrlich wäre. Ich war schon immer ein Einzelgänger, ich werde niemandem fehlen.«

In der gesteigerten Einsamkeit seiner letzten Wochen hatte der Doktor sich eine sehr individuelle Theorie über die Angebrachtheit oder Unangebrachtheit eines Suizids zurechtgelegt: »Wie viele Personen gibt es, zu denen Sie am Telefon sagen könnten: ›Ich bin's‹, und würden sogleich erkannt? Wenn die Antwort lautet: ›Niemand‹, dann ist der Selbstmord vermutlich Ihre beste Option.«

# Eine Erinnerung an den Vater

*Das Leben war nicht gerade zärtlich mit dem Doktor umgesprungen.*

*An seinem vierundzwanzigsten Geburtstag betritt er Zimmer sieben in der Onkologie, in der er für seinen Beruf ausgebildet wird, und trifft dort auf den, den er seine gesamte Kindheit lang stets als »den Anderen« bezeichnet hat, den Unbekannten, den Mann, dem er gehofft hatte, in seinem Leben niemals wieder zu begegnen, und den er seit zwanzig Jahren nicht gesehen hat.*

*Seinen Vater.*

*Dieser erkennt den jungen Arzt. Der junge Arzt erkennt den Patienten und geht wieder, um sich mit seinem Chef zu unterhalten. Am Nachmittag wird der Student auf ein anderes Stockwerk versetzt.*

*Neuigkeiten machen im Krankenhaus schnell die Runde. Die Leute lieben es, sich in das Leben der anderen einzumischen. Sie erlauben sich Freiheiten, Urteile, lautes Nachdenken: »Weißt du, der Befund von seinen Untersuchungen ist jetzt da«, »Weißt du, was er hat, das ist schon ziemlich schlimm …«, »Weißt du, er hat Schmerzen, und wir wissen nicht, was wir tun sollen, damit es ihm besser geht …«, »Weißt du, er hat nach dir gefragt …«*

*Und die eine Frage, die immer wiederkommt, bei der der junge Arzt Lust bekommt, Zähne einzuschlagen:*

»Und warum besuchst du ihn nie?«

Ja, er weiß um die Schwere der Krankheit; nein, er wird den Patienten auf Zimmer sieben nicht besuchen.

Er geht auch nicht zu ihm, als er von der kompletten Genesung des Patienten erfährt.

»Er ist wieder gesund! Gesund, hörst du? Das ist wirklich unglaublich!«

Damals ist er durch und durch junger Arzt, er kümmert sich um die Patienten auf der darunterliegenden Station, versorgt die Kranken und macht seine Arbeit korrekt. Wunder interessieren ihn nicht.

Schließlich ist es das, wofür sich sein Großvater, der einzige Mensch, auf den er sich je verlassen konnte, krummlegt, damit er studieren kann.

Daran glaubt er mit seiner ganzen Kraft: Patienten gesund pflegen.

Damals ist das das Einzige, woran der junge Arzt glaubt, und zwar felsenfest.

Der arme Narr!

Seitdem war die Zeit vergangen, seine Frau war gestorben, seine Hände hatten ihre Magie verloren, und mittlerweile war es, wenn er zur Arbeit ging, als würde er zuvor einen Schrank öffnen und sich eine zweite Haut vom Bügel nehmen. Er schlüpfte erst in ein Bein, dann in das andere, dann streifte er die Hüftpartie über, dann den Bauch. Ein Arm, den anderen Arm. Er stand vor dem Spiegel, zog den Reißverschluss zu und setzte einen gefälligen Gesichtsausdruck auf. Die Maske war täuschend echt: Bis zu jenem Tag hatte niemand die Nähte oder das Futter seiner Verkleidung durchschimmern sehen.

# Der Pakt

Mit einer raschen Kopfbewegung verscheuchte der Arzt die einzige Erinnerung, die er an seinen Vater hatte – ein überrascht wirkender Mann in einem weißen Schlafanzug, der auf einem Krankenhausbett lag –, und konzentrierte sich wieder auf die Gegenwart.

Der Schnee blieb an den Reifen des Wagens kleben, wurde in kleine Eisbrocken verwandelt und weit hinter sie geschleudert. Obwohl die alte Dame so hartnäckig war, hatte der Doktor sich nicht umstimmen lassen: Er verlangte nach wie vor von ihr, ihr zum Krankenhaus zu bringen. Sie hatte schließlich eingewilligt, aber nur unter der Bedingung, dass sie »auf der Fahrt plauderten«. Eine Fahrt, die im Übrigen nicht besonders erholsam war, weil ihre Fahrweise eine sehr ruckartige war, so als würde ihr die Zeit davonlaufen, was nicht recht zu ihrer ansonsten eher sanften und gütigen Ausstrahlung passen wollte.

Sie wollten gerade die Ringautobahn verlassen, als sie falsch abbog und ihm schwor, die nächste Ausfahrt zu nehmen, um wieder zurückzufahren.

»Sie wollen doch nur Zeit schinden«, sagte er, damit sie nicht dachte, er hätte sie nicht durchschaut.

»Blablabla«, erwiderte sie.

Bis zur nächsten Ausfahrt war es weit, aber der Arzt

protestierte nicht: Gefiel es ihm im Grunde nicht ganz gut, sich von der Alten herumkutschieren zu lassen?

Später, als die massive Silhouette des Krankenhauses am Horizont auftauchte, spürte er, wie seine Fahrerin immer nervöser wurde. Erneut legte sie die Finger in den Aschenbecher.

»Teddybär ...«, begann sie zögernd »mir kommt da gerade ein ... verrückter Gedanke ... eine völlig abgedrehte Idee ... Sie haben nichts mehr zu verlieren, habe ich recht?«

»Nein, nichts.«

Sie verlangsamte und blickte ihn mit wild entschlossenem Gesichtsausdruck an.

»Ich will dreißig Tage.«

»Wie bitte?«

»Ich will, dass Sie mir dreißig Tage Aufschub gewähren, bevor Sie sterben.«

»Aber ... warum?«, stammelte er.

»Warum dreißig? Ich glaube, ich mag einfach runde Zahlen.«

»Nein: Aus welchem Anlass sollte ich Ihnen diese dreißig Tage schenken?«

»Ach so! Das ... Sie haben es selbst gesagt: Sie haben nichts mehr zu verlieren.«

»Ich bin Ihnen nichts schuldig.«

»Aber ich nehme Ihnen doch nichts weg, im Gegenteil! Diese Tage, die schenke ich Ihnen. Ja, sie sind ein Geschenk: Fröhliche Weihnachten, mein Kleiner!«

»Inwiefern geht mein Tod Sie überhaupt etwas an?«

Seine Stimme klang nüchtern und schneidend. Das mit

dem Geschenk nahm er ihr nicht ab. Sie ließ sich nicht aus der Fassung bringen und streckte zwei Finger in die Höhe.

»Erstens, weil Sie mir vorkommen wie ein smarter Typ. Und dann, stellen Sie sich mal vor, ich würde morgen sterben. Ich möchte gerne noch eine gute Tat vollbringen, bevor ich in den Himmel komme. Gott, das Paradies, die Hölle, blablabla. Wenn man alt wird, wünscht man sich, man wäre ein besserer Mensch gewesen und hätte mehr kleine Heuler gerettet, Babyseehunde, meine ich. Gewähren Sie mir einen kleinen Monat, um Sie umzustimmen.«

»Sie gehören irgendeiner Sekte an, stimmt's?«

Mit dieser Anschuldigung hatte sie nicht im Geringsten gerechnet, und sie musste ein Lachen unterdrücken.

Er verlor die Kontrolle über die Situation, und er hasste es, wenn er die Kontrolle verlor.

»Beantworten Sie meine Frage, oder ich verschwinde: Inwiefern geht mein Tod Sie etwas an?«

Die Oma im Abendkleid blickte ihm fest in die Augen, auf einmal sehr feierlich und mit Tränen in den Augenwinkeln. *O nein*, dachte der Arzt, *wenn die Alte jetzt anfängt zu heulen, dann weiß ich nicht, ob ich das aushalte.*

Sie schniefte und deutete auf den dunkelhäutigen Mann auf dem Foto:

»Es ist seinetwegen: Eines Tages hat er das Haus verlassen, und puff, war er weg! Selbstmord … Ich fühle mich verantwortlich. Ich habe ihn sehr geliebt, aber er hat sich verlaufen. Ich hege keine bösen Absichten, und ich führe auch kein abartiges Vorhaben im Schilde, ich glaube einfach nur, dass ich Ihnen helfen kann. Wie? Ich kann den Tod der Leute erraten, aber retten kann ich sie nicht? Was ist das denn für eine nutzlose Gabe!«

Er sah zu, wie sie schluchzte, stoßweise nach Luft rang und sich mit einem Seitenblick ihrer Wirkung vergewisserte.

»Bitte«, flehte sie »dreißig Tage und keinen Tag mehr! Danach können Sie tun, was Sie für richtig halten, aber dann habe ich wenigstens versucht, Sie zu retten.«

»Ich glaube, ich muss mich übergeben.«

»Weil ich alt und hässlich bin?«, versuchte sie, hinter ihren Tränen zu scherzen.

Ihr Versuch prallte an ihm ab, und seine Übelkeit besserte sich dadurch auch nicht. Sie wischte sich ein bisschen verlaufene Wimperntusche fort und versuchte eine andere Taktik.

»Glauben Sie an Schicksal, Teddybär?«

»Ich glaube an den Zufall ...«

»..., sagte der Mann, der ausgerechnet auf die einzige Taxifahrerin dieser Welt trifft, die bereit ist, ihm solch einen ungewöhnlichen Deal vorzuschlagen«, fluchte sie und hob die Hände zum Himmel. »Heiliger Christophorus! Sie finden mich unverschämt? Es könnte doch auch sein, dass Sie unverschämtes Glück haben, heute ausgerechnet mir begegnet zu sein!«

Er hörte ihre Stimme, vermied es aber, sie anzusehen: Dieser Frau wäre es ohne weiteres gelungen, einem Beinamputierten Lackschuhe und einem Einarmigen ein Paar Fäustlinge zu verkaufen.

»Wenn das nicht genügt, um Sie zu überzeugen, dann

lassen Sie uns den Zufall entscheiden: Sie nennen mir drei Gerichte, und wenn ich errate, welches davon Ihr Lieblingsessen ist, dann habe ich gewonnen, und Sie begleiten mich. Wenn nicht, können Sie sich so oft umbringen, wie Sie wollen. Bitte: Töten Sie sich meinetwegen hundert Mal! Aber geben Sie heute Morgen wenigstens zu, dass Sie nichts zu verlieren haben, wenn Sie sich auf das Abenteuer einlassen!«

»Sie sind verrückt.«

Sie rieb sich lachend die Schläfe.

»Diese Behauptung kann ich nur für drei der vier Persönlichkeiten gelten lassen, die in meinem Schädel wohnen. Die vierte fragt sich, ob Pinguine Knie haben. Los«, beharrte sie »sagen Sie ja! Dreißig Tage, Sie, ich, das Leben, Kürbistarte, das wird ganz toll …«

Er fühlte sich, als hätte ihm soeben jemand einen Kinnhaken verpasst.

»W … woher wissen Sie von der Kürbistarte?«

Sie zwinkerte ihm zu und streckte die Zunge heraus.

»Ich hatte ein paar äußerst begabte Tanten«, erläuterte sie, »und jede von ihnen hatte eine besondere Gabe, und alle sind tot. Die fünfte, Rachel, roch so gut, dass wir sie immer *Rachel N°5* genannt haben. Sie hat mir das Rezept beigebracht, wie man hundertprozentig, egal in welchem Zustand, stets eine gute Mayonnaise hinbekommt, sogar, wenn man krank ist. Eines Tages sagte sie zu mir: ›Eine Gabe, die nicht geteilt und weitergegeben wird, ist genauso ärgerlich wie eine Erbse unter der Matratze einer Prinzessin.‹«

»Ich glaube nicht an Betrüger«, spottete er.

»Sie irren sich, mein lieber Herr-Doktor-der-gern-ster-ben-würde«, entgegnete sie ihm mit leicht angesäuerter Stimme. »Meine Tanten waren Magierinnen, keine Scharlatane. Übrigens gab es in meinem Viertel eine Wahrsagerin, die immer mit Karten, Räucherstäbchen und dem ganzen Trallala herumgemacht hat, zu der bin ich hin, habe ihr ohne Umschweife eine Ohrfeige verpasst und gesagt: ›Na, meine Liebe? Hast du die etwa nicht kommen sehen?‹«

Die alte Dame zündete sich eine neue Zigarette an und parkte den Wagen vor dem Eingang des Krankenhauses, mit eingeschalteten Scheinwerfern, bereit, gleich wieder Gas zu geben. Sie wedelte mit ihren Armbanduhren. Draußen erhob sich ein Wind.

»Kommt dieses Essen jetzt langsam mal?«

Vor lauter Ungeduld, endlich ihre Fähigkeiten unter Beweis stellen zu können, hatte sie die blauen Ärmel ihres Kleides hochgeschoben.

Der Arzt fixierte einen Farbfleck auf seiner schwarzen Hose und kratzte mit dem Zeigefinger daran herum, um ein paar Bedenksekunden herauszuschinden. Sein Verstand war aufs äußerste gespannt: Ruhe bewahren, sich nichts anmerken lassen, denselben gleichgültigen Ausdruck beibehalten. Hatte sie im Grunde nicht recht? Was riskierte er? Was außer dem Leben kann man noch verlieren, wenn man den ganzen Rest bereits verloren hat? Seine Seele? Er glaubte nicht an den Teufel, und diese alte Dame hatte auch nichts von einem Mephisto an sich. Durch das Fenster sah er Qualm aus den Fabrikschloten steigen, der aussah wie dichter, weißer Plüsch. Plötzlich schien es ihm, als hätte sich irgendetwas in der Atmosphäre verändert, als wäre die Last des grauen Himmels einen Deut leichter geworden. Dann war er mit dem Farbfleck fertig. Ja, wirklich, es hätte beinahe ein schöner Wintertag sein können.

Schließlich traf er seine Entscheidung und sagte widerwillig:

»Das ist lächerlich, Madame. Ich sterbe, und Sie wollen, dass ich Sie zwischen Thunfischsalat und Lasagne auswählen lasse!«

»Thunfischsalat? Pfui! Keiner mag Thunfischsalat. Und vergessen Sie Italien, Ihr Lieblingsessen ist ... Steak Tartare!«, rief sie mit einer solchen hellen Freude, dass ein weniger apathischer Mensch gerührt gewesen wäre.

Überrascht, dass sie nicht in die Falle getappt war, rutschte er unbehaglich auf seinem Sitz hin und her. In Wirklichkeit hatte er damit gerechnet, diese absurde Diskussion ein für alle Mal beenden zu können, und ärgerte sich nun, dass die alte Dame ihm schon wieder und auf geradezu meisterliche Art und Weise das Maul gestopft hatte. Er war Arzt: Er konnte es nicht ausstehen, wenn er nicht das letzte Wort hatte.

»Aber ich habe doch gar nicht ... Woher ...«

»Sie haben es gedacht, das genügt. Hier und hier (sie deutete auf die drei Leberflecke in seinem Gesicht), habe ich hübsche Kapern gesehen, die sich in leuchtend rotem Hackfleisch verstecken. Ich habe gesehen, dass ein Steak Tartare durch ihre Haut hindurchschimmert. Ein exzellentes Mittel gegen Falten übrigens, rohes Fleisch«, ereiferte sie sich, »wirklich exzellent! Sie sollten öfter an

Steak Tartare denken, ihr Gesicht hat gerade eben zehn Jahre jünger ausgesehen.«

»Da steckt doch irgendein Trick dahinter, los, geben Sie es schon zu.«

»Sie sind Chirurg! Wie könnten Sie irgendetwas lieber mögen als rohes Fleisch?« Sie nutzte die Leichtigkeit des Augenblicks, um ihn weiter zu bearbeiten. »Dann sind wir uns jetzt einig? Wer soll Sie schließlich retten, wenn nicht der Zufall?«

»Ich will nicht gerettet werden, ich will Sie bezahlen, aus diesem Auto aussteigen und Sie niemals wiedersehen, das ist es, was ich will.«

»Und ich, ich hätte gerne einen Luchs als Haustier! Man kriegt im Leben nicht immer, was man sich wünscht, mein Kleiner.«

Als er die Hand auf den Türgriff legte, warf sie ihm ihren knochigen Arm in den Weg, um ihn aufzuhalten:

»Die beste Freundin, die ich jemals hatte, hat immer gesagt: ›Wenn dir im Leben jemand die Hand reicht, dann stellst du keine Fragen, sondern du ergreifst sie.‹«

Hätte sie nicht diese Geste ausgeführt und dabei diesen einen Satz gesagt, dann wäre der Arzt ganz sicher davongegangen, ohne sich noch einmal umzudrehen. Von allen Argumenten, Schlägen unter die Gürtellinie und Überlegungen, die sie anstellen konnte, war diese schlichte ›ausgestreckte Hand‹ das Ausschlaggebende: Damit fing sie ihn im freien Fall, und er hatte das Gefühl, als würde eine Falle zuschnappen.

»Fünf Tage und keinen mehr«, sagte er.

»Gerettet werden oder nicht gerettet werden? Offenbar

hat heute jemand anders für Sie entschieden. Geben Sie mir zwanzig: Wenn Sie einwilligen, verrate ich Ihnen den Sinn des Lebens.«

Wenn man traurig ist, ist man schwach, und der Arzt-der-seine-Frau-liebte fühlte sich unsagbar schwach.

»Ich gebe Ihnen sechs.«

»Dann nehme ich neun. Neun winzige, lächerliche, kleine Tage, so kurz, dass sie verstreichen werden, als wären es sechs.«

»Sieben. Das ist mein letztes Wort. Eine Woche, und danach bringe ich mich um.«

»Sie sind ja knallhart im Feilschen. Sie haben mir soeben dreiundzwanzig Tage gestohlen, ohne auch nur einen blassen Schimmer davon zu haben, wie sehr ich daran gehangen habe.«

Sie streckte ihm die rechte Hand entgegen.

»Abgemacht?«

Er zögerte.

»Abgemacht?«, wiederholte sie und schüttelte ihr Handgelenk in einer offenen und zugleich gnadenlosen Geste.

Er kapitulierte.

»Abgemacht.«

Er war überrascht, wie fest ihr Händedruck war: sanft und kraftvoll, die Art von warmer Handinnenfläche, die man am liebsten in die Tasche stecken und hin und wieder ergreifen würde, um sich zu beruhigen. Er nannte seinen Namen als Erster, und als sie an der Reihe war, stellte sie sich ihm als »Lady Sarah Madeline Titiana Elizabeth Van Kokelicöte« vor und fügte hinzu, das sei ein

Name wie jeder andere, aber sie würde ihn trotz allem lieber mögen als jeden anderen, und wenn er wolle, könne er sie auch einfach ›Sarah‹ oder von ihr aus auch ›die Alte‹ nennen.

»Meine Freunde nennen mich so.«

»Sie sollten sich andere Freunde suchen.«

»Reden Sie nicht schlecht von den Leuten, die ich liebe, denn sie ähneln mir.«

Sie blickten einander schweigend an. In diesem Auto war soeben irgendetwas Wichtiges geschehen, aber was?

»Dass wir uns richtig verstehen, was die Bedingungen unserer Vereinbarung angeht: Ich verlange Ihr Wort, dass Sie sich nicht vor nächstem Freitagabend töten, und dass Sie sieben Tage lang bedingungslos kooperieren, selbst, wenn ich Sie zwinge, augenscheinlich verrückte Dinge zu tun, selbst, wenn Sie das große Gemälde, das ich in diesem Augenblick in meinem Kopf entwerfe, nicht begreifen. Alles wird einen Sinn haben. Schließlich sollten Sie noch wissen, dass ich eine überschäumende Phantasie habe und dass ich unerbittlich, unbestechlich und (sie zuckte entschuldigend mit den Schultern) inkontinent bin.«

»Wo habe ich denn nur wieder dieses verfluchte Taschenmesser hingetan? Ich brauche ein bisschen Blut, damit wir den Vertrag unterschreiben können. Ah, da bist du ja!«

Vor der entgeisterten Miene des Arztes holte sie lachend zwei kleine Bonbons hervor, die sie, so wie sie waren und ohne dazu etwas zu trinken, hinunterschluckte.

»Das war nur ein Scherz! Ich merke Ihnen an, dass Sie

ein ehrlicher Typ sind, Sie werden sich schon an Ihren Teil der Abmachung halten.«

»Ich halte immer meine Versprechen«, sagte der Mann, der über die Geschwindigkeit staunte, mit der diese Frau soeben erst in sein Leben geschneit war und schon seine Pläne über den Haufen geworfen hatte.

Er blickte aus dem Fenster und hatte plötzlich panische Angst davor, allein zu sein.

»Los, hopp!«, rief sie. »An die Arbeit! Gehen Sie Ihre Papiere ordnen. Wir sehen uns morgen um acht Uhr, sechsundzwanzig Minuten und einunddreißig Sekunden.«

»Unternehmen wir heute denn nichts? Erst schimpfen Sie, weil ich Ihnen nur sieben Tage gewähre, und dann lassen Sie sich einen ganzen Tag wieder wegnehmen!«

»Ich kann nicht: Heute habe ich meinen Kurs in Einhorn-Malerei (sie dachte nach, einen Finger an die Lippen gelegt) oder war es Aqua-Pony, ich weiß es nicht mehr. Und danach muss ich unseren morgigen Vormittag planen. Ich hole Sie frühmorgens ab und entlasse Sie gegen sechzehn Uhr wieder. Ich habe nämlich meinen Kindern versprochen, sie zu einem Musical für Gehörlose und Schwerhörige zu begleiten. Und ich pflege meine Verabredungen immer einzuhalten. Im-mer! So wie Sie. Noch etwas, das wir beide gemeinsam haben. Ganz ohne Zweifel … (Sie blickte ihn beinahe zärtlich an.) Ich spüre, dass dies der Beginn einer wunderbaren Freundschaft ist. Wenn es schon keine lange Freundschaft sein kann.«

Der Arzt überlegte laut:

»Und was soll ich den Rest der Zeit über tun?«

Es hatte geklungen wie: ›Die Einsamkeit ist ein miserabler Schauspieler, und im Fernsehen kommt heute Abend auch nur Mist.‹ Diese Mischung aus Verzweiflung und nüchterner Überlegung verfügte über einen gewissen Charme.

»Sie denken über das Leben nach, über den Tod, über Ihren Beruf. Sie schreiben Ihren Abschiedsbrief. Keine Ahnung, was sonst noch. Lassen Sie sich was einfallen, Mark.«

»Ich heiße nicht Mark.«

»Ich taufe Sie um auf den Namen Théodore Arthur Mark. Oder einfach nur Mark. Das passt gut zu Ihnen. Es gefällt mir sehr. Es ist sehr wichtig, von Zeit zu Zeit mit sich allein zu sein, denn dann kann man sich ins Gesicht sehen, sich besser kennenlernen.« Mit einem Augenzwinkern fügte sie hinzu: »Herausfinden, wer Mark ist.«

»Das ist absurd …«

»Wie das Leben.«

»Sie glauben, dass das Leben absurd ist?«

»Ich bin alt: Ich glaube nicht mehr, ich habe die Gewissheit.«

Sie rieb sich die Hände.

»Ich weiß jetzt schon, dass wir viel Spaß miteinander haben werden.«

»Und was machen wir?«

»Das ist eine Überraschung. Wie soll ich Ihrer Meinung nach unser kleines Abenteuer gewinnen, wenn ich Ihnen von vornherein nicht den kleinsten Überraschungseffekt gönne? Ist das Unbekannte nicht das Salz im Leben?«

»Ich habe den Geschmack am Leben verloren.«

»Perfekt, einfach per-fekt! Wir haben eine Woche, um ihn wiederzufinden.«

Der Mann senkte den Kopf: Tief in seinem Inneren gab es einen gewaltigen Strudel, in dem verschiedene Empfindungen miteinander kämpften, Satzfetzen zuckten durch seinen Verstand, wie ›Hoppla! Moment mal!‹, gefolgt von ›nein‹, ›meinst du?‹, dann ›ja‹ und schließlich: ›Du hast dich richtig entschieden, das ist es, was deine Frau gewollt hätte.‹ Was sich in diesem Augenblick im Kopf des Arztes abspielte, war die reinste Versteigerung widersprüchlicher Gefühle.

»Übrigens brauchen Sie morgen vor unserem Treffen nicht zu frühstücken«, fuhr sie fort. »Mir ist da gerade eine Idee gekommen. Das ist super, Sie werden es lie-ben. Und ziehen Sie sich nicht zu warm an. Ein Trainingsanzug reicht aus.«

»Aber es schneit draußen, Madame.«

»Keine Angst, Mark, Sie werden nicht frieren.«

»Aber ich heiße nicht Mark!«

Sie lachte.

»Vielleicht heiße ich auch nicht wirklich Sarah.« Dann legte sie eine Hand ans Gesicht und fuhr fort: »Haben Sie sich noch nie gefragt, was das wohl für ein Lächeln sein mag, wenn man sagt, ›ihm lachte das Glück‹?«

Sie legte die Fingerspitzen ganz leicht an ihre alten Lippen, von denen sowohl Grübchen als auch Falten ausgingen, was auf ein Herz schließen ließ, das zu grenzenloser Freude ebenso fähig war wie zu bodenloser Traurigkeit. Nein wahrlich, wer zu Wehmut neigte, der hatte es nicht leicht im Leben. Der Arzt dachte, dass es möglicherweise das war, das wahre Lächeln des Glücks: eine Alte im Abendkleid, die soeben eine Fotografie in die Hand nimmt und vorsichtig einen Kuss darauf drückt.

»Das können Sie nicht wissen …«, sagte sie, nachdem sie den dunkelhäutigen Mann auf dem Bild geküsst hatte, »aber es kommt mir so vor, als würden Sie mir ermöglichen, etwas wiedergutzumachen.«

Um nicht den Boden unter den Füßen zu verlieren, klammerte er sich an die Wirklichkeit: Sie redete mit ihm über Tod und Vergänglichkeit, also fing er an, über Geld und Wirtschaftlichkeit zu reden:

»Wenn Sie den Vormittag mit mir und den Nachmittag mit Ihrer Familie verbringen, wann arbeiten Sie denn dann?«

»Und was ist mit der Nacht? Was machen Sie denn in der Nacht? Wozu schlafen, wenn wir noch den ganzen Tod vor uns haben, um uns auszuruhen, mein Kleiner!«

Er beugte sich vor, hatte es auf einmal eilig, sich zu verabschieden.

»Dann also bis morgen.«

»Bis morgen, Teddybär, Punkt acht Uhr, sechsundzwanzig Minuten und einunddreißig Sekunden … Vergessen Sie nicht, dass Sie mir Ihr Wort gegeben haben! Sieben Tage«, sagte sie und hielt acht Finger in die Luft.

»Sieben Tage«, wiederholte er, und streckte sieben Finger nach oben.

Sie schnaubte vor Enttäuschung.

»Aber keiner weniger«, fügte er hinzu, wie um sie zu besänftigen, was idiotisch war, weil er eigentlich absolut keine Lust und auch nicht die Pflicht dazu hatte, wen auch immer zu besänftigen.

»Versprochen?«

»Ich schwöre.«

»Ehrenwort?«

»Ehrenwort.«

»Ganz sicher?«

»Ich schwöre es bei dem, was mir das Liebste auf der Welt ist.«

»Ah … Und was ist Ihnen das Liebste auf der Welt?«

»Absolut überhaupt nichts mehr!«, sagte er und ging davon.

So kam es, dass der Arzt, der vergessen hatte, wie man Menschen heilt, der alten Sarah begegnete: Unter einem Feigenbaum.

Nur sieben Tage später, und der Tod hätte diese Begegnung unmöglich gemacht. Denn eine Woche darauf war die Beerdigung.

Sechs Tage vor der Beerdigung

# Der magische Haarschopf

*Sie ist da!*, wunderte er sich, als er sie am zweiten Morgen erblickte. In der Nacht war er zu der Überzeugung gelangt, dass die Alte ein seltsamer Vogel sei und ganz bestimmt ihre Meinung ändern und ihn in Ruhe lassen würde. Je länger er darüber nachdachte, umso sicherer war er sich, dass sie nicht zu ihrer Verabredung erscheinen würde und er sich heute Abend in aller Ruhe würde umbringen können, ohne noch einen einzigen Tag länger warten zu müssen. Aber nein. Da stand Lady Sarah Madeline Titiana Elizabeth von Kokelicöte, wirklich und wahrhaftig, um Punkt acht Uhr sechsundzwanzig Minuten und einunddreißig Sekunden, mit dem Rücken an ihr Taxi gelehnt.

Sie hatte die Augen geschlossen, und hinter ihren Lidern zuckten die Pupillen rasch hin und her, während ihr Fuß mit kleinen Schneeklumpen spielte. Es war ein wundersamer Anblick, und der Arzt zögerte, sich bemerkbar zu machen: Sie so zu betrachten war, wie ein altes Gemälde in einem Museum zu betrachten, ohne dass man den Eintritt bezahlt hatte.

Eine Kleinigkeit zog seine Aufmerksamkeit auf sich: Sarah hatte kein einziges weißes Haar, sondern stattdessen eine dichte, tiefschwarze Masse auf dem Kopf, die nicht zu ihrem Alter passte und die sie sich so um den Hals gelegt hatte, als wäre es ein Schal aus glänzendem Satin.

*Das ist mir gestern gar nicht aufgefallen*, dachte der Arzt, ohne allzu überrascht zu sein, denn er hatte beschlossen, alle Unwägbarkeiten und Merkwürdigkeiten dieses Lebens hinzunehmen, bevor er daraus verschied, was – davon war er überzeugt – schon bald geschehen würde, ganz egal, was die Alte sich einfallen ließ.

Sarah holte ein Fläschchen aus ihrem Mantel hervor, das anscheinend irgendein Gewürz enthielt, und schüttete sich eine große Portion davon in die Handflächen, dann rieb sie sich energisch die Hände, um jedes noch so winzige Stäubchen in die Falten ihrer Haut einzureiben. »Mhm, wie gut du riechst, meine Liebe, wie wunderbar gut du riechst«, murmelte sie zufrieden.

»Ganz schön narzisstisch!«, sagte der Arzt beim Näherkommen.

Er hatte mit Absicht extra laut gesprochen. Damit sie ihn bemerkte.

»Teddybär«, rief sie und stopfte das Fläschchen zurück in eine Tasche, »ich hatte Angst, dass Sie nicht kommen!«

Sie hatte ein strahlendes Lächeln auf den Lippen.

»Ich bin doch gar nicht *so richtig* zu spät.«

»Aber ich bin nun mal *so richtig* ungeduldig!«

Er setzt sich vorne ins Taxi, während sie zu Ende rauchte.

»Was halten Sie davon, wenn wir uns einen guten Film ansehen?«

Obwohl klar war, dass es eine rein rhetorische Frage gewesen war, wollte er es nicht unversucht lassen:

266

»Um diese Zeit hat aber kein Kino geöffnet.«

»Man muss einfach nur die richtigen Adressen kennen …«

Sie beförderte ihre Zigarette in den Rinnstein und schob die Hände in den dichten Pelz ihres Mantels. Er war aus weißem Zobel, und da sie ihn halb offen trug, blitzte daraus ein rotes, figurbetontes Kleid hervor.

Sie biss sich auf die Unterlippe.

»Glauben Sie mir, Sie werden es lie-ben.«

Später erfuhr der Arzt, dass diese Frau auch gerne Krimis verlieh, aus denen sie die letzten Seiten herausgerissen hatte, oder neue Zahnpastatuben mit solchen vertauschte, die sie in mühevoller Kleinarbeit mit Schuhcreme gefüllt hatte.

»Einmal habe ich Mehl in den Haartrockner meiner Tochter getan!«

Er hätte sich besser in Acht genommen.

# Die Prüfung des Opfers

Sie legte den ersten Gang ein, der Motor heulte auf, und sie fuhren los zum einzigen ›Kino‹ der Stadt, das um diese Zeit geöffnet hatte – in Wirklichkeit handelte es sich um eine kleine Klinik, wo der Arzt zwei lange Stunden mit einer Nadel im Arm verbrachte, um »etwas gegen den schrecklichen Mangel an Spenderblut für kranke Menschen zu tun, mein Kleiner«. Er fügte sich ohne Protest, denn er hatte schon seit Wochen nicht mehr operiert und fühlte sich nutzlos. So konnte wenigstens sein Blut dazu beitragen, Leben zu retten, dachte er. Um die Zeit totzuschlagen, in der ein Schlauch seine Blutkörperchen einsammelte, bot man ihnen an, einen alten Film anzuschauen.

Es war *Ist das Leben nicht schön* von Capra. Das war nicht nach seinem Geschmack, aber Sarah hatte partout darauf bestanden: »Ich möchte den Film noch einmal sehen ... Beim letzten Mal war ich zwanzig Jahre alt ... Ich möchte.«

Die alte Sardine wollte auch unbedingt seine Hand halten, während die Krankenschwester bei ihm die Kanüle einführte.

»Das ist nicht nötig, ich bin ein großer Junge und habe keine Angst vor Blut«, witzelte er.

»Sie vielleicht nicht, aber ich! Wenn sich jemand vor unseren Augen die Adern aufschneiden würde, dann würde ich die Augen zumachen und warten, bis es wieder getrocknet ist. Los, seien Sie still, der Film fängt an!«

Das regelmäßige Surren der Maschine, an die er angeschlossen war, die schlaflosen Nächte ... Müdigkeit überkam ihn, und er schlief rasch ein.

Ein Kneifen ließ ihn wieder hochschrecken: Der Film war schon lange vorüber, und die alte Sarah wachte über ihn. Aber da sie keine Lust hatte, noch länger zu warten, hatte sie ihn soeben kräftig in den Arm gekniffen.

»Mögen Sie das Kino nicht? Ich habe mich köst-lich a-mü-siert! Beim ersten Mal habe ich den Film gehasst, aber als ich ihn heute noch mal gesehen habe ... Ich hatte mich ja so geirrt, Heiliger Christophorus, er ist *wunderschön*!«

Ihr Gesicht wirkte dreißig Jahre jünger, zugleich aber auch dreißig mal so traurig. »Wie fühlen Sie sich?«

»Ausgehungert.«

Der Arzt hatte jeglichen Appetit verloren, seit seine Frau nicht mehr da war, aber an diesem Morgen ... was für eine unerwartete Überraschung, wieder einmal welchen zu verspüren, und was für einen! Er hätte ein ganzes Rind verdrücken können. Und Honig. Plötzlich hatte er unbändige Lust auf Honig, geröstete Pistazien und Kürbistarte.

»Ihr Frühstück muss warten«, entgegnete die alte Sarah und führte ins Feld, dass sie um Punkt elf Uhr dreiundvierzig Minuten und einundzwanzig Sekunden eine Verabredung hätten und bereits spät dran seien.

»Wo gehen wir hin?«, fragte er kühl.

»Allee der Stille. Hier, halten Sie mal«, sagte sie und schob ihm einen kleinen, zerknitterten Zettel in die Hand.

Sie hatte sein Schläfchen genutzt, um aus dem Krankenhaussekretariat ein Organspendeformular zu holen:

»Falls ich verliere und Sie sterben, dann sollen Ihre Organe wenigstens dazu dienen, kranke Menschen zu retten …«

Er wollte etwas entgegnen, doch sie fiel ihm barsch ins Wort:

»Blablabla, der Mangel, mit dem die Krankenhäuser momentan zu kämpfen haben, ist und bleibt ein großes Problem … Das wissen Sie doch alles längst!«

Er versuchte, Empörung in seinen Blick zu legen, sie schlug die Augen nieder.

»Ob es mir Vergnügen bereitet, Ihnen durch diese schwere Zeit hindurchzuhelfen? Ja!« Sie reichte ihm einen Stift: »Unterschreiben Sie, und wir reden nicht mehr davon.«

»Ich will irgendeine Kleinigkeit zum Knabbern, einen Snack, einen Keks, irgendwas.«

»Später vielleicht, oder nie wieder, ich weiß noch nicht …«

»Wenigstens ein Stückchen Zucker«, beharrte er.

»Blablabla, ich bitte Sie! ›Ich habe solchen Hunger, ich bin soo traurig …‹ Keinen Snack, habe ich gesagt!«

Er knurrte, sie lachte, er unterzeichnete das Formular.

Der Arzt begriff, dass die Partie noch nicht entschieden war: Er hatte einen Pakt mit einer überaus gefährlichen Frau geschlossen.

# Ritter Charles

Als sie wieder im Wagen saß, lenkte Sarah seine Aufmerksamkeit auf die Sonnenblende und das Foto des dunkelhäutigen, lächelnden Mannes.

»Die Lösung für das Rassismusproblem ist der Panda«, verkündete sie ohne irgendeine Überleitung. »Stellen Sie sich vor, alle Menschen würden in Pandas verwandelt … Dann wären wir alle dick, schwarz, weiß und asiatisch. Dann gäbe es überhaupt nichts mehr zu diskutieren.«

Er überlegte, ob er vielleicht lächeln sollte; diese Idee kam ihm sehr vernünftig vor. Schließlich hob er seine Mundwinkel, doch es fühlte sich falsch an, also ließ er sie wieder fallen und nahm sich fest vor, es morgen wieder zu versuchen.

»Ich war noch sehr jung, als er gestorben ist«, sagte sie. »Er hieß Charles, und ich war am Boden zerstört.«

Als er das Foto in die Hand nahm und von nahem betrachtete, fand er seinen Eindruck bestätigt: Der Typ darauf strahlte nur so vor Glück. Das ärgerte ihn. Er steckte das Foto wieder zurück und lauerte auf den nächsten Stau. Er wollte aussteigen und etwas Luft schnappen.

»Dieser Mann ist gestorben, und die Sonne ist dennoch jeden Tag aufgegangen?«

Er hatte dies mit äußerster Kühle gesagt, denn er hatte

auf einmal Lust, ihr weh zu tun. Sie öffnete den Mund, aber er ließ sie nicht zu Wort kommen.

»Sie haben ihn geliebt, und er ist gestorben. Was soll's! Konnten Ihre Tanten denn keine Toten aufwecken?«

Die Alte war im Gesicht weiß wie Elfenbein geworden. Sie erwiderte nichts, und das ärgerte den Arzt: Dieses eine Mal hätte er sich gewünscht, dass sie geschwätzig war.

Er ließ nicht locker: »Na los, Sarah, warum ist Ihr Zauberstab damals nicht zum Einsatz gekommen? Ich warte!«

Sie blickte ihn an und öffnete schließlich den Mund:

»Teddybär?«

»Ja.«

»Erwarten Sie darauf eine Antwort?«

»Ja, und Sie lassen sich ganz schön Zeit damit.«

»Glauben Sie, dass …«

»Glaube ich was?«, blaffte er wütend.

Sie fing an zu lachen.

»Glauben Sie, man muss sich mit Geduld ausrüsten, um die Zeit zu töten?«

Sie startete den Wagen und deutete auf die Straße, die sich bis zum Horizont erstreckte.

»Hopp, hopp, mein Kleiner! Das Leben hat einen Sinn, man muss nur immer nach vorne schauen!«

## Die Prüfung auf dem Knochenfeld

Sie parkte ihr Taxi vor dem größten Friedhof der Stadt.

»Willkommen in der Allee der Stille, dem ruhigsten Viertel der ganzen Stadt!«, verkündete sie munter, während sie die Tür mit einem raschen und gezielten Tritt nach hinten zutrat. Dann gab sie ihm zu verstehen, er möge sich beeilen: Der Wächter sei zwar ein Freund von ihr, aber dennoch würde er den Friedhof ihnen zuliebe für nur zwei Stunden geschlossen lassen, keine Minute länger.

»Keiner wird uns sehen, keiner kann uns stören. Und niemand wird Sie schreien hören …«

Er stopfte sein T-Shirt in die Hose, um sich so gut es ging gegen die Kälte zu schützen.

»Sehen Sie das kleine Häuschen da hinten? Ist es nicht entzückend, Teddybär? Ich finde es jedenfalls allerliebst. Dort werde ich eine heiße Schokolade trinken und mir von Popowitsch, dem Totengräber, moldawische Lyrik vorlesen lassen. Anschließend werde ich über die Frage meiner Tochter nachdenken: ›Ist der Mond auch da, wenn ich gerade nicht hinsehe?‹ Das wird toll.«

»Und ich?«

»Sie laufen. Die Idee ist mir gestern gekommen, als ich die Spuren im Schnee betrachtet habe: Sie laufen zehnmal um den Friedhof herum.«

»Aber der ist riesengroß!«, protestierte er.

»Das heißt, es werden riesengroße Runden.«

»Aber es ist ein Friedhof!«

»Ach, ist Ihnen das auch aufgefallen? Habe ich mir doch gedacht, dass diese ganzen Gräber nicht zufällig hier sind …«

Plötzlich schmeckte er Galle in seinem Mund, unbändige Wut überkam ihn, und er deutete mit einem anklagenden Finger auf sie.

»Ich habe nichts gegessen, ich habe gerade Blut gespendet, ich bin komplett durchgefroren, und Sie, Sie wollen mich laufen sehen?«

»Wenn ich eine Möglichkeit sehe, die Beute noch schneller zur Strecke zu bringen …«

Verbittert trat er in einen Schneehaufen und stieß im nächsten Moment einen Schmerzensschrei aus: Unter den Flocken verbarg sich ein riesiger, scharfkantiger Stein.

»Warum wollen Sie, dass ich laufe?«

»Weil ich, die alte Sarah, der Meinung bin, dass es Ihnen guttut. Es ist nicht nötig, dass ich Ihnen vorschwärme, über was für ein gutes Urteilsvermögen ich verfüge: Gehen Sie einfach davon aus, dass meine Einschätzungen stets richtig sind, und wir werden bestens miteinander auskommen.« Sie ließ ihr Zigarettenetui mit einem kurzen Klicken zuschnappen. »Ich lasse nicht mit mir verhandeln, dafür friere ich zu sehr. Außerdem flüstert Tante Rosa mir ins Ohr, dass Sie gerne laufen, damit Sie nicht zu sehr aufgehen.«

»Damit ich nicht zu sehr ›aufgehe‹?«, wiederholte er, während er den Stein vom Schnee befreite, damit man ihn gut sah, falls irgendein anderer Blödmann auch Lust haben sollte, wahllos in den Pulverschnee zu treten. »Finden Sie mich dick?«

»Sagen wir mal, wenn morgen der Dritte Weltkrieg ausbrechen würde, dann würden Sie ein Weilchen länger überleben als die anderen.«

Er senkte den Kopf. Er konnte nicht sagen, weshalb, aber ihre Worte hatten ihn tief getroffen. Das schien sie wiederum zu erweichen, und sie fügte unbeholfen hinzu:

»Teddybär, wenn ich Sie sehe, denke ich an Einstein: Masse ist Energie geteilt durch Lichtgeschwindigkeit im Quadrat. Es ist also nichts verloren, wenn Sie schnell laufen!«

Bevor er Zeit hatte zu protestieren, verschwand sie trällernd in Richtung des Wärterhäuschens. Daneben stand der Wächter und wartete auf sie, eine flache Schaufel in der Hand. Er sah ebenso düster und undurchdringlich aus wie seine Gräber.

Der Arzt fing an zu rennen, teils, um Sarahs Anweisungen zu gehorchen, teils, weil dieser Mann ihm Angst machte. Außerdem war ihm kalt. Er musste wohl oder übel feststellen, dass Tante Rosa recht hatte: Früher war er gerne joggen gegangen. Der erste Schritt war der schwerste, genau wie damals. Der zweite half ihm, weiterzumachen, weil es da diesen Augenblick gab, in dem beide Füße über dem Boden schwebten. Der eine bewegte sich nach oben, der andere zur Erde. Es war beinahe wie Fliegen. Die Schwerelosigkeit überzeugte ihn davon, weiterzumachen.

Als er am Ende seiner ersten Runde wieder auf Höhe

des Eingangs angelangt war, warf ihm die alte Sarah mit theatralischer Geste eine Kusshand zu.

Der Atem des Mannes wurde immer abgehackter und beschwerlicher, die Daten und Namen auf den Gräbern tanzten in seinem Kopf: Es waren Kinder darunter, Alte, ganze Familien. Bei jedem Schritt entwichen aus seinem Mund langgestreckte Atemwolken: Sein Brustkorb hatte sich in eine Fabrik verwandelt, die Wolken produzierte.

Erstaunen und leichte Bestürzung stellten sich bei ihm ein: Es war das erste Mal seit Monaten, dass er an seinen Körper dachte, und das hatte zur Folge, dass ihn ein machtvolles und unbändiges Verlangen überkam, zu rauchen.

Bei seiner dritten Runde schickte die Alte zwei weitere Küsschen in seine Richtung, einen mit der linken und einen mit der rechten Hand.

Er dankte ihr mit einem knappen Kopfnicken, und sie prostete ihm mit ihrer Tasse zu, um hernach mit dem glühenden Ende ihrer Zigarette zu winken.

»Schneller, Dickerchen, schneller!«

Anschließend stieß sie drei Mal einen Ruf aus, der wie Kriegsgeheul klang:

»Turducken! Turducken! Turducken[1]!«

Mittlerweile fühlte sich jeder Atemzug wie eine Verbrennung an und ließ ihn aufstöhnen. Der Schweiß rann ihm in Strömen den Rücken hinab, so dass ein ganzer

1  Amerikanische Spezialität, die am Jahresende serviert wird und aus einem Truthahn besteht, der mit einer Ente gefüllt ist, die wiederum mit einem Hähnchen gefüllt ist.

Schwarm Lachse entlang seiner Wirbelsäule bis zu seinem Hals hätte hinaufwandern können. *Lungenentzündung, sie will, dass ich an Lungenentzündung verrecke!*

Er stellte sich vor, wie die heiße Schokolade nach der zehnten Runde schmecken würde. Im Geiste malte er sich ihre cremige Textur aus, und bei dem Gedanken an ihre Bitterkeit durchströmten ihn Glücksgefühle: Sie würde perfekt sein, ab-so-lut perfekt. Es würde eine authentische heiße Schokolade sein, mit allem, was man erwarten kann, wenn man sehr hungrig ist und der Tod an die Tür pocht.

Dies war der Augenblick, in dem sich etwas *ereignete*: Mit einem Schlag wurde dem Arzt ein kleiner, harmloser und lächerlicher Umstand bewusst, dem er nie auch nur die geringste Aufmerksamkeit gewidmet hatte, auch nicht, als er mit seiner Frau glücklich gewesen war.

Er war lebendig.

Seine Rippen hoben und senkten sich mit großer Geschwindigkeit, seine Haut spannte, er hechelte, seine Ohren waren gefroren, die Füße taten ihm weh, er hatte Hunger, er schwitzte, er war unglücklich, ihn dürstete nach starkem Schnaps, der ihm die Eingeweide umdrehte, er hatte seit vier Tagen Verstopfung, er roch schlecht, er wollte sterben, ihm war schlecht, und vor allem, vor allem hatte er ganz schreckliche Lust auf eine Zigarette.

»Ich bin am Leben!«

Er war ein lebendiger Mann, der lief.

Ah! Wie gerne hätte er seine Wut darüber herausgeschrien, dass er am Leben und darin so unglücklich war! Ein primitives Gebrüll ausgestoßen, mit dem er ein

Schicksal zurückforderte, das ihm gehörte und über das er nach seinem Belieben zu verfügen gedachte! Er tat nichts dergleichen: Er hatte Angst. Auf einem Friedhof schreit man nicht herum, nicht einmal im Winter, nicht einmal, wenn dort außer einem selbst niemand ist.

Unsere einzige Freiheit besteht darin, den Toten zu sagen, ja, ihr habt recht, das Gefühl, am Leben zu sein, dürfte niemals zur Gewohnheit werden.

Also lief der Arzt weiter.

# Eine Erinnerung an Rauch

*Die beste Zigarette seines Lebens raucht er mit vierundzwanzig Jahren. Es ist der zwölfte Februar, später Nachmittag. Er will gerade die Pneumologie des größten Krankenhauses der Stadt verlassen, als er im Flur von einem Pfleger angesprochen wird, ob er wüsste, wie man Zigaretten dreht.*

*»Aber ja!«, erwidert er.*

*»Dann geh mal bitte in Zimmer sechs.«*

*Das tut er. Auf einem Bett liegt ein Mann, Herr Schmiede, seine Haut ist gelb, und es scheint ihm ziemlich schlecht zu gehen.*

*»Der Tabak ist in der rechten Tasche«, sagte der Kranke zu dem jungen Arzt. »Aber den will ich gar nicht. Was ich will, ist in der hinteren Tasche. Ja genau, das ist es, was ich will.«*

*In einem kleinen Säckchen befinden sich drei lächerlich winzige Krümel Cannabis.*

*Der junge Arzt sieht vor sich eine große, weiße Denkblase aufgehen, wie in einem Comic: ›Aaaaah ...‹*

*Erste Gewissensfrage: Was tun?*

*Der Patient:*

*»Und mach ihn groß genug, damit wir ihn uns teilen können, Jungchen. Ich bestehe darauf. Und dann gehst du mit mir aufs Dach, und da rauchen wir ihn dann zusammen.«*

*Da öffnet sich in seinem Kopf eine zweite Blase: ›Ahhhhh ...‹*

*Doppelte Gewissensprüfung.* Der Arzt raucht gern, aber kein Gras. Es kommt ihm unprofessionell vor, und zu der Zeit hat er noch eine hohe Meinung von seinem Beruf.

»Weißt du, Jungchen, ich kratze bald ab, und in hundert Jahren wirst du genauso tot sein wie ich«, sagt der Patient, als er sein Zögern bemerkt.

Später, als seine Frau schwanger wird, fällt es dem Arzt nicht schwer, mit dem Rauchen aufzuhören. Er erinnert sich nicht mehr an die paar Minuten, als er mit Herrn Schmiede auf dem Krankenhausdach stand und den Sonnenuntergang bewunderte, aber sobald jemand in seiner Nähe raucht, steigen in seinem Herzen ein zärtliches Gefühl und unaussprechliche Nostalgie auf. Der Geruch nach frisch gemähtem Gras weht herüber und kitzelt sein Gedächtnis, und er lächelt, ohne zu wissen, warum.

## Das Grab des schwarzen Ritters

Er beendete gerade seine sechste Runde, als sein Blick auf Sarahs zierliche Silhouette fiel. Halb im dichten Nebel verborgen, kniete sie auf allen vieren vor einer Grabplatte hinter einem Baum und putzte sie. Eigentlich hatte er sich vorgenommen, ihr fernzubleiben, um sich eine Pause von ihrer Stimme zu gönnen, von ihren Wutausbrüchen, ihren verrückten Einfällen, sprich, von all diesen bizarren Charaktereigenschaften, kurz, er wollte sich von Sarah, von Madeline UND von Elizabeth Titiana van Kokelicöte erholen. Schließlich aber gewann die Lust auf eine Zigarette die Oberhand. Er änderte seine Route und trabte zu ihr hinüber.

»Ich habe gerade den Stein poliert, mein Kleiner, und mich gefragt: Wenn man von sich selbst die Nase voll hat, glauben Sie, dass man dann woanders nachsehen kann, ob man dort ist, ohne sich auf dem Weg dorthin zu verlaufen?«

Der Arzt hegte die Befürchtung, dass sie ihn fragen wollte, ob das sein Problem sei: Dass er von sich selbst genug hätte und beschlossen hätte, woanders nachzusehen, ob er dort sei. Da oben, da unten, Paradies, Hölle, unwichtig, Hauptsache woanders.

Er deutete auf das Grab.

»Wer ist das?«

»Der Freund, von dem ich Ihnen erzählt habe«, sagte sie und tätschelte den Marmor zärtlich. »Mein guter, alter Charles ...«

Sie richtete sich mühsam auf.

»Warum haben Sie mit dem Laufen aufgehört, mein Kleiner?«

»Ich hätte gerne eine Zigarette«, sagte er schroff.

Sie reichte ihm Päckchen und Feuerzeug, ohne mit ihm zu diskutieren. Der Arzt nahm einen ersten Zug, hustete, dann noch einen. Es schmeckte köstlich. Neben ihm ahmte Sarah die Länge seiner Schritte nach und hechelte wie ein ertrinkender Hund.

»Ich mag Ihren Stil, Teddybär. Plump, aber ausdauernd.«

»Ich bin ans Laufen gewöhnt. Ich bin sogar mal Marathon gelaufen.«

»Marathon laufen kann jeder.«

»Aber nicht jeder hält bis zum Ende durch.«

»Wie oft haben Sie durchgehalten?«

»Ich habe es nicht ins Ziel geschafft«, sagte er und lächelte gequält.

Er stieß eine langgezogene Rauchwolke aus und pustete sie ihr direkt ins Gesicht, halb als Provokation, halb aus Zuneigung. Einen kurzen Augenblick lang pustete er sie so an, wie man ›Ich liebe dich‹ zu jemandem sagen kann, der einem sehr weh tut, und war darüber sehr überrascht.

Sie betastete seinen Bizeps und hängte sich mit ihrer kleinen Vogelhand daran.

»Heben Sie mich hoch.«

»So?«, sagte er, und ließ sie einige Zentimeter vom Boden hochschweben.

Sie kreischte vor Vergnügen.

»Es gibt nichts Schöneres, als einem jungen Mann zuzusehen, der im Trainingsanzug durch den Schnee läuft! Außer vielleicht einem nackten jungen Mann ... Was halten Sie davon?«

»Zählen Sie nicht auf mich«, sagte er und stieß ein ganz kurzes Lachen aus. *Man sollte hin und wieder den Eindruck vermitteln, man wäre glücklich*, dachte er.

»Macht nichts, ich hab's wenigstens versucht«, sagte sie fröhlich und ließ sich wieder auf die Erde fallen. »Los, beenden Sie Ihre Runde, und dann fahren wir.«

»Ich brauche eine Dusche.«

Sie schubste ihn wieder auf den Weg.

»Husch, husch, ich habe hier ein Grab zu pflegen!«

Der Arzt gab Sarah die angefangene Zigarette und entfernte sich mit kleinen Schritten, und der eisige Nebel hatte seinen Umriss bald verschluckt.

Er wunderte sich über seinen Wunsch nach einer Dusche. Eigentlich duschte er nur noch, wenn er seinen Geruch selbst nicht mehr ertrug.

Aufzustehen und dann auch stehenzubleiben war einfach zu beschwerlich geworden.

## Die Prüfung des furchterregenden Abgrunds

Bevor sie den Ort verließen, zerrte ihn die alte Sarah am Kragen zu einem frisch in die Erde gegrabenen Rechteck.

»Was sehen Sie?«

»Ein Grab.«

»Was sonst noch?«

Er zuckte verärgert mit den Schultern.

»Was denn noch? Das ist einfach nur ein leeres Grab! Ein Loch im Schnee, das auf seinen M...«

Sie stand lächelnd vor ihm, hielt sich beide Hände vor den Mund und blickte ihn halb fragend, halb erwartungsvoll an.

»Machen Sie sich über mich lustig?«

»Heiliger Chistophorus!«, gluckste sie. »Was ist er schwer von Begriff! Mein Lieber, was ich Ihnen hier präsentiere, ist Ihr nächster Bestimmungsort.«

Dann wandte sie sich zur Erde und verneigte sich.

»Mutter Erde, darf ich Ihnen Ihren nächsten Mieter vorstellen: Mark, alias Teddybär, für seine engsten Freunde. Er ist ein bisschen dicklich, aber ich setze ihn auf Diät und verordne ihm sportliche Betätigung. Seine Beerdigung wird vielleicht in sechs Tagen stattfinden, dann wird er hier reinpassen wie das Schwert in seine Scheide, machen Sie sich keine Sorgen.«

Dann wandte sie sich wieder dem Arzt zu:

»Popowitsch hat die ganze Nacht gebuddelt. Ich habe die Grabstelle reserviert, alles ist im Voraus bezahlt, dieses Loch gehört Ihnen für den Rest ihres Todes.«

Sie hob eine Handvoll gefrorene Erde auf und hielt sie ihm unter die Nase. Er schüttelte sich leicht vor Ekel und machte zwei Schritte zurück. Er war ausgehungert, schwach und durchgefroren.

»Haben Sie keine Angst, mein Kleiner, fassen Sie sie an, schnuppern Sie daran, machen Sie sich bekannt. Ich habe dicke, fette, rosige Regenwürmer besorgen lassen, die Sie in null Komma nichts vertilgen werden. Wenn der Winter vorbei ist, komme ich und pflanze Erdbeeren in ihren Humus. Im Frühling backt meine Tochter dann eine große Erdbeertarte. Dann nennen wir Sie ›Strawberry Teddy Pie‹ und essen Sie mit Schlagsahne, Pekannüssen und Schokoladenraspeln.«

Der Arzt betrachtete die gefrorene Erde in der Hand der alten Dame, dann senkte er den Blick zu Boden. *Hier hinein also*, dachte er, *in dieses Loch werden sie in ein paar Tagen meine Überreste legen? Allein in der kalten Erde?*

Sarah klatschte in die Hände und rief:

»Popowitsch!«

Schon erschien der Totengräber wie aus dem Nichts.

Der Arzt dachte: *Mein Gott, er heißt wirklich Popowitsch. Kein Wunder, dass er nicht lächelt.*

Herr Ich-lache-nur-einmal-im-Jahr stellte diensteifrig einen mit einem Deckel verschlossenen Eimer zu ihren Füßen ab, dann humpelte er wieder von dannen und schwenkte dabei seine Schaufel durch die Luft.

Der Arzt starrte auf das Behältnis und stellte sich vor, dass es mit einer wimmelnden, schleimigen Fauna angefüllt war, mit widerlichen Sauggeräuschen und fleischigem Sich-Umeinanderwinden.

Sarah trat mit dem Fuß dagegen, um den Inhalt in das Loch zu befördern, und brach in helles Lachen aus.

Der Eimer war leer.

»Sie haben's wirklich geglaubt, stimmt's?«

»Verrückte Alte, Sie!«, sagte er und führte den Zeigefinger der rechten Hand zum Mund, um am Nagel zu kauen, was er immer tat, wenn er gestresst oder besonders nervös war.

Er versuchte, sich an seinen Biologieunterricht zu erinnern: Wie lange dauert es, bis ein Körper zersetzt ist? Er wusste es nicht mehr, er hatte alles vergessen.

Die Alte schmiegte sich an ihn, er wich erneut zurück, sie rückte noch näher an ihn heran. Er hatte plötzlich unbändige Lust, sie in das Loch zu stoßen, und zwar nicht nur sie, sondern das, was sie in ihm hervorgerufen hatte, gleich mit – etwas, das ihm vorkam wie ein winziger, lächerlicher Trieb gewaltsamen und instinktiven Lebenswillens.

»Was für eine lausige Kälte!«, sagte sie. »Nehmen Sie mich sofort in die Arme, sonst schreie ich, dass ich vergewaltigt werde.«

Als er sich nicht rührte, brüllte sie los:

»Popowitsch! Hilfe! Hilf mir! Zu Hil…«

»Ist ja schon gut!«, fiel er ihr ins Wort und legte lose die Arme um sie.

Er roch nach dreckigem Schweiß und schämte sich ein bisschen dafür.

»Eine Sekunde länger und Popowitsch hätte Sie mit seiner Schaufel erschlagen. Und mir damit meinen Zobel versaut.«

Ihr Fuß spielte mit einer Zigarettenkippe herum, rollte sie bis an den Rand des Loches und beförderte sie mit einem gezielten Tritt hinein.

»Mein Kleiner?«

»Ja, Sarah.«

»Was würden Sie Gott fragen, wenn Sie eines Tages vor ihm stünden?«

»Ich glaube, ich würde ihn fragen, wer Kennedy wirklich ermordet hat und warum er uns von den Menschen trennt, die wir lieben.«

Schweigen.

*Gott mag mich nicht*, dachte er. *Andererseits, Gott mag niemanden.*

»Und Sie, Sarah?«

Sie kuschelte sich noch dichter an seine Achselhöhle, offenbar machte ihr sein Geruch nichts aus.

»Ich würde ihn fragen, wohin die Socken in der Waschmaschine verschwinden. Wie es ihr gelungen ist, sich so lange als Mann auszugeben, obwohl ich doch ganz genau weiß, dass er eine Frau ist. Ich würde IHR dafür danken, dass sie den Bizeps der Italiener, die Schenkel der Deutschen und den Romanesco-Kohl erfunden hat, alles Dinge, die uns IHR Können eindrucksvoll vor Augen führen. Romanesco …«, seufzte sie. »Anschließend würde ich SIE wegen des Sternnasenmaulwurfs auslachen, ein überaus hässliches Tier, das die Wissenschaftler *Condylura cristata* nennen, und das IHR komplett misslungen ist. SIE

245

wird mitlachen, denn SIE hat ja einen Sinn für Humor …
Da braucht man sich nur die Politiker anzusehen. Und
dann …«

Der Arzt hörte Sarah nur mit halbem Ohr zu. Sie roch
gut und hielt ihn warm, so wie er sie warm hielt, mehr
verlangte er gar nicht. Das Versprechen, das er gestern
gegeben hatte, hatte hiermit gar nichts zu tun: Er war hier
und gehorchte dieser alten Dame wie ein Sklave, weil er
die Wahl hatte zwischen all dem hier und dem Tod, und
weil ein Teil von ihm, auch wenn er sich dagegen wehrte, sich vor dem Nichts fürchtete und vor der Auflösung,
die bislang nur von Alkohol und Medikamenten gewährt
worden war.

Er konnte seinen verwunderten Blick nicht vom Erdbo-
den losreißen.

»Macht der Tod Ihnen Angst?«, fragte sie schließlich.

»Der Tod nicht, aber dieses Loch schon.«

»Wie recht Sie haben«, sagte sie trocken, riss sich abrupt von ihm los und nahm mit raschen Schritten den
kleinen Hügel in Angriff, der zum Auto hinaufführte.

Er traute sich nicht, sie darauf hinzuweisen, dass sie
ihm eigentlich noch eine heiße Schokolade schuldete.

244

# Die wundersame Waffe

Sarahs Hände waren schön, so schön wie sie, und es waren die alten Hände einer alten Dame. Jeder Fingernagel war in der Farbe zerquetschter Himbeeren lackiert, die so aufgetragen war, dass es wie winzige, dickflüssige Blutstropfen aussah. Auf ihrem schmalen Mund, der aussah wie ein Messerschnitt, prangte das gleiche leuchtende Karminrot. An der Haut in ihrem Gesicht ließen sich mindestens zehntausend Jahre in Falten ablesen, und das beruhigte den Arzt ungemein: Auf einen alten Menschen, der einem nicht geheuer ist, kommen neun, die harmlos sind, und in diese zweite Kategorie hatte der Arzt Sarah eingeordnet. Die folgenden Tage sollten ihm allerdings zeigen, wie sehr er sich da getäuscht hatte.

»Wie werden Sie sich umbringen?«, fragte sie ihn, als sie hinterm Lenkrad Platz nahm.

Er antwortete ihr mit einer verwunderlichen Mischung aus Gleichgültigkeit und unbegründeter Provokation:

»Nun, ich habe Messer, Gas, ein Seil, Insulinampullen, einen Baseballschläger …«

Dabei dachte er in Wirklichkeit unablässig daran, an den Tod, und zwar schon seit Monaten. Mittlerweile war der Tod für ihn zu einem kleinen, wilden Tier geworden, das man in einem kleinen Käfig mit sich herumträgt. Er störte ihn nicht besonders, solange er keinen Finger hineinsteckte, so wie eben gerade, mit diesem Loch in der Erde. Allein, es anzusehen, hatte sich angefühlt, als wäre er bis aufs Blut gebissen worden.

»Sie planen aber hoffentlich nicht, sich selbst zu verprügeln, bis der Tod eintritt?«, sagte sie und hob dabei die Hände gen Himmel. »Warum essen Sie nicht einfach abgelaufene Joghurts, wo wir schon mal dabei sind! Nein, nein, nein, Sie brauchen was Radikaleres. Wie wär's mit einer Handfeuerwaffe?«

Der Blick des Mannes wanderte zerstreut aus dem Fenster.

»Ich habe eine Pistole. Eine Luger P. B.«

»P. B.?«

»Parabellum. Das bedeutet ...«

»Ich kann selbst Latein«, fiel sie ihm ins Wort. »Was für eine merkwürdige Idee, bei einer Waffe darauf hinzuweisen, dass sie ›für den Kriegsfall‹ gedacht ist. Stellen Sie sich mal vor, es stünde darauf ›zum Nüsseknacken‹? Das hätte den gesamten Lauf der Geschichte verändert. (Sie steckte Daumen und Zeigefinger der rechten Hand in den Aschenbecher und knetete nervös den Inhalt.) Funktioniert sie?«

»Ja.«

»Sind Sie sicher? Sie muss schon ziemlich alt sein, wir sollten sie besser mal ausprobieren ...«

Da erzählte ihr der Arzt, wie seine Frau ihn eines Abends, als er aus dem Krankenhaus kam, im Wohnzimmer erwartet hatte. Kerzen, Musik, ein italienisches Abendessen auf dem Tisch. Sie lächelte ihn seltsam an und versteckte etwas hinter ihrem Rücken. Als sie es ihm überreicht hatte, zögerte er: Sie hatte es so gut verpackt. »Na? Willst du dein Geschenk nicht aufmachen?«, hatte sie ihn neckend gefragt. Es handelte sich um die Luger, die von einem Waffenschmied restauriert worden war, und um eine kleine rote Schachtel, in der zwei volle Magazine lagen. Ein wunderbares Geschenk und ein wirklich überraschendes dazu: Seine Frau hatte Waffen eigentlich immer gehasst.

»Diese Luger scheint Ihnen sehr wichtig zu sein«, stellte Sarah fest.

»Ich habe sie von meinem Großvater geerbt. Es handelt sich nicht einfach um irgendeine harmlose Waffe. Sie ist etwas ganz Besonderes ...«

Die alte Dame ließ vom Aschenbecher ab und legte die Hände wieder aufs Lenkrad. Sie achtete darauf, ihre geschwärzten Fingerspitzen zu verstecken, und machte ein interessiertes Gesicht.

»Ach, reden wir von was anderem, wir haben ohnehin nicht genügend Zeit dafür.«

»Zu spät, denn jetzt bin ich neugierig geworden.«

»Es ist eine traurige und schöne Geschichte, fröhlich und ernst, alles zugleich. Das hält Ihr altes Herz nicht aus.«

»Ich habe russische Wurzeln: Also habe ich ein dickes Fell.«

Der Arzt beschloss, die Neugier der alten Dame noch ein wenig zu schüren.

»Eines Tages setzte mein Großvater mich auf seine Knie und sagte mit seiner Stimme, die wie ein rostiges

Uhrwerk klang: »Siehst du diese Waffe, mein Junge? Es ist eine Zauberwaffe, und sie hat niemals einen Menschen getötet, nein, ganz im Gegenteil, sie hat sogar mehrere Dutzend Menschenleben gerettet.« Und der kleine Junge, der ich war, verlangte *Die wundersame Geschichte von der Pistole, die niemals einen Menschen getötet hat.* Sind Sie wirklich sicher, dass Sie sie hören wollen?« Er sprach mit geheimnisvoller Stimme. »Noch ist es nicht zu spät ...«

»Los, verraten Sie sie schon!«

»Nein, im Ernst, ich sehe es Ihnen an, Sie sind noch nicht bereit dafür«, machte er einen Rückzieher und frohlockte angesichts ihres enttäuschten Gesichtsausdrucks.

»Ihr Großvater hat Ihnen offenbar die Kunst vererbt, es richtig spannend zu machen, würde ich sagen. Oder sein Publikum zu quälen, je nachdem ...«

»Er war ein berühmter Mann, eine schillernde Persönlichkeit. Er war Bienenzüchter, und die Leute strömten herbei, um die außergewöhnliche Angewohnheit der Bienen zu bestaunen, die seinen enorm buschigen Bart als Bienenstock benutzten.«

»Ist das wahr?«

»Nein. Ich habe einfach das Erste gesagt, was mir in den Sinn gekommen ist. Vermutlich versuche ich, es so zu machen wie Sie mit Ihren Tanten. Ich denke mir irgendwas aus.«

An seinem Lächeln war abzulesen, dass er mit dem Ergebnis nicht eben unzufrieden war. Sarah schlug mit der Faust auf das Armaturenbrett.

»Heiliger Christophorus, genug der Folter, her mit der Geschichte!«

»Ich werde sie Ihnen nicht erzählen. Ich bin der Einzige, der sie kennt, und wenn ich sterbe, nehme ich sie mit ins Grab.«

»Warum tun Sie mir das an?«

Er wandte sich zu ihr und rang sich ein trockenes, höhnisches Auflachen ab.

»Weil es Ihre Schuld ist, dass ich Hunger habe und meine Oberschenkel weh tun. Im Leben will alles bezahlt sein, und das hier soll schon mal Ihre erste Anzahlung sein.«

In Wahrheit hatte es ihm eine diebische Freude bereitet, die alte Dame abblitzen zu lassen, und das war etwas Neues für ihn: Es bedeutete, dass er noch immer Vergnügen empfinden konnte, und sei es nur bei einem unbedeutenden und harmlosen Akt willkürlicher Boshaftigkeit. Ja, selbst dabei.

# Die Herberge

Sie lehnte sich enttäuscht in ihrem Sitz zurück und zog eine weitere Zigarette aus der Schachtel.

»Sie rauchen zu viel, das ist schlecht für die Gesundheit«, raunzte er sie an, während er sich in den Beifahrersitz sinken ließ und mit dem Finger auf den Brustkorb der alten Dame deutete.

Belehrender Tonfall, schulmeisterlicher Gesichtsausdruck: Der Experte hatte gesprochen.

»Zur Zeit, mein Kleiner, rauche ich zu viel, ich trinke zu viel, ich esse und ich lache zu viel. Eigentlich lebe ich zu viel.«

»*Mein Kleiner?*«

»Vom Alter her könnten Sie mein Sohn sein ...«, sagte sie und wedelte ihm mit ihrem Feuerzeug unter der Nase herum. »Aber wenn der mich anschaut, dann sagt er zu mir: ›Gut so, Mama, du sollst rauchen, du sollst trinken, du sollst es dir richtig gutgehen lassen.‹«

Sie parfümierte sich erneut, und schon wieder musste der Arzt automatisch an seine Frau denken. Er stützte das Kinn in die Handfläche, sein Blick schweifte ab.

»Worüber denken Sie nach?«, wollte sie wissen.

»Diese Geschichte wird ein schlechtes Ende nehmen ...«

»Welche Geschichte?«

238

»Sie und ich.«

»O … Mark … Was wäre das für eine Verschwendung, wenn ich unsere Wette verlöre! Ich finde Sie so schnuckelig wie einen Zimtstern in der Hand eines Somaliers. Die Welt braucht schöne Menschen, denn sie sind die kleinen Kiesel, denen man nachts im Wald folgen muss, um den Weg zur großen Villa zurückzufinden, in der es kein Elend, kein Unglück und kein Leid gibt …«

»Blablabla«, äffte er sie nach. »Halten Sie doch zur Abwechslung mal den Mund und sperren Sie lieber Ihre Augen auf: Ihre Bruchbude läuft voller Wasser, denn sie ist unterhalb vom Meeresspiegel gebaut! Der Mensch ist schlecht, es bereitet ihm Freude, Böses zu tun, wie keinem anderen Geschöpf. Und wenn er sich in einem lichten Augenblick einmal seiner Natur bewusst wird, dann behauptet er, dass es nicht seine Schuld sei, und macht einen Gott dafür verantwortlich. Um das zu durchschauen, muss man nicht besonders intelligent sein.«

Sarahs Zigarette baumelte von ihrem Mund herab wie ein nasser Halm. Der Arzt war zu weit gegangen, was ihm nun auch auffiel.

»Sarah … ich …«

Parkplatz. Handbremse. Ein Augenblick der Unschlüssigkeit, ein scheuer Blick auf ihre gelbe Uhr, verstohlener Blick auf die blaue Uhr, dann:

»Folgen Sie mir, Teddybär«, sagte sie, als wäre nichts gewesen, »wir sind gut in der Zeit, weder zu spät, noch zu früh, pünktlich auf die Minute!«

Bei den ständigen Stimmungsschwankungen der alten Dame kam es dem Arzt vor, als würde er versuchen, mit bloßen Händen einen Aal zu fangen. Er fand sich damit ab und betrat humpelnd das Restaurant: Schon jetzt spürte er stechende Schmerzen durch seine Oberschenkel zucken. Als ob sein Körper nur darauf gewartet hätte – zu erwachen und zu leiden.

Es befanden sich nicht mehr als rund ein Dutzend Gäste im Restaurant, und sie schienen alle miteinander höchstzufrieden und ziemlich gut betucht zu sein.

In seinem alten Trainingsanzug fühlte der Arzt sich dort sofort fehl am Platz.

Sarah kommentierte die Anordnung der Tische, die Farbe der Blumen, das Blau der Vorhänge usw., als hätte sie das Etablissement soeben erworben. Sie ging ihm zwar auf die Nerven, aber er enthielt sich eines Kommentars, weil es ihm immer noch unangenehm war, dass er im Auto so laut gewettert hatte. Seine Verzweiflung verlieh ihm nicht das Recht, an der Hoffnung und der Lebensfreude der anderen zu rütteln. Er nahm sich fest vor, daran zu denken. Schließlich war sie eine alte Dame und kein Pflaumenbaum, den man einfach schütteln konnte.

Sie wurden von einem übertrieben freundlichen Kellner mit Falsettstimme in Empfang genommen. Er griff nach zwei in Leder eingeschlagenen Speisekarten und reichte sie ihnen.

Sarah sah ihm dabei zu und räusperte sich.

»Wir benötigen nur ein Gedeck.«

»Madame möchte nicht essen?«

Sie legte die Hand auf ihren Bauch.

»Das hätte gerade noch gefehlt, natürlich will ich etwas essen!«

Was sie als Nächstes sagte, traf den Arzt vollkommen unvorbereitet.

»Dieser Mann ist krank; eine seltene Form von Paralytischem Ileus. Er ist in Behandlung, und die Spezialistin hat ein paar Tage strikte Diät empfchlen.«

Er rollte mit den Augen und sagte mit drohendem Unterton in der Stimme:

»Legen Sie sich nicht mit meinem Magen an, Sarah, ich warne Sie …«

»Kommen Sie, Teddybär! Wenn die Chrono-Homöo-Gastro-Akupunktur-Ernährungsberaterin Sie auf Diät setzt, dann ist das nur zu Ihrem Besten.«

»Auch Spezialisten können sich irren. Manchmal werden sie auch einfach alt und senil«, zischte er mit zusammengebissenen Zähnen.

Der Kellner musterte erst Sarahs Gesicht, dann das des Arztes.

»Diese hier aber nicht«, sagte Omi-im-Abendkleid und lächelte liebenswürdig. »Wenn sie Diät sagt, dann heißt das Diät. Glauben Sie denn, es macht ihr Spaß, Leute auf Diät zu setzen? Nein, aber sie tut es, weil sie ein Profi ist. Sie rettet Ihnen damit das Leben.«

»Wie viele Gedecke bitte?«, fragte der Kellner erneut mit einer Spur von Verärgerung in der Stimme.

»Nur eines«, befahl Sarah.

Der Arzt war ausgehungerter als der erste Mensch, als er herausfand, dass man Schnecken und Austern essen kann, und deshalb protestierte er:

»Bringen Sie uns bitte zwei Gedecke.«

»Nur eines!«

Der Kellner tänzelte von einem Fuß auf den anderen. Sarah stellte sich auf die Zehenspitzen und flüsterte ihm etwas ins Ohr. Der Mann erbleichte augenblicklich.

»Ein Gedeck für Madame, nichts für Monsieur, ganz recht, kommt sofort, ganz wie Sie wünschen, ich bitte vielmals um Entschuldigung …«, stammelte er, drehte sich um und verschwand.

»Was haben Sie zu ihm gesagt?«

»Dass die Chefin von dem Laden hier eine ganz unangenehme Person ist, und dass sie ihn auf der Stelle rausschmeißen würde, wenn er Sie bedient.«

»Und das hat er Ihnen geglaubt?!«

»Ich hatte ein ziemlich überzeugendes Argument.«

»Das da wäre?«

Sie lachte auf.

»Ich bin die Chefin von dem Laden hier.«

»Das glaube ich Ihnen nicht.«

»Unwichtig, solange er mir glaubt!«

Mit diesen Worten ließ sie ihn einfach stehen und begab sich in den hinteren Teil des Saals. Er folgte ihr und warf sich mit seinem ganzen Gewicht auf den ihr gegenüber stehenden Stuhl, während sie dabei war, ihren Mantel abzulegen.

»Aber ich bitte Sie, nehmen Sie doch Platz«, sagte sie in strengem Ton zu ihm.

Beinahe hätte er ein schlechtes Gewissen gehabt, weil er sie nicht um Erlaubnis gefragt hatte.

»Welches Spiel spielen Sie diesmal, Sarah?«

»Leben heißt essen, und die Toten nehmen keine Nahrung mehr zu sich.«

»Noch bin ich nicht tot.«

»Wie schön, Sie das sagen zu hören!«

Sie schenkte sich etwas zu trinken ein, ohne das Glas des Arztes eines Blickes zu würdigen.

»Ich habe noch eine Frage für Sie: Wenn die Nachtfalter das Licht so sehr lieben, warum leben Sie dann nicht am Tag?«

»Ich habe Hunger.«

»Bleiben Sie am Leben. Verkosten Sie, wonach immer Ihnen der Sinn steht, für den Rest Ihres Lebens.«

Plötzlich sah er, wie sie sich krümmte, die Hand auf den Bauch legte und ihm mit unverhohlener Grausamkeit zuwarf:

»Mit Ihnen zu reden, bereitet mir Krämpfe. Das muss der Appetit sein ...«

Was zu viel ist, ist zu viel. Außer sich schleuderte er ihr seine Serviette ins Gesicht.

»Ich muss den Verstand verloren haben, als ich zugestimmt habe, mit Ihnen zu gehen, das war eine ganz schlechte Idee. (Er schob seinen Stuhl zurück.) Ich gehe. Sie sind sadistisch, ich bin verrückt, das ergibt eine schlechte Kombination. Außerdem mag ich Sie überhaupt nicht.«

»Heiliger Christophorus, jetzt fängt er schon wieder davon an!«

»Genug, Madame, ich war schwach, weil ich traurig bin, Sie waren stark, weil Sie gerissen sind.«

»Hinsetzen!«

»Nein ... Keine Befehle mehr, keine Predigten, es ist vorbei.«

Er erhob sich geräuschvoll vom Tisch und eilte mit großen Schritten auf den Ausgang zu.

Sarah stand auf und rief:

»Wir haben eine Abmachung, junger Mann!« Ihre Stimme klang sehr schrill, und die Leute blickten von ihren Tellern auf. »Sie haben mir Ihre Hand gegeben!«

Er blieb stehen, kehrte mit gesenktem Kopf an ihren Tisch zurück und setzte sich auf die äußerste Stuhlkante, bereit, beim geringsten missliebigen Wort davonzugehen.

»Wie machen Sie das?«

Während er das sagte, wedelte er drohend mit erhobenem Zeigefinger in der Luft herum.

»Wie mache ich was?«

»Von allen denkbaren Gründen, mit denen Sie mich an sich hätten binden können, ist die ausgestreckte Hand der stärkste, wie konnten Sie das erraten?«, wollte er wissen und trank einen Schluck Wasser, um sich zu beruhigen.

»Meine Tante Numero drei, Isabella. Sie hätte einen Stummen zum Sprechen gebracht. Und jetzt setzen Sie sich hin. Selbstverständlich werden Sie zu Mittag essen. Darüber hinaus werden Sie es mit dem unermesslichen Vergnügen tun, einen Moment lang geglaubt zu haben, dass Ihnen dieses Essen entgehen würde.«

Er wollte nach der Speisekarte greifen, doch sie riss sie ihm aus den Händen und setzte sich darauf.

»Sie haben mir keine klare Antwort gegeben: Funktioniert die Pistole? Haben Sie sie schon mal ausprobiert?«

»Noch nie. Seit dem Tag, an dem sie fortgegangen ist, habe ich sie nicht mehr angerührt. Sie liegt in meinem

Bücherregal und wartet darauf, dass … Sie wissen schon, was ich meine …«

»Ich möchte, dass Sie sie morgen mitbringen, zusammen mit der Munition. Es ist wichtig.«

Er beugte sich zu ihr und blickte ihr direkt in die Augen. Er fühlte sich in der stärkeren Position.

»Sehr schön, aber ich will eine Gegenleistung. Einen starken Aperitif, eine Vorspeise, ein Hauptgericht, ein Glas Wein und einen Nachtisch. Und das Bonbon von der Rechnung. Und den Digestif. Ja genau, den vor allem!«

»Einverstanden! Wir sind im Geschäft.« Sie streute ein wenig Zimt auf ihre Handschuhe, schnupperte daran und wirkte zufrieden. »Sie bringen mir morgen diese erstaunliche Waffe mit, und ich verspreche Ihnen, dass ich Sie weniger quälen werde als heute. Und schminken Sie sich diesen resignierten Gesichtsausdruck ab. Es kommt mir vor, als würde ich Sie aufs Schafott schicken, dabei tue ich doch alles, um Sie zu retten.«

»Indem Sie mich verhungern lassen?«

»Indem ich Ihr Bewusstsein auf die kleinen Nichtigkeiten lenke, die so wichtig sind: essen, wenn man Hunger hat, trinken, wenn man Durst hat, sich ausruhen, wenn man müde ist …«

»Wussten Sie, dass es in Indien eine Religion gibt, in der der Suizid unter einer einzigen Bedingung als akzeptabel gilt, und zwar der, dass der Tod durch Verhungern herbeigeführt wird?«

Sarah schüttelte den Kopf.

»Der Selbstmordanwärter lässt sich selbst verhungern«, fuhr er fort. »Man ist dort der Ansicht, dies sei ein ausreichend langsames und schmerzhaftes Mittel, um die Motivation des Willigen gründlich zu prüfen.«

»Warum erzählen Sie mir das, Teddybär?«

Er verzog ein wenig angewidert das Gesicht.

»Nun, ich dachte gerade, Sie könnten mir ja ein Bein abschneiden, damit ich mir des Glückes bewusst werde, auf meinen zwei Füßen zu laufen ... Oder noch besser! Sie lassen mich vier Liter Bier trinken, binden mir die Harnröhre ab und verbieten mir dann zu pinkeln!«

Sarah ließ sich nicht aus der Fassung bringen.

»Meine Tochter hat mir eine Studie aus Holland vorgelesen, in der bewiesen wurde, dass man besser nachdenken kann und bessere Entscheidungen trifft, wenn man eine volle Blase hat.«

Sie winkte den Kellner herbei.

»Aber ich habe noch gar nicht gewählt!«, protestierte er.

»Unnötig, ich habe mich kundig gemacht, bevor wir hierhergekommen sind ...«

Sie beugte sich über den Tisch und verkündete mit der freudigen Erregung des Jägers, der zusieht, wie seine Falle zuschnappt:

»Mein kleiner Mark, es hat ganz den Anschein, als würde man hier die beste Kürbistarte und das beste Steak Tartare in der ganzen Stadt bekommen.«

## Die Erinnerung an ein Essen

*Das beste Essen des Arztes? Ein Essen, das nicht von ihm verspeist wurde …*

*Zwanzig Jahre zuvor. Ein Freitagabend in der Notaufnahme. Der junge Arzt betritt Box Nummer sechs und macht dort die Bekanntschaft eines jungen, siebzehnjährigen Mannes, Herr Kessel, der einen karamellfarbenen Hautton hat und wegen »fürchterlicher Kopfschmerzen« gekommen ist. Ein Grund, der dem jungen Arzt gar nicht gefällt: zu vage und möglicherweise was Ernstes.*

*Dem jungen Mann ist beim Schwimmtraining schwindelig geworden. Die Untersuchung, die Befragung des Patienten, die Computertomographie, alles ist normal. Der junge Arzt kehrt in das Zimmer zurück und verkündet ihm die gute Nachricht. Da es auf den Fluren gerade ein wenig ruhiger geworden ist, nutzt der Arzt den Moment, zieht sich einen Stuhl heran und bittet den Jungen, ihm alles noch einmal zu erzählen.*

*Gute Idee, der Stuhl, sehr gute Idee … Die Geschichte ist lang und nicht besonders fröhlich: Der junge Mann hat soeben eine Schwimmprüfung abgelegt, um in die Armee aufgenommen zu werden, er hat seit mehr als achtundvierzig Stunden nichts gegessen, verfügt über keine finanziellen Mittel und musste sich zwischen Heizung und Essen entscheiden. Ihm war kalt, er hatte Hunger. Er hat seine Wahl getroffen.*

*Der junge Arzt steht auf, nimmt die Kappe von seinem Stift, schöpft aus seinem ganzen, in zehn Jahren anspruchsvollem wissenschaftlichem Studium angehäuften Wissen und schreibt in roten Großbuchstaben auf den Verschreibungszettel: EINE GROSSE PORTION MITTAGESSEN.*

*Nach und nach, mit Hilfe von mehreren Essenstabletts, Apfelmus und salzfreien Crackern, kommt der Junge vor seinen Augen wieder zu Kräften.*

*Mit Sicherheit die simpelste und schönste Verschreibung seines Lebens.*

## Der angeschlagene König

Dank der alten Dame machte der Arzt zum ersten Mal die Bekanntschaft des Mannes, der unter dem Feigenbaum lebte. Als sie ihn zu Hause ablieferte, deutete sie auf eine Art Hütte am Fuße des Baumes.

»Wem gehört dieses seltsame kleine Häuschen, Teddybär?«

»Was für ein Häuschen?«

Sie stieg aus dem Auto und ging geradewegs auf einen kleinen, offenbar obdachlosen Mann zu, dessen Körper an ein Fass erinnerte und dessen Gesicht rot und schuppig aussah. Er hauste in einer Hütte aus Pappkartons.

Der Arzt schreckte zusammen: Er hatte ihn schon oft gesehen, aber so, wie man eine öffentliche Bank oder einen Brunnen sieht. Er hatte ihn noch niemals *an*-gesehen: weder seinen Mantel, der an den Ärmeln abgewetzt war und unter dem er sich zusätzlich in eine Decke gewickelt hatte, um sich vor der Kälte zu schützen, noch sein rechtes Bein, das lahm herabhing. Und der Mann war schön, von einer verbrauchten, unsagbar müden Schönheit, an der die Zeit ihre Spuren hinterlassen hatte. In seinem Blick konnte man Boote und Kaimauern sehen. Sein Vorname war Régis, aber er wollte lieber »der König« oder schlicht »der Fischer« genannt werden.

Als der Arzt zu ihnen trat, bemerkte Sarah gerade schwärmerisch, wie merkwürdig es doch sei, dass hier ein Feigenbaum stehe, und der Mann erklärte ihr, dass die Bewohner des Viertels ihn im letzten Winter eigentlich für tot gehalten hätten, woraufhin er dann aber so viele Früchte hervorgebracht habe, dass man daraus kiloweise Marmelade für die Waisenkinder von Notre Dame herstellen konnte. Sommer und Herbst waren vorüber, die Kinder aßen immer noch davon, und der Baum hörte nicht auf, Früchte hervorzubringen.

»Ich kann's nicht erklären, keiner kann's erklären«, schloss Régis, bevor er den Arzt erblickte, und rief: »Eine Münze, mein Herr? Für einen alten Matrosen?«

Der Fischer hatte mit der Stimme eines schwindsüchtigen Gutsherrn gesprochen, und der Arzt durchwühlte seine Taschen auf der Suche nach ein wenig Kleingeld.

»Mehr habe ich nicht«, sagte er entschuldigend, reichte ihm ein paar Münzen und lief rot an, weil dieser Satz so falsch klang.

»Der König dankt«, sagte der andere und nahm das Geld in Empfang. »Ist zwar kein Gold, aber besser als gar nichts!«

Der König beteuerte, er habe früher mal ein schönes Leben gehabt, er habe alles gehabt, »was ein Mensch sich erträumen kann«, dann aber sei seine Frau gestorben und er habe sich gehenlassen …

Als er das hörte, hatte der Arzt plötzlich das Gefühl, als würde ein riesiger Stiefel seinen Oberkörper zertreten. Er wandte einen Moment den Blick ab, damit die anderen nichts merkten.

»Ich muss jetzt zu meinen Kindern, die warten auf mich«, entschuldigte Sarah sich ein paar Sekunden später und verabschiedete sich von ihnen: »Es war mir eine Ehre, Ihre Bekanntschaft zu machen, Monsieur Régis der Fischer.«

Der Arzt sah, wie sie sich zu ihm umdrehte, und dann drückte sie ihn schon wieder an sich. »Bis morgen, und seien Sie schön brav«, sagte sie dabei, was er sich im Stillen als »Sie schulden mir noch fünf Tage, bevor Sie sich eine Kugel in den Kopf jagen dürfen, und ich werde Sie bis in die Hölle verfolgen, wenn Sie Ihr Versprechen nicht halten, mein Kleiner« übersetzte.

Daraufhin verschwand sie, und er fand sich allein mit diesem seltsamen Spiegelbild seiner selbst, diesem Mann, der sich am Rande unserer Welt aufhielt und der der Kälte nichts weiter entgegensetzte als eine dünne Schicht Pappe und Reste von schlechtem Whiskey. Er fragte sich, wie man so überleben konnte. So kam es, dass der Arzt, als das Taxi um die Straßenecke bog und verschwand, von dem König wissen wollte, wie lange er denn schon auf der Straße lebe.

»Seit sieben Jahren. Oder zwei Wochen. Vielleicht sogar erst seit einem Tag, ich habe es vergessen, aber dass ich nichts mehr besitze, das weiß ich. Während ich darauf warte abzukratzen, schließe ich die Augen, und alles, was ich sehe, gehört mir. Da gibt's sogar ein Schloss, und darin bin ich König. Kannste mal sehen, mein Jungchen!«

Der Arzt log ihn an, weil er nicht wusste, was er sonst sagen sollte:

»Eines Tages wird alles wieder ins Lot kommen … doch, doch, da bin ich mir sicher, Sie werden sehen …«

Das war so eine Angewohnheit der Leute, um andere Menschen zu beruhigen, also tat der Arzt es ihnen gleich. Régis fragte ihn nach seinem Vornamen. Er sagte, er heiße Mark, ohne zu wissen, warum. Sie gaben sich die Hand und unterhielten sich noch eine gute Stunde lang, plauderten über das Wetter, die gehetzten Leute, den Nutzen von Gratis-Einkaufsgutscheinen, das Glück, die Lügen des Lebens und darüber, ob der Tod es wirklich ernst meinte.

Als er wieder zu Hause war, öffnete der Arzt eine Flasche Scotch und kaute an den Fingernägeln. Ein Finger nach dem anderen, keiner blieb verschont. Während er den letzten Nagel abbiss, starrte er stundenlang an die weiße Wand des Zimmers: Die Flasche war fast leer, und er wusste nicht mehr, was er sonst noch tun sollte. Also griff er nach der kleinen roten Schachtel, nahm die Pistole seines Großvaters und die beiden Magazine heraus und dachte, dass eine einzige Kugel genügen würde. Er streichelte die Waffe, zerlegte sie, um sich den Mechanismus und die Verzahnungen anzusehen, dann setzte er sie wieder zusammen und lauschte dem Klicken. *Ich werde langsam verrückt*, dachte er, als ihm bewusst wurde, dass ihm das Knirschen dieser Scharniere gefiel, wenn sie durch seine Finger glitten. Anschließend ging er ins Bett wie gewohnt, abgesehen davon, dass er sich zum ersten Mal seit langer Zeit fragte, was ihn wohl am nächsten Tag erwarten würde.

Fünf Tage vor der Beerdigung

# Das Zauberkorn

Die ganze Nacht über war der Arzt immer wieder vor Angst hochgeschreckt. Am Morgen dann nach draußen zu gehen, um die alte Dame wiederzutreffen, war ihm so schwergefallen, wie einen Berg aus Matsch zu erklimmen.

Sarah hatte sich als Jahrmarktprinzessin herausgeputzt. Blaues Bustier, silbernes Stirnband und ein weiter Rock, dessen eine Hälfte sie über den Beifahrersitz und die andere über die Rückbank ausgebreitet hatte. Schön oder lächerlich? Der Arzt konnte sich nicht recht entscheiden, aber einigermaßen versponnen war es mit Sicherheit.

Die Alte hielt eine Frühlingsrolle in der Hand und betrachtete sie skeptisch.

»Natürlich ist es erst zehn Uhr morgens, Teddybär, aber es handelt sich dennoch um einen feierlichen Augenblick! Ich bin im Begriff, etwas zu tun, das ich zum ersten Mal mache, ich darf mir also was wünschen.«

Ihm wurde schon wieder leicht schwindelig: Seine Frau hatte die gleiche Angewohnheit gehabt, und er hatte niemals verstanden, warum sie sich diesem Aberglauben unterwarf.

»Das ist doch bescheuert, mein Kleiner, ein Gericht zu verabscheuen, das man nie probiert hat. Ich hätte es ja nur ein einziges Mal kosten müssen, um herauszufinden …

Sie zum Beispiel, mögen Sie Garnelen? Ich weiß, dass ich sie liebe. Ich liebe auch Salat, und nach Sojasprossen bin ich ganz verrückt! Trotzdem, die Rolle als Ganzes ekelt mich an ... Also los, wohl bekomm's!«

Sie holte einmal tief Luft, knabberte widerwillig daran, kaute, schluckte, warf sich nach hinten und seufzte erleichtert.

»Gott sei Dank, es schmeckt nicht! Stellen Sie sich eine alte Jungfer vor, die am Ende ihres Lebens herausfindet, dass sie eine Klitoris hat, und dann findet sie es ganz toll, was für eine Tragödie!«

Der Arzt musste lachen. Da seine Verzweiflung gerade ausnahmsweise einmal nichts dagegen hatte, ergriff er die Gelegenheit beim Schopfe. So war es nun mal, als seine Frau gegangen war, hatte sie zu viel Stille in seinem Leben zurückgelassen.

»Kommen Sie schon, Sarah ... Sie tun ja fast so, als wäre es für Sie zu spät. Der Todgeweihte in diesem Auto bin doch ich.«

»Wir müssen alle eines Tages sterben«, wies sie ihn zurecht. »Aus diesem Grund arbeite ich ja auch nachts. Was meinen Wunsch angeht, so verzichte ich darauf: Er ist bereits in Erfüllung gegangen. In vier Tagen verrate ich Ihnen, was es war.«

Eine Bohnensprosse fiel runter und blieb zu ihren Füßen liegen. Sie sah aus wie eine kleine weiße Pille. Sarah konnte den Blick nicht davon abwenden. Offenbar hatte es mit dieser Sprosse irgendetwas auf sich, aber was?

»Sarah, geht es Ihnen gut?«

»Es ist so widerlich ...«

»Wen wundert's. Als die Katzen meines Großvaters eine nach der anderen verschwunden sind, musste ich immer denken, dass das chinesische Restaurant unter seiner Wohnung vielleicht was damit zu tun hatte …« Er nahm ihr die Frühlingsrolle aus der Hand. »Werfen Sie die nicht weg: Die esse ich später auf.«

»Sie haben recht, mein Kleiner, heben Sie sich die für heute Mittag auf. Ich weiß nämlich noch nicht, was ich für Sie vorgesehen habe!«

## Die Villa der malenden Gespenster

Wenn Sarah redete, redete sie zu viel. Wenn Sarah schwieg, schwieg sie lange. Beim Fahren hörten sie Musik, und die alte Dame nickte im Takt, derart eins mit den Rhythmen, dass sie den sogenannten Wackeldackeln auf der Hutablage der Autos Konkurrenz machte. Nachdem sie rund zehn Minuten lang geschwiegen hatte, sagte sie plötzlich:

»Die *Nocturnes* von Chopin sind so schön, stellen Sie sich mal vor, was daraus geworden wäre, wenn er sie am helllichten Tag komponiert hätte.«

Da ihr Beifahrer auf diesen plötzlichen Begeisterungsausbruch hin nichts zu erwidern wusste, begnügte er sich damit, aus dem Fenster zu blicken. Nirgendwo konnte man der Werbung entgehen: Mantel, Mixer, Schmuck … Alles erschien frei und leicht.

Ein Plakat für Schuhe versprach ›das GLÜCK in Großbuchstaben‹. Da sich der Arzt genau diese Schuhe vor einem Jahr gekauft hatte, schloss er daraus, dass es sich bei seinem Modell offenbar um die reinste Fehlanfertigung gehandelt hatte.

»Was für eine gequirlte Scheiße!«, sagte er laut und mit Nachdruck.

»Vermutlich, aber so ist es nun mal«, erwiderte sie.

Wusste sie, wovon er gesprochen hatte? Er hatte keine Ahnung. Er wusste es im Übrigen selbst nicht genau: Worüber redete er eigentlich?

Am linken Ufer des Flusses stellte sie den Motor aus, als sie vor einem heruntergekommenen Gebäude standen, das wie ein altes Spukhotel anmutete. Ein sich selbst überlassenes Gelände, ein paar kaputte Bretterzäune, weiter hinten Kräne. Der Arzt wähnte sie in einem dieser Orte am Stadtrand angekommen, wo man sich tagsüber zu Tode langweilt und nachts vor Angst schier umkommt.

»Mein Gott, bist du hässlich geworden!«, jammerte Sarah, als sie den alten, grauen Steinkoloss betrachtete. »Und einsam!«

Er bemerkte, wie ihre Mundwinkel ganz leicht nach unten rutschten und ihr Blick glasig wurde und in die Ferne schweifte, dann hörte er sie dreimal hintereinander seufzen.

Es wirkte beinahe, als wäre sie soeben ein wenig gestorben.

»Los, bringen wir's hinter uns!«

Sie stieg aus dem Auto und ging geradewegs auf die grünliche, verwitterte Eingangstür zu, die sie vergeblich aufzudrücken versuchte.

»Heiliger Christophorus!«, schimpfte sie.

Der Mann folgte ihr und stieg ebenfalls aus. Die Luft war noch kälter als am Tag davor; es tat in der Lunge weh, aber dafür bekam man einen klaren Kopf davon.

»Woher kennt eine ›Lady‹ wie Sie eine solche Bruchbude?«

Die Antwort war ihm gleichgültig, er hatte die Frage

nur gestellt, um liebenswürdig zu sein. Eigentlich wollte er sich nur irgendwo hinsetzen und sterben – oder etwas sehr Konkretes in der Art.

»Dies war einmal eine der herrschaftlichen Villen dieser Stadt. Verschiedene Künstler haben hier gewohnt.«

Sie wühlte in ihrer Tasche, fischte ein Schlüsselbund heraus und wandte sich dem Arzt zu.

»Und außerdem gehört diese ›Bruchbude‹ mir«, zischte sie und mimte die Verärgerte, während sie die Tür aufschloss. »Das ist der Zustand, in dem ich sie gekauft habe, und ich habe mich geweigert, irgendetwas daran zu ändern.«

Lüge? Wahrheit? *Unwichtig*, dachte der Arzt, als er den Fuß in die Eingangshalle setzte, er würde sich fünf Tage lang bemühen, so zu tun, als würde er leben, damit man ihn anschließend in Ruhe ließ.

Als er sich allmählich an das Halbdunkel gewöhnte, blickte er sich um: Es roch nach feuchtem Putz, eine unendlich lange Wendeltreppe mit schmiedeeisernem Handlauf verlor sich in der Dunkelheit, dann Leere, allerdings durchbrochen von knarrenden Geräuschen und Flügelrauschen, als eine Krähe sich zwischen zwei Säulen wagte. In der Mitte stand eine kleine Mauer aus Leichtbeton. Sarah hatte ihn in eine Ruine geführt.

»Wir müssen noch mal zurück«, sagte sie und machte kehrt. »Was wir brauchen, befindet sich im Kofferraum des Wagens!«

Darin lagen, dicht aneinandergedrängt, mehrere dicke Kürbisse.

»Ich hab immer welche im Kofferraum, falls ich eine

Panne habe! Daraus kann man nämlich hervorragende Ersatzkutschen machen«, sagte sie und wedelte mit ihrer Zigarette wie mit einem Zauberstab. »Die legen wir auf die kleine Mauer da hinten, und dann spielen wir ›Cowboys und Kürbisse‹! Das ist genauso wie ›Cowboys und Indianer‹, nur dass wir statt auf …«

»Ja, ja, ich habe schon verstanden, los jetzt!«, sagte er ärgerlich.

Sie platzierten sie nebeneinander, und als sie fertig waren, fing sie an, sich um sich selbst zu drehen wie die Derwische im Orient, den Blick fest auf das Dach und das Gebälk gerichtet.

»Ich habe beschlossen, diesen Ort in ein Museum zu verwandeln! (Ihre Stimme klang kurzatmig und abgehackt.) Hier … befindet sich … das künftige … größte … Museum … für moderne Kunst … des Landes. Oder eine Bonbonfabrik … Ich weiß noch nicht … Kommen Sie, das wird unglaublich!«

# Eine Erinnerung aus der Kindheit

*Die Kindheit des Arztes ... Die ersten neun Jahre seines Lebens ist er ständig von Ärzten umgeben. Fehlbildung des Herzens. Und zwar eine ziemlich gravierende. Im Krankenhaus sitzt sein Großvater an seinem Bett, er hat ein kleines Zimmerchen, und vor allem hat er einen Fernseher.*

*Zwischen den Untersuchungen erfreut sich das Kind an den Abenteuern von Superhelden in Strumpfhosen, die fliegen können und die Bösen ins Gefängnis bringen.*

*Unter dem Bildschirm ist eine kleine Dose angeschlossen, in die man ein paar Münzen werfen muss. Das Geldstück löst einen Waagenmechanismus aus, der den Kontakt herstellt, und dann bekommt man zwei oder drei Stunden lang Zeichentrick. Das Kind sieht sich die Filme in Unterhose an, das Bettluch um seinen Hals geknotet, damit es wie ein langer Umhang aussieht. Die Schwierigkeiten, mit denen der Held fertig werden muss, die unmittelbare Nähe der Gefahr und der Triumph des Guten gegen das Böse ... Seine Phantasie spielt verrückt.*

*Einmal die Woche kommt Mister Honey vorbei, der Techniker, und holt das Geld heraus. Ohne etwas zu sagen, setzt er sich neben ihn und schaut mit ihm die Zeichentrickfilme an. Jedes Mal bringt er ihm eine andere Süßigkeit mit: Kürbisfudge, Kürbiskekse, Kürbiskäsekuchen, Kürbismuffins ... Bei ihm ist alles rund, orangefarben und zuckersüß. Wie sein gemütlich wirkender Körperbau und sein großer Bauch, auf den er sich schallend schlägt und dabei laut lacht.*

*Anschließend leert er die Sammelbox aus, gibt dem jungen Arzt sein gesamtes Geld zurück und legt dabei einen Finger auf den Mund. Es ist ihr Geheimnis.*

*Eines Morgens bringt er ihm sogar bei, wie man mit Hilfe eines Stückchens Faden und einer Münze den Timer in Gang setzen kann.*

*»Später will ich so werden wie du«, sagt das kranke Kind.*

*»Versuche lieber, so zu werden wie sie«, erwidert Honey und zeigt auf zwei Chirurgen, die gerade den Flur entlangkommen.*

*Dieser Mann macht den Jungen während seiner Krankheit sehr glücklich. Das Kind mag Techniker gern. Lange Zeit antwortet er, wenn man ihn fragt, was er denn später einmal werden will, mit einer Überzeugung, die für einen Jungen in seinem Alter erstaunlich ist: »Am Tag will ich Techniker sein und nachts Chirurg für Kinder.«*

*Das weiß er bereits mit acht Jahren: Er wird sich um kranke Kinder kümmern.*

*Dann wird der Arzt erwachsen und behält diese fixe Idee. Er beginnt ein Medizinstudium, bekommt sehr gute Noten, und alles scheint ihm zuzulächeln.*

*»Am Ende werde ich sowohl am Tag als auch in der Nacht Kinderchirurg sein. Und zwar von Kopf bis Fuß, bis in die Zehenspitzen hinein.«*

*Er ist unsagbar glücklich.*

*Er weiß noch nichts vom Leben.*

# Die Prüfung der doppelten Ritter

»Die Pistole«, befahl Sarah.

Der Arzt öffnete seine Tasche und holte vorsichtig die rote Schachtel hervor, in der die Waffe und die Munition lagen.

In dem Augenblick packte die Alte ihn mit ungeahnter Kraft und drückte ihm einen Kuss auf den rechten Wangenknochen. Er wusste nicht, wie er reagieren sollte: Es war das erste Mal, dass seine Wange von einer alten Dame vergewaltigt wurde.

»Ich bitte Sie inständig, mir diesen spontanen und unerklärlichen Gefühlsausbruch zu verzeihen«, sagte sie sehr, sehr verlegen und strich über die Falten ihres Gewandes. »Es ist einfach über mich gekommen, ich habe nicht darüber nachgedacht und nichts dagegen unternommen.«

Er verdrehte die Augen, bei ihr verwunderte ihn nichts mehr.

Sie nahm die Waffe aus der Schachtel und blickte zögernd auf die beiden Magazine:

»Ene mene Miste, nur die Harten kommen in' Garten, ene mene muh, und dran bist du!«

Das rechte Magazin schien ihren Vorstellungen zu entsprechen. Sie nahm es heraus, hielt es sich vors Gesicht, inspizierte es gründlich, schnupperte daran und entschied sich schließlich für das linke. Darin ruhten sechs Kugeln fertig zum Gebrauch, was genau der Anzahl der Kürbisse entsprach, die sie soeben auf dem kleinen Mäuerchen platziert hatten.

»Finden Sie nicht auch, dass das ein seltsamer Zufall ist?«

»Ich hatte immer schon ein glückliches Händchen«, entgegnete sie und klopfte auf ihren rechten Nasenflügel. »Ein glückliches Händchen und phantastische Tanten. Regina hat ihren Lebensunterhalt damit bestritten, Umhänge zu stricken, die unsichtbar machen, aber sie haben nur im Dunkeln funktioniert. Und Sophia, die konnte die Lottozahlen vorhersagen, aber immer erst zwei Sekunden, bevor sie bekanntgegeben wurden. Beide sind bettelarm gestorben.«

Während sie redete, wollte der Arzt die Festigkeit der Wände testen und trat mit dem Fuß gegen den Putz. Daraufhin brach mit lautem Gepolter ein großes Stück aus der Wand heraus. Staub stieg auf, in einen Sonnenstrahl hinein. Der Arzt machte drei kleine Schritte nach vorn und schob die Hände in die Taschen, so als wollte er sagen: »Ich habe Mist gebaut, aber keiner hat's gesehen.«

»Sophia war auch die berühmteste Seifenresteleserin der Welt.«

»Seifenresteleserin?«

»Im Wesentlichen konnte sie Dinge über die Leute vorhersagen, indem sie ihre Seifenstücke betrachtete.«

»Und was sah sie da so?«

»Ob sie sich gewaschen hatten«, sagte sie und schnupperte, bevor sie in Lachen ausbrach. »Los, mein Kleiner, Sie ballern jetzt auf dieses Kürbisgemüse, und kein falsches Mitleid!«

Zufrieden mit ihrem Satz, trippelte sie ein paar Sekunden hin und her, dann holte sie sich einen Klappstuhl und summte dabei einen spanischen Abzählreim.

Der Blick des Arztes blieb an den Zielen hängen. Sarah hatte beim Aufstellen ihrer Falle mal wieder grenzenlose Gemeinheit bewiesen: LEBEN, KINDHEIT, FREUDE, ERINNERUNG, TRAURIGKEIT, RESILIENZ, jeder Kürbis war mit schwarzem Filzstift beschriftet. Er fühlte sich auf einmal einsamer als jemals zuvor. Er hatte einen Schritt zur Seite gemacht, heraus aus seinem Leben, und war an einen trostlosen Ort geraten, ohne Willen und ohne Licht. Außerdem hatte er ein seltsames Gefühl dabei, auf diese Ziele zu feuern. Genau genommen empfand er nichts, er erinnerte sich einfach nur daran, dass diese Worte existierten, nicht mehr und nicht weniger.

»Das Glück gibt es wirklich, mein Kleiner. Sogar Narren gelingt es, es zu finden!«

Die Alte paffte genüsslich. Er erwiderte nichts, er war der Meinung, dass sie sich irrte. Nachdem er die fünf ersten Schüsse abgegeben hatte, besah er sich den letzten Verurteilten, seine vollen Rundungen, deren Ränder wie Rippen hervortraten.

»Teddybär!«, rief Sarah. »Kein Mitleid! Ein Angeklagter ist noch übrig.«

Er ließ den Arm sinken, so dass die mit der letzten Kugel geladene Pistole neben seinem Bein herabhing. Trotz der Kälte fühlten sein Hals und seine Schultern sich heiß an vor lauter Aufregung und Konzentration. Die Realität der Waffe in seiner Hand, der Lärm der Schüsse, die Explosion, welche die Kugeln verursachten, wenn sie durch die Schale der Fruchtgemüse drangen wie durch einen Schädel … Er ertrug es nicht länger; irgendetwas Kompliziertes in ihm war drauf und dran, sich aufzulösen.

»Sarah, ich befürchte ganz stark, dass dieser eine hier dazu verdammt ist, zu leben.«

»Kommt nicht in Frage, Mark. Wenn man einen umbringt, muss man die anderen auch umbringen!« Sie musterte ihn abschätzig über das glühende Ende ihrer Zigarettenspitze hinweg. »Ich lasse nicht mit mir handeln: Es ist noch eine Kugel im Magazin, und die ist für ihn da bestimmt. Basta.«

»Steht das so im *Klugen Handbuch für den kleinen Scharfrichter landwirtschaftlicher Erzeugnisse?*«

Zum ersten Mal seit ihrer ersten Begegnung, und ohne es begründen zu können, beschloss er, nicht klein beizugeben.

»Wird's bald, machen Sie diesem verfluchten Kürbis jetzt endlich den Garaus?«, regte sie sich auf. »Hören Sie auf, mit mir zu feilschen.«

Er legte die Waffe auf den übergeschlagenen Beinen der alten Dame ab.

»Ich möchte diese letzte Kugel für mich aufbewahren. Wir sehen uns im Auto.«

Er näherte sich dem Ausgang, als er einen Knall hörte. Sarah stand vor dem Mäuerchen und hatte soeben auf den letzten Kürbis geschossen.

»Hach, wie lästig, ich hasse es, wenn ich alles selbst

erledigen muss«, sagte sie, als sie wieder auf die herrschaftliche Eingangstreppe trat.

»Sie haben geschummelt: Die hat mir gehört.«

»Blablabla, mein Kleiner! Also gut, ich habe Ihnen Ihre Kugel geklaut, also schulde ich Ihnen jetzt eine. Machen Sie sich keine Sorgen: In Ihrer roten Schachtel liegt noch ein zweites volles Magazin. Da wird sich schon eine Kugel finden lassen, die den Part übernimmt.«

# Die Holzprüfung

Sein deutlich vernehmbares Schnaufen, als er ihr nächstes Ziel erblickte, ließ sie auflachen.

»Wie sehr gehe ich Ihnen auf die Nerven, mein Kleiner: Zu sehr, oder einfach nur sehr doll?«

»Viel zu sehr.«

»Das ist ein gutes Zeichen: Es bedeutet, dass Sie anfangen, mich zu lieben.«

Das sah der Arzt für seinen Teil ganz und gar anders. Er hatte geliebt, früher. Die Krankenschwestern in seiner Kindheit, seinen Großvater, und später seine Frau. All das war jetzt vorüber.

Das Geschäft machte einen äußerst unterkühlten Eindruck, fand er. Wenn man daran vorbeilief, spiegelte man sich für einen kurzen Moment im Schaufenster, und an genau dieser Stelle war ein Sarg aufrecht hingestellt worden, so dass man sich flüchtig als eingesargten Toten erblickte.

Die Eingangstür öffnete sich lautlos: Die Angeln mussten vor Öl nur so triefen. Alles strahlte in grellem Weiß, und der Fußboden war mit einem speziellen, extraweichen Teppich ausgelegt, der an Zahncreme erinnerte. Künstlicher Zitronenduft drang den Kunden in die Nase. Äußerst beunruhigend, äußerst unangenehm.

Ein Mann in einem dunklen Anzug, dessen Gesicht den Arzt entfernt an irgendjemanden erinnerte, näherte sich mit kleinen, abgehackten Schritten. Dem Arzt war wohl bewusst, dass die Verkäufer an derartigen Orten nicht unbedingt dazu neigten, sich wie Clowns anzuziehen, aber diese Szene kam ihm dermaßen berechenbar, dermaßen klischeehaft vor … Der Verkäufer hatte eine vage Ähnlichkeit mit einer Wachsfigur, die er einmal mit seinem Großvater in der Geisterbahn eines Jahrmarkts gesehen hatte. Er war zwölf Jahre alt gewesen und hatte den gelblichen Teint, die ausgehöhlten Augen, die ausgemergelten Wangenknochen nie vergessen. So leblos, so glatt und undurchdringlich.

Nosferatu nickte ihnen steif zu und wandte den Kopf einmal nach rechts – »Madame« –, einmal nach links – »Monsieur«.

»Hallo!«, erwiderte Sarah fröhlich und grinste von einem Ohr zum anderen. »Wir kommen wegen einer Beerdigung!«

»Madame, da sind Sie bei mir an genau der richtigen Adresse.« Er klopfte mit Genugtuung auf einen Anstecker, der an seine Weste geheftet war und ihn als Mitarbeiter des Monats auswies. »Wann soll die Bestattung denn stattfinden?«

Die alte Dame zählte an ihren Fingern die Tage ab.

»In drei Tagen … nein, in vier! Nicht wahr, Mark?«

Dieser tat so, als hätte er nichts gehört. Sie frohlockte.

Der Bestatter beugte sich leicht nach vorn.

»Ein Mann? Eine Frau?«

»Ein Mann.«

»Gehören Sie zur Familie des Verstorbenen? Ist es ein Freund? Jemand, der Ihnen nahestand?«

Sie drückte sich an den Arzt – »Ja, sehr nahe!« – und schob ihn nach vorn, wobei sie die eingefrorene und gezwungene Haltung einer Teleshopping-Verkäuferin annahm. *Jetzt ist aus mir der allerneueste, trendige Drei-in-eins-Dampfgarer geworden,* dachte er, *irgendein Ramsch, den sie an die Leute bringen will.*

»Es handelt sich um diesen Herrn hier.«

»Mein herzliches Beileid«, hauchte der Verkäufer.

Der Arzt lugte verstohlen nach dem Ausgang. Er verspürte eine unerträgliche Beklemmung; etwas hatte nach seinem Herzen gegriffen und drückte zu, fester und immer fester.

»Ist der Herr womöglich – krank?«

Sarah antwortete an seiner Stelle, während sie sich noch fester an ihn klammerte als je zuvor:

»Aber nein, Monsieur ist frischer als ein Frühlingsmorgen.«

Gleich darauf, in vertraulichem Ton: »Suizidgefährdet, lauer Charakter, schwierige Trennung, möchte sich aus dem Leben stehlen … kein Rückgrat!«

Der Verkäufer, unbeirrbar in seiner Professionalität, zeigte keinerlei Regung und deutete auf den hinteren Bereich des Geschäfts.

»Wenn Sie mir bitte in unseren Ausstellungsraum folgen möchten.«

Sie traten in einen großen Raum, der von dreizehn verschiedenen Särgen gesäumt wurde. Nach dem Loch in der Erde sollte er nun also die Kiste auswählen, die darin versenkt werden würde. *Immerhin*, dachte er, als sich sein Magen plötzlich zusammenkrampfte, *muss man zugeben, dass die Spinnereien dieser alten Dame einer gewissen Logik nicht entbehren.*

»Unser Haus bietet eine sehr große Bandbreite an Produkten an, angefangen bei ganz normaler Kiefer bis hin zu fäulnisbeständigem Teakholz.« Er zwirbelte das Ende seines Schnurrbarts zwischen zwei Fingern, wie jemand, der drauf und dran ist, einen Scherz zu machen. »Mit einer Ausnahme: Glassärge führen wir nicht! Haben Sie schon entschieden, wie viel Sie ausgeben wollen?«

»Dafür war keine Zeit. Die Sache ist zu eilig.«

»Wir bieten zur Zeit einen sehr attraktiven Nachlass auf asiatische Hölzer an, den sollten Sie sich nicht entgehen lassen! Was meint Monsieur dazu?«

Sarah ließ ihn nicht zu Wort kommen, und der Arzt ließ sie gewähren.

»Sie haben recht: Man müsste verrückt sein, sich das entgehen zu lassen! Mark ist einverstanden, er gibt sich mit allem zufrieden, Sie haben also keinerlei Reklamationen zu befürchten.«

»Die hat unser Haus niemals, Madame. Was die Innenpolsterung angeht, kann ich Ihnen Seide, Organza, Baumwolle oder einen großen Klassiker anbieten, der *nie* aus der Mode kommt: Samt. Fühlen Sie mal! Herrlich weich, nicht wahr?«

Er hielt ihnen den Stoff unter die Nase. Der Arzt hätte ihn nicht ungern gezwungen, ihn Quadratzentimeter für Quadratzentimeter aufzuessen. Seine Augen schmerzten, seine Füße waren schwer, seine Gedanken träge, und er fühlte sich zu schwach, um ihn anzubrüllen, dass seine Lumpen ihm herzlich egal waren, ebenso wie sein ganzes Gehabe, und vor allem, dass er gar nicht Mark hieß.

»Heiliger Christophorus, wir nehmen Baumwolle! Monsieur hat für Kinkerlitzchen nichts übrig.«

»An Farben kann ich Ihnen Kaminrot, Himmelblau, Perlweiß und natürlich klassisches Königsblau anbieten. Und Englisch Grün, aber das ist speziell. Meistens sind es Jäger, die sich dafür entscheiden. Jagen Sie, Monsieur?«

Der Arzt sah vor seinem inneren Auge sehr deutlich einen Angestellten eines Bestattungsinstituts, verkleidet als Moorhuhn, der im Visier eines Gewehrs auf und ab spazierte.

»Aber nein!«, protestierte sie. »Monsieur ist ein Doktor!«

»Ist es unter Medizinern denn unüblich, zu jagen?«

»Sie jagen nur Krankheiten. Und Kürbisse, hin und wieder ... Wir nehmen das klassische Königsblau.«

Sie machten ein paar Schritte, und er deutete auf eines der Ausstellungsmodelle.

»So wird Ihre Bestellung in etwa aussehen: asiatisches Holz, ausgeschlagen mit Baumwolle, halbrunde Tragegriffe aus Kupfer, biologisch abbaubare, perfekt wasserdichte Innenschale, und nicht zu vergessen das kleine Extra, das den Unterschied macht: Zierkappen aus Messing für die Schrauben!«

»Toll!«, sagte sie begeistert.

»Wenn der Herr so freundlich wäre, seine Schuhe auszuziehen, damit ich seine Maße nehmen kann.«

Da er sich nicht von der Stelle rührte, stieß die Alte ihn mit dem Ellenbogen in die Seite.

»Die Schuhe, Mark!«

Der Verkäufer musterte ihn von Kopf bis Fuß, und als er ihn anschließend leicht berührte, konnte der Arzt ein Schaudern nicht unterdrücken. Er machte seiner Verbitterung Luft, indem er ihn anzischte:

»Und, wie groß ist die Leiche?«

»Einen Meter fünfundachtzig!«, rief der Mann völlig unbeirrt und notierte sich die Zahlen auf einem Notizblock, den er gerade aus seiner Tasche gezogen hatte. »Machen Sie sich keine Sorgen, alles wird rechtzeitig fertig sein.«

»Und die Schultern? Müssen Sie nicht auch ausmessen, wie breit die Schultern sind?«, wollte Sarah wissen.

»Madame, das Sarginnere ist bei uns immer breit genug: Sogar die Selbstgefälligkeit einer Rotte Republikaner würde darin Platz finden ...«

Sein statuenhaftes Gesicht hörte nicht auf, den Arzt anzustarren, anscheinend überlegte er, was für eine Sorte Toter dieser wohl abgeben würde, ob er sich in dieser Rolle gut machen würde, ob die schöne Ware an ihn auch nicht verschwendet wäre.

Sarah wandte sich erneut an den Bestatter, die Liebenswürdigkeit in Person:

»Monsieur, würden Sie uns einen Moment allein lassen? Mark möchte jetzt kurz in sich gehen. Danke für alles, Sie waren perfekt.«

»Selbstverständlich, Madame, und sollten Sie noch weitere Fragen haben, finden Sie mich nebenan.«

Daraufhin verschwand er mit einem zackigen Zusammenschlagen der Hacken wie beim Militär, und der Arzt ließ seinen Kopf wieder hängen. Das Leben ödete ihn dermaßen an.

# Die Schmerzprüfung

»Diesmal sind Sie zu weit gegangen!«

Er war gerade dabei, laut zu schimpfen, als sie sich auf den Sarg aufstützte, blass, mit zitternden Lippen, ihr zierlicher Körper kurz davor, zusammenzubrechen.

»Ich … ich …«, stieß sie hervor und wurde noch bleicher.

»Sarah?«

Die Kräfte verließen sie, und er eilte herbei, um sie zu stützen.

»Geht es Ihnen gut?«

»Ich … ich …«

Sie holte zwei Tabletten aus einer ihrer Taschen und schluckte sie sogleich hinunter.

»Mein Gott!«, rief er. »Sarah! Was ist los?«

»Ich … ich …«

Die Worte wollten ihr nicht über die Lippen.

»Sie was? Nun sagen Sie doch etwas!«

Plötzlich hob sie den Kopf und lachte schallend.

»Jetzt hab ich Sie aber ganz schön reingelegt, was?«

Sprachlos ließ er sich auf einen Stuhl fallen, der zufällig in der Nähe stand. Seine Verzweiflung war geradezu greifbar, Sarah jedoch schien nichts davon zu merken. Sie warf einen verschwörerischen Blick auf den Sarg. Der

Arzt wich zurück. Dann ein erneuter, drängender und be-
zwingender Blick der alten Frau.

»Los, Teddybär, rein da!«

»Verdammt!«

»Nach Ihnen«, erwiderte sie liebenswürdig. »Ich bin
nicht dafür da, Puderzucker über Ihre Waffeln zu streu-
en und dafür zu sorgen, dass jemand Ihnen eine warme
Milch macht«, fuhr sie unerbittlich fort. »Sie haben versprochen, mir zu gehorchen. Rein da, und zwar zack zack,
der andere Eumel kann jeden Moment zurückkommen,
und der hat vielleicht nicht unbedingt Verständnis für
den Nutzen unseres kleinen Experiments. Im Übrigen
dürfen Sie sich glücklich schätzen: Die Musikauswahl
überlasse ich gnädigst Ihnen.«

Während sie das sagte, begann sie, ihre Bluse auf-
zuknöpfen.

»Was machen Sie da?«

»Ich wende eine Technik an, die sich in der Vergangenheit bereits als wirksam erwiesen hat.«

»Soll heißen?«

»Erpressung: Wenn Sie nicht in diesen Sarg steigen,
dann schreie ich, dass ich vergewaltigt werde, der freund-
liche Herr von eben wird eine aufgelöste alte Dame mit
zerstörter Frisur und unordentlichen Klamotten vor-
finden, die ganz so aussieht, als wäre ihr soeben Unaus-
sprechliches widerfahren. Sie wandern ins Gefängnis,
und ich bringe Ihnen dann Orangen mit. Im Übrigen auch
eine Möglichkeit, Sie am Leben zu erhalten.«

Sie zog ihn hoch, gab ihm einen Klaps auf den Po und
deutete wieder mit dem Kinn auf den mit königsblauer

Baumwolle ausgeschlagenen Sarg. Überzeugt, dass sie ihre Drohung in die Tat umsetzen würde, machte er einen Schritt auf den Sarg zu, legte sich brav hinein und kreuzte die Hände über der Brust wie ein antiker Pharao. Sein Großvater hatte ihm, als er ein Kind war, Bilder in den Geschichtsbüchern gezeigt, und selbst nach den vielen Toten, die er im Laufe seines Berufslebens gesehen hatte, hielt er an dem Glauben fest, so habe man auszusehen, um als tot durchzugehen.

»Wie fühlt es sich an?«

Er blickte zur Decke hoch und versuchte, etwas zu empfinden.

»Sie haben versagt«, behauptete er. »Ich bleibe bei meiner Entscheidung, ich bin immer noch genauso leer und mir ist immer noch völlig gleichgültig, was mit mir passiert.« Er ließ demonstrativ die Hand über den Stoff gleiten, um sie zu provozieren. »Wirklich wunderbar weich, Sarah! Der Sargverkäufer hat recht …«

»Setzen Sie sich hin«, befahl sie.

Er setzte sich auf.

»Gut. Jetzt schließen Sie die Augen.«

»So?«

Sie schlich sich leise an und verpasste ihm die schallendste Ohrfeige, die er je in seinem Leben erhalten hatte. Der Schmerz entriss ihm einen Schrei.

»Sie … Sie haben mich geschlagen!«

»Ich weiß«, sagte sie »und ich bin selbst überrascht darüber: Es ist das erste Mal, dass ich eine Waise geschlagen habe!«

»Aber wieso?«

198

»Weil ich, Lady Sarah Madeline Titiana Elizabeth van Kokelicöte, Ihnen alles Überflüssige entziehen werde, um Sie zum Wesentlichen zurückzubringen, ich werde Sie entblößen, bis Sie wie ein Neugeborenes an seinem ersten Lebenstag sind, und erst, wenn ich einen nackten Mann aus Ihnen gemacht habe, gebe ich Sie der Welt zurück. Und dann – aber erst dann – werde ich Ihnen erlauben, eine Entscheidung zu treffen.«

Sie ging rückwärts zur Tür, ohne ihn aus den Augen zu lassen, ihr Gesichtsausdruck wurde wieder sanfter, und sie verkündete unschuldig:

»Bitte entschuldigen Sie, Mark, aber das war notwendig: Ich wollte wissen, ob Sie noch in der Lage sind, Schmerz zu empfinden.«

Sie war gerade im Begriff, über die Türschwelle zu treten, als sie es sich anders überlegte:

»Und Sie haben doch nicht wirklich geglaubt, es würde einfach werden, oder, Teddybär?«

# Eine Erinnerung an Türgriffe

*Ein paar Jahre zuvor. Der Arzt ist noch Student und wandelt gerade durch die Krankenhausflure, als er von einem Pfleger angesprochen wird.*

*»Kannst du diese Patientin in die Kardiologie bringen? Sie wird dort erwartet, und der Krankentransportdienst ist zur Zeit überlastet.«*

*Obwohl die Patientin, eine alte jugoslawische Dame mit dem Namen Madame Dažbog, kein Wort Französisch spricht, gelangt er, während er die Krankenliege schwankend, so gut er kann, erst nach links, dann nach rechts bewegt und dabei immer wieder gegen Wände, Türen und die Rückwand des Aufzugs stößt, zu der Erkenntnis, dass das Wort ›Au‹ offenbar die selbe Bedeutung hat wie im Französischen …*

*Kurz darauf trifft der junge Arzt mit stolzgeschwellter Brust wie der Sioux-Häuptling Sitting Bull nach der Schlacht am Little Bighorn in der Kardiologie ein.*

*Zu der Pflegehelferin, die er gerne mag, sagt er:*

*»Also, Krankentransport ist ja auch nicht gerade der leichteste Job.«*

*Sie gibt ihm einen Kuss und flüstert ihm ins Ohr:*

*»Weißt du, wenn du mal wieder eine liegende Patientin transportierst, dann solltest du sie auf keinen Fall mit den Füßen voran schieben …«*

196

Als er ein paar Wochen später ein Praktikum in der Geriatrie absolviert, treffen der junge Arzt und die alte jugoslawische Dame zufällig wieder aufeinander. Madame Dažbog ist dement, und zwar so dement, dass die Wände wackeln, sie schreit den ganzen Tag obszöne Dinge, die die anderen Patienten und deren Familien verstören. Unerklärlicherweise zeigt sich aber, dass sie sich in Gegenwart des Praktikanten beruhigt. Weshalb? Wer weiß! Dabei war ihre erste Begegnung doch alles andere als glücklich verlaufen ...

Und so kommt es, dass bei der Morgenvisite der Chef den Wagen mit den Patientenakten schiebt, die Schwester den Wagen mit den vorbereiteten Medikamenten, und der junge Arzt ... schiebt den Rollstuhl von Madame Dažbog von Zimmer zu Zimmer! Alle haben einen guten Tag. Bevor sie zu einem Patienten ins Zimmer gehen, sagt er zu ihr:

»Madame Dažbog, in zehn Minuten verlassen wir diesen Raum wieder. Bis dahin sind Sie brav, okay?«

»Njanjanjanja«, erwidert sie jedes Mal, was der Arzt für sich damals wie folgt übersetzt: »Kein Problem! Aber bleib nicht zu lange, sonst fange ich wieder an, das Personal und jeden, der vorbeikommt, wüst zu beschimpfen. Capito?«

Eines Tages rasiert er sich den Bart ab und schneidet sich die Haare, und Madame Dažbog erkennt ihn nicht mehr. Sofort fängt sie an zu brüllen und hört nicht mehr auf.

An jenem Morgen passiert etwas im Kopf des jungen, angehenden Mediziners. Es ist das erste in einer langen Liste von Zugeständnissen. Die feine Verbindung von seiner linken Gehirnhälfte zu seiner rechten Herzkammer reißt still und leise in exakt dem Augenblick, als der Oberarzt ihn auffordert, die Tür zum Zimmer von Madame Dažbog zu schließen, damit er ihr

Geschrei nicht mehr hören muss. Da ist diese Geste: seine Hand auf der Klinke, und dann dieses Geräusch beim Schließen der Tür, das sich so anfühlt, als würde in seiner Brust ein Schloss einrasten. Damals hasst der junge Arzt sich dafür, diese hölzerne Barriere zwischen sich und die Alte gebracht zu haben, damit Stille einkehrt und sie in Ruhe weiterarbeiten können.

Doch weil Madame Dažbog während der Besuchszeiten niemals Besuch bekommt und er nicht will, dass sie allein ist, setzt der junge Arzt sich neben sie und hält ihre Hand, während er für sein Studium lernt.

Rund zwanzig Jahre später, als aus dem Arzt ein erwachsener, trauriger Mensch geworden ist, ist ihm von diesen Nachmittagen, als er in Madame Dažbogs Zimmer lernte, nur eines geblieben: eine vage und irrationale Abneigung gegen Türklinken sowie eine vage und irrationale Vorliebe für einen guten Händedruck.

## Dinge, die man tun sollte, bevor man stirbt

Der Himmel war eine graue, schwere Decke, und ein klebriger Nieselregen verfing sich in seinem blonden Backenbart. Sie rauchten gemeinsam, auf das Auto gestützt, eine Zigarette.

*Ich sehe aus wie Moos am Ufer eines Sees, in dessen Spitzen perlende Wassertropfen hängenbleiben*, dachte er, als er sein Spiegelbild im Fenster des Taxis erblickte. Er rieb sich die Wangen, die voller kleiner Tröpfchen waren, und Sterne stoben in die Luft.

»Mein Kleiner?«, setzte die alte Dame nach ein paar Minuten Schweigen sanft zu einer Frage an.

»Ja, Sarah?«

»Wenn ich scheitere, um wie viel Uhr werden Sie sich dann das Leben nehmen?«

Der Mann dachte eine Weile nach.

»Um dreiundzwanzig Uhr einunddreißig Minuten und zwölf Sekunden«, sagte er leise und fuchtelte mit beiden Handgelenken herum, um sich über sie lustig zu machen.

»Sprechen Sie immer so unbeteiligt über Ihren eigenen Tod?«

Er zuckte mit den Schultern.

»Weiß ich nicht, es ist das erste Mal, dass ich es ausprobiere. Ich gebe mein Bestes.«

Plötzlich legte er seine Hand auf ihre. Ihre Unterhaltung nahm einen ernsten Ton an, Scherze waren nicht länger angebracht.

»Sie verschwenden Ihre Zeit mit mir, ebenso wie ich meine verschwende, indem ich Ihnen zuhöre. Dies sind meine letzten Tage, wir sollten sie mit wesentlicheren Dingen ausfüllen. Ich werde sterben, verstehen Sie?«

Sie schnipste mit den Fingern.

»Damit kommen Sie auf den Kern des Problems zu sprechen. Ich möchte, dass Sie eine Liste erstellen. Auf eine Seite schreiben Sie alle Unannehmlichkeiten, die Sie stören, wenn Sie am Leben bleiben; auf die andere schreiben Sie alle Vorteile, die es hätte …«

»Sie kennen mich schlecht«, unterbrach er sie. »Ich habe über all das schon tausend Mal nachgedacht. Meine Entscheidung steht fest.«

»Aber ich hab gewonnen, das heißt, Sie haben mal wieder verloren! Gibt es denn da drin gar nichts, woran ich kratzen, das ich aufwecken und wachsen lassen könnte?«, sagte sie und tippte gegen seine Brust.

»Bei mir trifft nicht das Herz die Entscheidungen, sondern der Kopf, Sarah.«

»Unfug! Sie sterben vor Liebe zu Ihrer Frau, das heißt, es ist sehr wohl das Herz, das auf den Kopf zielt. Kommen wir zur Fortsetzung: Sie nehmen sich ein neues Blatt, und dann schreiben Sie mir alle Dinge auf, die Sie gerne getan hätten, bevor Sie diese Welt verlassen.«

Sie suchte nach Beispielen: »Ein Flugzeug verspeisen, Tiefseetauchen in der eigenen Badewanne, in die Oper gehen, ohne Eintritt zu bezahlen.«

»Einhorn-Malerei?«

»Genau!«

»Haben Sie sich schon mal selbst den Kopf über diese Frage zerbrochen?«

»Was ich von Ihnen verlange, ist nicht leicht, und mir würde es sehr schwerfallen, also vielleicht bringen Sie mich ja auf ein paar Ideen?«

»Sehr wohl, Madame, Sie bekommen Ihre Liste morgen.«

»Ich erwarte Sie vor Ihrer Tür um exakt acht Uhr dreiundvierzig Minuten und zwölf Sekunden. Früher wäre zu früh, später wäre zu spät. Von jetzt an zählt jede Minute.«

Der Arzt war überzeugt, dass sie sich irrte: Er war bereits tot, und sie war die Einzige, die es noch nicht begriffen hatte.

# Die Traumprüfung

Seit seine Frau nicht mehr da war, träumte der Arzt nur noch einen einzigen Traum, und dieser Traum suchte ihn ein oder zwei Mal im Monat heim, niemals öfter.

Es war immer der gleiche Traum: Seine Frau ging fort und sagte ihm, es sei seine Schuld. Er stand da, seine Arme hingen schlaff herunter, es gelang ihm nicht, sie zurückzuhalten. Er rannte, sie entzog sich ihm, also rannte er noch schneller, sie glitt ihm zwischen den Fingern hindurch.

Dann Erwachen. Allein und traurig.

Doch in der Nacht des dritten Tages ... geschah etwas nie Dagewesenes, etwas Bedeutsames und Verrücktes: Er war felsenfest davon überzeugt, dass er sie in den Armen gehalten hatte!

Es war nur ein klitzekleiner Traum gewesen, den sie aber vollständig ausgefüllt hatte. Er knabberte an ihrer Haut, betastete sanft ihre schweren, weißen Brüste. »Natürlich habe ich dir verziehen, du Dummkopf«, sagte sie und lachte, dann streichelte sie seinen Oberkörper mit den Spitzen ihres roten Haares und wanderte mit ihren Lippen überall hin, von seiner Stirn bis zu seinem Geschlecht. Der Arzt erwachte schweißgebadet und spürte ganz deutlich, dass er lebendig und lächerlich war, weil er diese Erektion zwischen den Beinen hatte, mit der er nichts anzufangen wusste. Es überraschte ihn, dass ein Teil von ihm sich noch so fest anfühlen konnte.

Mitten in der Nacht stand er vor dem Spiegel und betrachtete diese alte, erbärmliche Bekanntschaft, aufgerichtet und nutzlos, die da in der Mitte seines Körpers abstand wie der Herold einer Schlacht, die nicht stattfinden würde.

Anschließend leerte er alle Flaschen mit Alkohol, die herumstanden, in den Ausguss. Weiß der Teufel, warum er auf diese Weise Getränke verschwendete! Er hatte schon vor langer Zeit aufgehört, sich nach dem Sinn seiner Handlungen zu fragen.

Er holte sein Telefon, rief ein weiteres Mal bei seiner Frau an, hinterließ eine lange Nachricht. Schlichte Worte: Er sagte ihr, dass sie schön und sanft war, und dass sie ging, tanzte und atmete wie niemand sonst.

Und er stellte sich vor, wie sie Liebe machten, sein Körper rieb sich über ihrem Körper auf wie über einem Stück Seife, bis sie sich vor lauter Abnutzung schwitzend auflösten. Als er auflegte, kam es dem Arzt-der-seine-Frau-liebte so vor, als stünde sie vor ihm. Das Gefühl war so stark, dass er anfing, zu phantasieren: Sie war da, er sprach mit ihr, und sie antwortete ihm.

»Weißt du, meine Liebe, dass ich nicht mehr lache?«

»Früher hast du viel gelacht.«

»Jetzt nicht mehr. Lächeln, reden, essen, zuhören, ich tue bei allem nur so, als ob. Wenn du nicht zurückkommst, das schwöre ich, dann bringe ich mich um. Heute Abend oder in vier Tagen, das spielt keine Rolle, aber ich werde mich töten. Und ich halte meine Versprechen immer, das weißt du ja.«

Er war gleichermaßen wütend auf seine Frau, wie er sie liebte, und das laugte ihn aus.

»Ich habe von dir geträumt«, sagte er mitten in der Nacht, als er allein in seiner Küche stand.

»Wie war's?«, erwiderte sie.

»Weiß ich nicht mehr so genau.«

»Woher weißt du dann, dass du von mir geträumt hast?«

»Ich bin aufgewacht, und für einen kurzen Augenblick war ich glücklich.«

Vier Tage vor der Beerdigung

## Die Magierin, die mit den Toten redet

Am vierten Tag vor der Beerdigung spielte die alte Dame dem Arzt mehrere Male übel mit, und er tappte mehrere Male blind in die Falle.

Eins-zwei-drei, trommelten die Finger der alten Dame auf die Motorhaube, eins-zwei-drei, hob sich ein Finger nach dem anderen, eins-zwei-drei, fiel einer nach dem anderen wieder herunter, und dabei hielt sie die Hand mit der Zigarettenspitze so, als würde sie ein Pferd streicheln.

»Haben Sie die Liste, um die ich Sie gebeten habe?«, fragte sie ohne Umschweife und strich sich mit der Hand durchs Haar.

Dieses war auf ihrem Kopf mit Spangen aus Schildpatt befestigt, die mit irgendwelchen Phantasiediamanten verziert waren, und schien wie am Vortag kastanienbraun zu sein, aber es war ein hellerer Farbton, der besser zur Farbe ihres Kleides passte, einem weißen Abendkleid, das am Hals von bronzefarbenen, geflochtenen Seidensträngen gehalten wurde.

Er reichte ihr einen vierfach gefalteten Zettel.

»Hier, Sarah. Was ich vor meinem Tod unternehmen will, ist nicht besonders originell.«

Der Arzt sah mit an, wie sie sich des Papiers bemächtigte, es in acht Teile zerriss und alles zusammen mit ihrer noch qualmenden Zigarettenkippe in den Rinnstein warf.

»Nein, nein, nein, Sie haben das nicht umsonst aufgeschrieben!«, sagte sie, als sie seinen entsetzten Blick sah. »Nachdem Sie an all diese hübschen Dinge gedacht haben, wird es Ihnen nun schwerer fallen, sich umzubringen!« Sie schob ihren Arm unter seinem hindurch und kniff ihn in die Wange. »Suizidgefährdete Ärzte zu foltern ist drauf und dran, zu meinem liebsten Zeitvertreib zu werden, es fängt langsam an, mir richtig Spaß zu machen.«

Er blickte nachdenklich auf die kleinen quadratischen Papierschnipsel im Rinnstein. Eigentlich war es ihm ganz recht, dass sie sie nun nicht lesen würde.

Sarah deutete auf den Eingang zu seinem Wohnhaus.

»Los geht's!«

»Z… zu mir? Wieso das denn?«

»Um die Messer wegzuräumen, die Seile zu verstecken, die Fenster zu verriegeln«, schlug sie vor. »Oder noch besser: Wir packen Ihre Sachen! Sie haben doch wohl nicht vor, im Adamskostüm da runterzugehen? Man weiß nie, welches Wetter dort gerade herrscht. Ich hatte eine Tante, Tante Numero acht, sie hieß Martina. Als junges Mädchen war sie sehr dick gewesen, dann aber hat sie wegen einer dummen Wette in zwei Jahren siebenundachtzig Kilo abgenommen. Ihr Körper? Ein Knochenspiel in einem großen Sack aus zerknitterter Haut. Wenn sie beim Schimpfen mit den Armen wedelte, hätte man sie glatt für eine alte Fledermaus halten können, die mit den Flügeln schlägt«, sagte Sarah und stellte die Szene sogleich nach.

»Sie war ein unverbesserliches Plappermaul. Ihr ganzes Leben lang hat sie geschnattert, Tag und Nacht! Selbst als Tote plappert sie weiter. Wenn man das Ohr an ihre Grabstelle legt, kann man hören, wie sie vor sich hin flucht. Mir hat sie alles beigebracht, was man über die Sonne der Toten wissen muss. Sie wohnte in einem seltsamen Haus, das auf einem riesigen Hühnerfuß stand, und sie ...«

»Sarah«, unterbrach er sie erbost, »ich fahre nicht in den Urlaub, ich sterbe!«

»Ganz recht, mein Kleiner. Haben Sie auch an alle wichtigen Impfungen gedacht?«

# Der vergessene Weg des Helden

Sarah ging geradewegs zum Fahrstuhl, wo sie mit den Fingern auf den Knopf für das oberste Stockwerk hämmerte und lachte, weil es »überhaupt keinen Sinn ergibt, weil der Aufzug davon auch nicht schneller wird«.

»Woher wussten Sie, dass es ausgerechnet diese Etage ist?«, wollte der Mann wissen, als er die Kabine betrat. »Tante Aldonza?«

»Das hat nichts mit Zauberei zu tun: Das sind die teuersten Wohnungen, und Sie sind plastischer Chirurg in der teuersten Klinik dieser Stadt.«

Diesen Satz übersetzte er sich in Gedanken wie folgt: ›Hahahahaha, Sie sind ja wirklich niedlich, Herr Arzt-der-seine-Frau-liebt, und ach, schauen Sie mal hier, ein Mülleimer – wenn Sie ganz unten am Boden suchen, können Sie darin vielleicht Ihre Ideale wiederfinden.‹ So war es offenbar auch gemeint gewesen.

»Sehen Sie sich Ihre Hände an!«

Es waren weiche, breite Hände, Geburtshelferhände. Er erinnerte sich voller Zärtlichkeit daran, dass seine Frau es geliebt hatte, ihre Wangen dort hineinzulegen und vor dem Einschlafen stundenlang zu reden. »Hier«, sagte sie und spielte mit seinen Fingern, »schläft man besser als in einem Zehn-Sterne-Hotel.«

182

»Da warten Wunder am Ende Ihrer Fingerspitzen, Teddybär. Sie unterfordern Ihre Hände, wenn Sie sie immer nur benutzen, um damit alte, bourgeoise Schachteln zu entstauben. So viele Jahre Studium, nur um dann als Restaurator alter Möbel zu enden! Das in Verbindung mit Ihrem vorzeitigen Tod, das gibt eine hübsche Gedenktafel auf Ihrem Grab: ›Hier ruht eine große Verschwendung.‹«

Der Fahrstuhl schwebte unerträglich langsam nach oben. Der Arzt spürte eine dumpfe Wut in sich anwachsen, schob die alte Dame zur Seite, nahm ihren Platz ein und drückte wie wild auf die leuchtende Kontrolllampe der letzten Etage.

»Je länger ich Sie kenne, Madame, umso weniger kann ich mir vorstellen, was wohl eines Tages auf Ihrem Grabstein stehen wird«, zischte er.

Da sie so gut wusste, wie man kratzte, entschied er sich, zu beißen.

»Sehen Sie sich mal an, Sarah: Es bräuchte gar nicht viel, um Sie wieder aussehen zu lassen wie mit zwanzig, ein kleines Lifting hier, ein oder zwei Spritzen da und dort ...«

Aufgrund seines Berufes glaubte der Arzt zu wissen, wie man eine Frau, die sich nicht wohl in ihrer Haut fühlt, mit einem einzigen Satz zum Weinen bringt. Weil es ein Ding der Unmöglichkeit ist, einer Frau ihre Zwanziger zurückzugeben.

Sarahs Gesicht blieb unbewegt wie Marmor.

»Ich bin eine Lady, mein Kleiner, und Ladys haben derlei Künstlichkeiten nicht nötig. Sie irren sich in meinem Fall, weil ich stets sage, was ich denke. Aber ich mag nun mal eine vulgäre Ausdrucksweise, und ich mag es, mich poetisch auszudrücken, denn beides vermittelt mir den Eindruck, stets die Wahrheit zu sagen.«

Bei diesen letzten Worten wand sie sich und zupfte diskret ihre Unterwäsche in Ordnung.

»Bitte entschuldigen Sie, mein Schlüpfer wollte mich gerade vergewaltigen.«

Sie sagte das mit der Selbstverständlichkeit einer Königin bei einem Landausflug. Er war bestürzt.

»Vergewaltigung! Sie reden ja ständig davon, Sarah! Das ist nicht lustig, das widerfährt Tag für Tag Tausenden von Opfern.«

»Wenn Sie wüssten, wie recht Sie damit haben …«, sagte sie, und augenblicklich legte sich ein Schleier der Traurigkeit über ihr Gesicht.

»Sarah, ich …«

Er empfand Mitleid, als er sah, wie sie sich zu einem Lächeln zwang.

»Ach, lassen wir das, es ist nicht wichtig, wen interessiert schon die Vergangenheit!«

Die Fahrstuhltür öffnete sich, und sie sprang sogleich heraus. Er folgte ihr ergeben in den Flur und fühlte sich noch immer äußerst unwohl.

Sie steuerte auf eine große Holztür zu und rief, um ihm erneut die Sprache zu verschlagen:

»In diesem Augenblick flüstert Aldonza mir zu, dass es hier ist, stimmt's?«

Würdevoll trat sie zur Seite und wartete darauf, dass er ihr die Tür aufhielt. Er versuchte, ein wenig originell zu klingen, doch seine Stimme klang traurig:

»Nach Ihnen, Lady Kokelicöte.«

Die Lady deutete eine Verbeugung an und betrat die Wohnung, nicht ohne darauf hinzuweisen, dass die Vertäfelung aus Eichenholz weder schön noch gemütlich sei und das Parkett nur deshalb hübsch aussehe, weil das Tageslicht durch eine Reihe kleiner, bunter Fenster darauf fiel. Anschließend fing sie an zu tanzen, wirbelte rechts herum, links herum, umrundete eine Säule, klatschte hier und da in die Hände.

»Ich habe meine Meinung geändert, mein Kleiner: Was für ein wunderbarer Ort!«

Sie wirkte vollkommen glücklich.

»Sarah?«

»Ja, Teddybär?«

»Sie sind ein seltsamer Mensch.«

»Aber, mein Lieber, wenn man so reich ist wie ich, dann ist man nicht seltsam, man ist exzentrisch!«

Daraufhin brach sie in lautes Lachen aus.

# Das Königreich der Illusionen

»Welcher davon ist der kleinste?«, wollte Sarah wissen und deutete auf die leeren Koffer, die der Arzt auf ihr Geheiß hin zu ihren Füßen deponiert hatte.

Er wählte ein winziges Aktenköfferchen aus schwarzem Leder aus der Serie.

»Stellen Sie die auf diese Seite und die anderen hierher. In die Umhängetasche kommt alles hinein, was Sie mit ins Jenseits nehmen wollen. Ich erlaube Ihnen vier Gegenstände, nicht mehr, nicht weniger. Die Schachtel mit der Pistole und die Magazine zählen nicht. Tante Héloïsa pflegte Bücher stets zu lesen, ohne sie aufzuschlagen – also versuchen Sie nicht zu schummeln, ich werde es merken. Der Rest kommt in die anderen Gepäckstücke, das geben wir an Bedürftige weiter.«

Sie öffnete einen Schrank und betrachtete streng einen Jacquard-Pullover in grün und rot, der dem Arzt auf einmal mit Abstand das Hässlichste zu sein schien, das er jemals besessen hatte.

»Wir werden alles spenden?«

»Es sei denn, Sie sehen davon ab, sich zu töten …«, sagte sie leichthin. Er ging hinüber ins Schlafzimmer.

»Los, los, fangen Sie schon an, in den Kommoden herumzuwühlen!«, befahl sie vom Eingangsbereich aus.

Im Flurspiegel konnte er beobachten, wie sie ein Buch nach dem anderen aus den Regalen nahm, aufschlug und nach einem flüchtigen Blick hinein nachlässig über ihre Schulter warf.

»Eine exzellente Auswahl, Ihre Bücher! Sie sind weder zu schwer noch zu leicht, und der Rücken aus festem Karton bildet ein hervorragendes Gegengewicht. Sie fliegen sehr gut.«

Plötzlich verharrte die alte Dame vor einem versilberten Bilderrahmen: Die Frau des Arztes in einem Garten, fröhlich lachend. Als er mit einem vollen Koffer in jeder Hand hereinkam, fragte Sarah ihn beiläufig:

»Heiliger Christophorus! Ist sie das? Hübsches Mädchen! Obwohl ich sie mir größer vorgestellt hatte. Wie heißt sie? …«

»Anastasia. Aber sie bevorzugt Ana.«

»Und sie hat Sie verlassen, weil Sie zu dick geworden sind?«, fragte sie gehässig.

Er musterte sie kühl.

»Boshaftigkeit steht Ihnen nicht, Sarah.«

»Ich versuche nicht, boshaft zu sein, sondern effizient. (Sie reichte ihm den Rahmen und mimte die Gleichgültige.) In den Müll damit!«

Er war so überrumpelt, dass er nicht reagierte.

»Los, schmeißen Sie das Foto weg!«, beharrte sie.

Es war sein Lieblingsfoto. Er riss ihr das Bild aus den Händen.

»Hände weg!«

Sie ging geradewegs zum Balkon und stieß die Glastür weit auf.

»Einverstanden, dann eben nicht in den Müll; schmeißen Sie es einfach hier hinaus.«

Kalte Luft wehte ins Zimmer hinein, und den Arzt fröstelte.

»Ich habe nein gesagt, sind Sie taub?«

Die alte Dame legte die Hand hinter ihre Ohrmuschel:

»Was? Wie bitte? Ich bin schon so alt, es bräuchte schon einen Ouija-Tisch und ein Medium, damit ich höre, was Sie sagen!«

Er warf ihr einen strafenden Blick zu und presste die Aufnahme gegen seinen Bauch. Er hätte die Wahrheit sagen können, aber nein. Unmöglich. Sein Herz schlug heftig.

»Sie wollen sterben?«, sagte sie genervt. »Dann heißt es zunächst, sich von der Welt zu lösen, Ballast abzuwerfen, und zwar entschlossen und weit von sich!«

Sie deutete auf das Fenster, schnipste ihre Zigarette auf seinen Teppich, ohne dem Arzt damit irgendeine Reaktion zu entlocken, und scharrte mit ihrem Absatz ungeduldig über den Boden.

»Was für eine Bedeutung kann dieses unbedeutende kleine Stück buntes Papier schon haben, wenn man dem irdischen Leben nichts mehr abgewinnen kann?«

»Sarah, Sie haben mir erlaubt, vier Gegenstände mitzunehmen, ich will nur diesen einen hier, den Rest können Sie behalten.«

Er nahm das Foto hinter dem Glas heraus und steckte es in eine seiner Taschen.

»Sehen Sie: Die Hülle können Sie haben.«

Wutentbrannt ließ er sie stehen und kehrte widerwillig

zu seinem Chaos zurück, das ihn in mehrere Jahre von Erinnerungen eintauchen ließ.

Wie viel nutzlosen Kram er besaß! Er brauchte nur an die kleine Schale im Eingangsbereich zu denken, die voller leerer Batterien, Hemdknöpfe, Schrauben, Schlüssel und Visitenkarten von Orten war, die er niemals aufsuchen, von Leuten, die er niemals zurückrufen würde …

In seinen Schränken lagerten unzählige Paar Schuhe, *aber ich habe doch nur zwei Füße*, dachte er; er besaß mehrere Wintermäntel, *dabei ist doch nur ein Mal im Jahr Winter.* Es bereitete ihm enormes Unbehagen, dass dieser offensichtliche Umstand ihm erst jetzt auffiel, am Ende seines Daseins. Er hatte Gegenstände angehäuft wie eine Elster, die sich ihren Schatz zusammenrafft. Hatte er immer so gelebt, so horizontal wie in einem Sarg? Die Bilanz seines Lebens beschränkte sich auf eine simple Abfolge von Anschaffung und Verwahrung. Wie traurig.

Sarah kam ins Zimmer und verkündete, sie würde auf dem Balkon lesen, bis er damit fertig sei, die Taschen und Koffer zu füllen.

»Und dann bringen wir sie dahin, wo der ganze Krempel jemand anderem zugutekommen kann.«

Sie wollte gerade den Raum verlassen, als ihr Blick auf eine Umhängetasche aus Leder fiel. Sie legte die Hand darauf und schien erraten zu können, was sich darin befand: die besagte Pistole, die kleine rote Schachtel mit dem leeren und dem vollen Magazin. Sonst nichts. Sie seufzte und trat noch einmal auf ihn zu.

»Fast hätte ich's vergessen«, sagte sie und schlug sich vor die Stirn, bevor sie ihm weitere leere Taschen gab.

»Besitzen Sie einen schwarzen Smoking, Teddybär? Wir brauchen nämlich morgen einen.«

»Jeder Arzt besitzt einen Anzug: Er wird uns zusammen mit dem Stethoskop, unserer Herablassung und der unleserlichen Klaue überreicht.«

Sie strich ihm leicht übers Kinn.

»Gutaussehender, kluger Arzt, alles, was Frauen sich erträumen! Also wirklich, mein kleiner Mark, Ihre Frau kann nicht bei Verstand gewesen sein, als sie Sie hat sitzenlassen.«

Er wollte sich nicht auf dieses Terrain begeben und fragte lieber, wohin sie ihn denn morgen mitnehmen wolle.

Sie beschloss, ihn im Unklaren zu belassen:

»Ich bin einem sehr guten Freund noch etwas schuldig.«

»Und der Smoking, wozu wird der gebraucht?«

»Na, was glauben Sie wohl? Für eine Beerdigung natürlich!«

# Eine Erinnerung an Haut

*Da war er zweiundzwanzig. Die erste Anatomie-Vorlesung. Der junge Arzt ist fasziniert von der Haut. Von seiner eigenen, aber auch von der seiner Patienten und davon, was sie ihm über deren Leben verrät.*

*In Zimmer zwölf eines kleinen Krankenhauses, in dem er seine praktische Ausbildung absolviert, begegnet er einem alten Mann, Monsieur Sol. Eine Narbe bedeckt die Hälfte seines Gesichts. Ein großes Fragezeichen, das vom Augenwinkel bis zum Kinn verläuft. Ein seltsames Satzzeichen auf seinem Gesicht: Woher? Wer? Warum? Jeder auf der Station würde es gerne wissen, aber niemand traut sich, ihn zu fragen. Eines Tages nimmt der Arzt all seinen Mut zusammen, setzt sich neben ihn und fragt ihn ohne Umschweife:*

*»Was ist das für eine Narbe in Ihrem Gesicht?«*

*Wider Erwarten klärt Monsieur Sol ihn bereitwillig auf. Seine Stimme ist frei von Scham. Er erzählt, und der junge Arzt hört ihm gerne zu. Der junge Arzt liebt Geschichten, und manchmal überlegt er, ob das vielleicht der tieferliegende Grund dafür ist, dass er den Entschluss gefasst hat, sich um andere Menschen zu kümmern: um ihren Geschichten zu lauschen.*

*Als Monsieur Sol mit seinem Bericht zum Ende kommt, sagt er: »Ich war vier Jahre alt, als das passiert ist. Es hat mich nicht davon abgehalten, glücklich zu sein. Frauen haben sich in mich* verliebt, einer davon ist es gelungen, mich einzufangen, und sie hat vier Kinder von mir bekommen.«

Es gibt eine zufällige Übereinstimmung, die dem damals noch sehr jungen, noch sehr unerfahrenen Arzt ins Auge springt und ihn bewegt: In dem Zimmer neben Zimmer zwölf liegt eine alte, sehr elegante Dame, Madame Sel. Sie und ihr Zimmernachbar im Krankenhaus sehen einander nicht, vielleicht laufen sie sich nicht einmal im Flur über den Weg. Dennoch haben sie zwei Dinge gemeinsam: das Alter und eine Narbe. Da ist die von Monsieur Sol, quer über dessen Gesicht, die er mit Stolz trägt. Da ist die Narbe von Madame Sel, die sie jeden Morgen sorgfältig verdeckt, indem sie Abdeckcreme auf die Tätowierung auf ihrem Unterarm verteilt. Ihre Familie ist in Auschwitz umgekommen, aber sie spricht mit niemandem darüber.

# Die Prüfung mit der Schwertklinge

Als er später zu ihr ging, um ihr zu sagen, dass er nun genug davon habe, seine Erinnerungen zu sortieren, deutete sie in Richtung Badezimmer und forderte ihn auf, sich zu waschen.

»Und dann nehmen Sie diese Klinge und rasieren sich von Kopf bis Fuß.«

»Machen Sie sich über mich lustig?«

Sie warf eine Dose Rasierschaum durch die Luft, die irgendwie aus dem Nichts aufgetaucht war. Er fing sie auf.

»Ich habe gesagt, dass ich Sie der Welt so zurückgeben werde, wie Sie dort angekommen sind, und ich halte mein Wort.« Sie vollführte mit ihrem Arm eine große Geste, die die ganze Wohnung umfasste. »Sie zieren sich doch nicht etwa wegen ein paar Härchen, jetzt, wo Ihnen ohnehin nichts mehr bleibt? Die Brauen können Sie stehen lassen, aber vergessen Sie nicht die Schamhaare, und Ihr Schädel muss danach glänzen wie eine neue Münze.«

»Sie sind komplett durchgeknallt«, versetzte der Arzt mit der gleichen Überzeugung, mit der man eine endgültige Diagnose verkündet.

Die Augen der alten Dame glitzerten vor Freude.

»Das ist das schönste Kompliment, das mir je ein Mensch gemacht hat«, stammelte sie.

Da Sarah das offenbar ernst meinte, fühlte er sich gezwungen, sie zu korrigieren.

»Das ist keine gute Eigenschaft, sondern eine Krankheit.«

Ein unerwarteter Schub Lebensenergie ließ ihn übermütig werden, und er tat so, als hielte er eine Zigarette in der Hand und äffte sie nach.

»Das hat meiner armen, dahingegangenen Francesca viel Unglück eingebracht ...«

»Oh, Teddybär, sagen Sie bloß, Sie hatten auch eine Tante Francesca?«

»Natürlich! Jeder hat eine Tante Francesca! Wenn meine verliebt war, dann hat sie durch jede Pore ihrer Haut winzige Blüten ausgeschieden, die haargenau so aussahen wie Sandrosen. Eines Tages hat ihr Geliebter sie für eine Trapezkünstlerin aus einem Wanderzirkus verlassen, und da hat sie angefangen, Nägel abzusondern. Und zwar nicht einen, nicht zwei, nein ... mehrere Dutzend am Tag! Noch heute, fünfzig Jahre später, halten alle Dachstühle dieser Stadt allein dank meiner liebestollen Tante Francesca. Erstaunlich, nicht wahr?«

Sie blickten einander schweigend an. Lächelten. Dann tauschten sie einen einvernehmlichen Blick.

Sie nutzte den Moment, um ihm einen neuen Rasierer zu überreichen.

»Los, mein Kleiner, ab ins Bad!«

»Ich nehme an, dass ich an dieser Stelle nichts sagen darf?«

»Ein einziges Wort: danke.«

Die folgende Stunde verbrachte er mit der längsten

Dusche seines Lebens und entdeckte dabei das schlichte Vergnügen von warmem Wasser und anschließendem Einschäumen wieder. Er benutzte den Rasierer und ließ erst die Behaarung auf seinen Beinen dran glauben, dann die auf Bauch und Kopf, und als er fertig war, legte er den Zeigefinger auf den großen Zeh seines rechten Fußes und strich damit langsam nach oben. Wie ließe sich die Glätte dieses neuen felllosen Zustands beschreiben? Da war kein Haar mehr, das die Bahn seines Fingers stoppte, vom Fuß bis zum Scheitel. Die reinste Eislaufbahn.

Er stand allein im Bad und betrachtete das Bild, das der Spiegel ihm zeigte. Diese haarlose, milchige Larve, das war er. Da stand er, nackt und bleich; er erkannte sich beinahe nicht wieder. Er entdeckte seine großen, grünen Augen noch einmal neu, er sah seine weiße, sehr hohe Stirn, auf die niemals die Sonne schien, zum ersten Mal. So ganz ohne Kopf- oder Körperbehaarung und frei von Narben, hatte er die merkwürdige Empfindung, zu einem Wesen ohne Erinnerung und ohne Vergangenheit geworden zu sein.

*Die Alte hat erreicht, was sie wollte*, dachte er, *ich habe den Körper eines Neugeborenen.*

Sarah hämmerte gegen die Tür und holte ihn damit in die Wirklichkeit zurück.

»Und, Teddybär, wie fühlen Sie sich?«

»Leicht«, sagte er, und strich sich mit der Hand über den kahlen Schädel.

»Sonst nichts?«

»Hässlich.«

»Ist das alles?«

»Sauber.«

Das war bereits ein großer Fortschritt. Seit Monaten hatte er sich vernachlässigt: Er hatte seinen Bart und die Haare auf seinem Kopf wild wuchern lassen, seine Körperhygiene ließ sehr zu wünschen übrig, und weil er zu oft hintereinander dasselbe anzog, ohne die Kleider zwischendurch zu waschen, trug er stets den unerträglichen Geruch von dreckigem Schweiß mit sich herum. Er stank nach Traurigkeit.

Als er die Tür öffnete, trat Sarah herein, fasste ihn energisch am Kinn und besah ihn sich gründlich, dann trat sie einen Schritt zurück und verkündete mit großer Bestimmtheit:

»Ein schönes Baby, pausbäckig und speckig, genau so, wie ich sie am liebsten mag! Wenn man bei so einem auf die Nasenspitze drücken würde, käme Milch heraus.«

Er bedachte sie mit einem herausfordernden Blick und stieß zwischen zusammengebissenen Zähnen hervor:

»Und jetzt, alte Frau, wohin gehen wir jetzt?«

## Die verfluchte Brücke

Es handelte sich um eine Brücke, nicht weit von dem Haus entfernt, in dem sie sich am Vortag einem Massaker hingegeben hatten, das in der Chronik der Kürbisgewächse seinesgleichen sucht. Sie setzten sich auf die Brüstung und ließen ihre Beine über der Leere baumeln. Sie legte den Kopf an seine Schulter, und so verharrten sie einen Augenblick schweigend und sahen dem Wasser zu, das unter ihnen entlangfloss.

»Mein Kleiner?«

»Ja?«

Sie griff nach seiner Hand und ließ ihn die Brüstung berühren.

»Was fühlen Sie?«

»Stein.«

»Fühlt es sich gut an?«

»Weder gut noch schlecht, es ist einfach Stein!«

Sie beugte sich nach vorn und kniff die Augen zusammen wie ein Goldsucher.

»Es wird niemand aus dem Fluss steigen, Sarah.«

»Beugen Sie sich vor«, sagte sie.

Er tat, wie ihm geheißen.

»Weiter vor.«

»So?«

»Ja Kennen Sie den Unterschied zwischen einer Person, die aus dem zehnten Stock springt, und einer, die nur aus dem ersten springt? Nein? Wenn die aus dem zehnten Stockwerk fällt, hört man folgenden Schrei: ›Aaaaaaaaaah!‹ Dann dieses Geräusch: BUMM! Wenn die Person aus dem ersten Stock hinunterfällt, hört man zuerst dieses Geräusch: BUMM!, und dann: ›Aaaaaaaaaaaaaah!‹«

Er wollte sich aufrichten und dann so tun, als würde er lachen, als sie ihn nach vorne stieß, wie Kinder, die Erschrecken spielen. Für den Bruchteil einer Sekunde sah er sich tot: Er konnte sich nirgendwo festhalten, rutschte ab und kippte ins Leere.

Ein seltsamer Gedanke schoss ihm durch den Kopf: Er dachte nicht *Sie bringt mich um*, sondern *Sie rettet mich*, und er empfand sogar unendliche Dankbarkeit für diese Frau, die sein Leben abkürzte. Hinunterzustürzen wäre so schnell gegangen und so leicht gewesen …

Er schwankte, doch Sarah hielt ihn fest. Sie musterte ihn aufmerksam. Obwohl sie ungezwungen über ihren kindischen Streich lachte, las er Entsetzen in ihrem Blick. Der Arzt begriff, warum die Alte ihn hierhergebracht hatte; sie hatte ihn soeben einem Test unterzogen, und dessen Ergebnis war eindeutig: ›Er fürchtet den Tod nicht wirklich, und sein Entschluss steht fest: Er wird sich in vier Tagen das Leben nehmen.‹

»Ach herrje, ich dachte schon, ich würde drei Tage früher sterben!«, rief er und bemühte sich um eine ziemlich übertrieben wirkende Lässigkeit.

»Nicht hier«, sagte sie, während sie langsam ihre Fassung zurückgewann, und leugnete damit nicht, dass der

Gedanke, ihn woanders zu töten, ihr möglicherweise durch den Kopf gegangen war: »Das würde uns Unglück bringen. Wissen Sie, warum die Leute hier aus der Gegend diesen Ort ›die Brücke des Ertrunkenen‹ nennen? Vor langer Zeit hat sich hier jemand in den Fluss geworfen.«

Sie zog an seinem Arm und deutete auf den Boden.

»Sehen Sie diesen Spalt? In dem Augenblick, als er sprang, brach all sein angestautes Bedauern mit einem Mal aus ihm heraus und sprengte den Beton entzwei, KRACK!«

»Warum hat er sich umgebracht?«

»Enttäuschte Liebe. Oder etwas in der Art … Die Leute haben mit dem Finger auf die Liebe der beiden gezeigt. Sie wurden sogar angespuckt, und es gab dumme Sprüche. Da die junge Frau nicht besonders mutig war, hat sie den jungen Mann verlassen.«

Sie deutete auf den Boden, wo ein Stein fehlte.

»Es heißt, dass der Mann für diese Lücke verantwortlich sei: Der Legende nach hat er sich bei jedem dritten Schritt gebückt, einen losen Stein aufgehoben und in seinen Mantel gestopft, damit er schneller untergeht. Angeblich fand man später dreizehn große Pflastersteine in seinen Taschen. Offenbar hat er fest damit gerechnet, dass sich seine Geliebte ihres Irrtums bewusst werden und zurückkommen würde. Er soll sich schon am frühen Morgen auf die Brücke begeben haben, aber als er gesprungen ist, war es bereits später Abend. Was muss das für eine unerträgliche Wartezeit gewesen sein!«

»Und was ist aus der jungen Frau geworden?«

»Niemand, der die Liebe opfert, kommt ungestraft davon. Teddybär. Als Strafe für ihre Feigheit wurde sie zu einem elenden Leben verurteilt. Die Bewohner des Viertels schwören Stein und Bein, dass sie sehr oft hierher zurückkommt, um ins Wasser zu blicken und um Verzeihung zu bitten. Arme Frau ...«

Stille.

»Glauben Sie, dass er gelitten hat«, fuhr sie nach einer Weile fort, »als er ertrunken ist? Ob es lange gedauert hat?«

Aus irgendeinem Grund wollte der Arzt einen Schritt auf sie zu machen und sie in die Arme nehmen, aber sie kam ihm zuvor und griff nach seiner Hand.

»Wollen Sie wirklich wissen, warum wir hier sind?«

Sie lenkte seine Finger zu der Lücke im Boden und steuerte seine Hand so, dass er damit zunächst über die raue Oberfläche des Steins strich, und dann in den Spalt hinein.

»Wir sind hier, um uns mit der Welt zu unterhalten, bevor wir sie verlassen.«

Der Arzt war sich nicht sicher, ob sie von der Brücke oder dem Dasein im Allgemeinen sprach, aber er fühlte, wie plötzlich bodenlose Traurigkeit über ihn kam.

»Es fühlt sich kalt an«, sagte er.

Stille.

»Fühlt es sich gut an, mein Kleiner?«

»Weder gut noch schlecht. Es ist ... einfach da.«

Sie nickte zufrieden.

»Die Welt ist magisch. Sie liebt uns und beweint uns, sie lässt sogar Steine entzweibrechen, um es uns zu beweisen. Sie bleiben jetzt hier und sprechen mit ihr; mir sind die Zehen eingeschlafen, es fühlt sich schon an wie tausend Ameisen, also vertrete ich mir jetzt die Beine, um die Viecher wieder loszuwerden. Danach fahren wir zum Flughafen und trinken Wasser mit Pinguinsirup und Champagner.«

Sie gab ihm drei kleine Klapse auf seinen kahlen Schädel, entfernte sich ein Stückchen und tat so, als würde sie winzige Insekten zertreten, indem sie mit ihren schweren, roten Stiefeln mehrmals fest auf den Boden stampfte.

Er nutzte es aus, dass sie ihm den Rücken zugewandt hatte, zog seine Hand vorsichtig aus dem Loch heraus und schüttelte innerlich den Kopf über sie. Da schoss ihm das Bild seiner Frau durch den Kopf, er sah sie wie durch Gitterstäbe hindurch. Er überlegte eine Sekunde, dann legte er die Hand aus irgendeinem Grund wieder in die Lücke hinein, um zu lauschen, was der Stein ihm zu sagen hatte.

Denn er hatte es schließlich noch nie mit Zuhören probiert.

# Ein Vogel für Herrn Andeya

Sarah bog nach rechts in die Straße ein, die zum Flughafen führte.

»Wollen Sie verreisen?«

»Ja.«

»Wohin?«

»Weit weg.«

»Wie lange?«

»Lang.«

»Wann?«

»In ein paar Tagen, aber ich habe mein Ticket schon, ich will nur das von Herrn Andeya abholen, er ist ein Freund von mir. Hören Sie auf, mir Fragen zu stellen, Teddybär.«

Stille. Sie blickte auf die Straße, warf ihm einen Blick zu und gestand schließlich, dass die Umgebung ihr gefiel. Flughäfen, Bahnhöfe, Häfen, Ankunftsorte aller Art ...

»Die Leute warten lange aufeinander, dann sehen sie sich, küssen sich und nehmen sich in die Arme. Wie soll man da schlechte Laune behalten!«

Er fragte sich, ob sie deshalb hierhergekommen waren, damit er seine schlechte Laune ablegte. Er lächelte traurig, und während die alte Dame einen Parkplatz suchte, fühlte er sich wahrhaft am Ende, reif für die Müllkippe.

Sie stiegen aus und betraten einen Aufzug, während

Sarah, die von dem Ort offenbar inspiriert wurde, weiter-
plapperte.

»Das Wichtigste sind die endlosen Minuten des War-
tens. Sie steigern den Appetit. Haben Sie sich schon mal
die Gesichter der Leute angesehen, die da warten?« Er
schüttelte den Kopf. »Nervosität und Sorge wechseln
einander ab, was die Züge auf kaum merkliche, aber
wunderbare Weise verzerrt. Was für ein phantastisches
Spektakel!«

Die Türen gingen auf. Sie griff nach seinem Ärmel und
zog ihn zum Ankunftsterminal, wo es vor Menschen nur
so wimmelte.

»Wenn wir Glück haben, sehen wir Verliebte, die sind
am einfachsten zu erkennen.«

»Weil sie sabbern?«

»Weil sie einen Blumenstrauß in der Hand haben«,
wies sie ihn zurecht.

Sie nahmen auf der Terrasse eines Flughafencafés Platz.
Sarah bestellte eine Schale Champagner. Der Arzt begnügte sich mit einem Eistee: Ihm war der misstrauische Blick
nicht entgangen, mit dem die Alte die leeren Alkohol-
flaschen in seiner Küche bedacht hatte, und obwohl diese
Alte ihm nichts bedeutete, hatte er sich sehr geschämt.

Er wirkte auf einmal sehr unglücklich: Sein Getränk
mit den vielen Eiswürfeln hatte ihn soeben daran erinnert, dass er in der Nacht aufgestanden war, um auf die
Toilette zu gehen, und dabei etwas Kaltes unter seinem
Fuß gespürt hatte. Es war der Kamm seiner Frau gewesen, der zu Boden gefallen war und sich kalt wie der Tod
angefühlt hatte.

Sarah schob sein Glas nahe an ihres heran und schlug dann sanft dagegen, und es hörte sich an wie ein zerspringender Stern.

»Fürchten Sie sich nicht vor der Traurigkeit, mein Kleiner: Sie ist die leuchtende Spur davon, dass etwas Schönes existiert hat!«

## Eine Erinnerung an Licht

*Er ist siebenundzwanzig. Wenn alles gutgeht, hält der Arzt bald sein Diplom in den Händen und wird eine Stelle in der angesehensten Abteilung für Kinderchirurgie des Landes antreten.*

*Er begibt sich zum Haus eines neuen Patienten.*

*Herr Nacht, zweiundneunzig Jahre alt.*

*Der Patient lässt ihn herein, und als der junge Arzt ihn ansieht, findet er, dass etwas an seinem Blick merkwürdig ist. Er reicht ihm die Hand, aber der alte Mann starrt durch ihn hindurch die Wand an.*

*»Ich kann nichts mehr sehen«, sagt er.*

Was für ein schrecklicher Satz, *denkt der Arzt.*

*Er greift nach seiner Hand und drückt sie, sie ist sehr weich. Manchmal machen Falten die Haut ganz weich und verleihen ihr eine Elastizität, die junge Haut niemals besitzt. Kleine Kompensation der Gebrechlichkeit: Man ist alt, aber dafür ist man ganz weich.*

*Das Haus von Herrn Nacht ist mit Papier vollgestopft. Wie die Säulen eines unvollendeten Tempels oder rechteckige Stalagmiten wachsen die Zettelstapel in die Höhe, und der Arzt muss sich vorsichtig hindurchnavigieren, um nichts umzustoßen. Der alte Mann kennt den Weg auswendig und geht mit sicherem Schritt voran in sein Zimmer, die rechte Hand vor sich ausgestreckt, wie Ödipus, der Verfluchte.*

*Der junge Arzt bittet ihn, sich aufs Bett zu legen. Untersucht ihn. Blutdruck, Abhören von Herz und Lungen.*

*An der Wand hängen Fotos. Tausende von Fotos. Lauter Nackte und eng umschlungene Paare. Männer mit Frauen, Frauen mit Frauen, Männer mit Männern. Schöne Bilder. Muskeln und Zöpfe. Schön. Große Hände, schmale Schultern. Alles voll davon. Schön.*

*Der junge Arzt stößt einen Pfiff aus.*

*»Also echt! All die Fotos! Sie sind WUN-DER-SCHÖN!«*

*Der Alte lächelt. Er erzählt, sie seien von ihm, er sei früher Fotograf gewesen und habe immer die Schönheit der nackten Körper einfangen wollen, wenn das Licht darauf trifft.*

*Er sagt, das Licht würde ihm fehlen.*

*Da setzt sich der junge Arzt neben ihn und beschreibt ihm ausführlich das weiße Strahlen des Januarhimmels, das gelbliche Glänzen der Sonne in den Pfützen, den Grünstich, den der Rost auf der kupfernen Dachrinne bekommt. »Gerade hat sich eine Taube auf den Balkon gesetzt, eine Katze folgt ihr mit dem Blick. Zwischen ihnen eine Fensterscheibe. Dieser Mord wird nicht geschehen.«*

*So erfährt Herr Nacht alles über den großen Lauf der Welt in diesem einen Augenblick.*

*Als er wieder in sein Auto steigt, denkt der junge Arzt an seinen Großvater.*

*Der Alte ist schon seit zwei Jahren tot. Er fehlt ihm.*

# Die Prinzessin im dunklen Schloss

»Wie haben Sie Ihre Frau kennengelernt, Teddybär?«
Schweigen.

»Verzeihen Sie mir, dass ich so indiskret bin: Das ist eine böse Untugend, die man gleichzeitig mit all den Falten und Runzeln bekommt.«

Sie strich sich mit den Fingern um die Lippen und grinste breit, was sie noch älter und noch zerknitterter aussehen ließ. Er griff nach einer Ecke der Papiertischdecke und begann, sie sorgfältig in kleine Schnipsel zu zerreißen.

»Warum interessiert es Sie, wie wir uns kennengelernt haben?«

»Ich beschäftige mich so gern mit den Problemen anderer Menschen.«

Durch das goldfarbene Prisma ihres Champagnerkelchs sah er, wie sie ihn einen Moment lang anblickte und dann ihre Zigarettenspitze hervorholte.

»Hier ist das Rauchen verboten«, sagte er und hoffte, damit das Thema wechseln zu können.

»Blablabla. Los, erzählen Sie mir Ihre Geschichte!«
Er rutschte tiefer in seinen Sessel.

»Wozu? Es ist eine entsetzlich banale Geschichte. Es ist die banalste aller banalen Liebesgeschichten.«

»Das trifft sich gut, ich liebe so etwas! Mein Leben war so merkwürdig, so außergewöhnlich, dass für mich der bedrückenden Banalität etwas unerhört Exotisches anhaftet.«

»Es ist auch eine schmerzhafte Geschichte«, machte er einen letzten Versuch.

»Ich liebe den Schmerz! Mein Leben ist so sanft und ruhig dahingeflossen, dass der Schmerz für mich …«

»Hören Sie auf mit dem Theater, Sarah.«

Er griff nach einer anderen Ecke der Tischdecke und attackierte sie mit der gleichen Sorgfalt wie die vorherige.

»Teddybär, Teddybär … Was Sie tun sollten, ist, mit dem Finger auf die Dinge zeigen, die Ihnen Kummer bereiten, und in Gedanken laut und deutlich formulieren: *Dies ist meine Erinnerung, sie ist zwar schmerzhaft, aber dafür gehört sie mir.* Wie wäre es, wenn Sie das vergangene Glück noch ein einziges Mal hervorholten und im Tageslicht ausbreiteten? Und dann? Der Nostalgie den Hals umdrehen, das Parkett des Glücks entstauben, ein paar Bewegungen machen und die Tanzfläche anschließend den wahren Künstlern überlassen: Uns, den Lebenden.«

Stille. Der Mann dachte, dass die Alte recht hatte, und das bereitete ihm Unbehagen. Er streckte die Hand aus, um nach einer Papierserviette zu greifen und sie ihrerseits in kleine Fetzen zu zerreißen, doch der Spender war leer. Also knabberte er an einem Nagelrest herum.

»Lieben, trinken, tanzen, und wenn die große Uhr des Lebens Mitternacht anzeigt, dem Licht entgegengehen, allerdings mit aufrechter Haltung und stolzer Miene«, fügte sie nachdenklich hinzu.

Er hatte den Eindruck, als versuche sie, sich selbst zu überzeugen, und seufzte.

»Also schön, Sarah … Ich ging einen Krankenhausflur entlang. Da sah ich einen wunderschönen Labrador zu Füßen einer jungen Frau liegen: muskulös, honigfarben, feuchtglänzende Schnauze. Ich war sprachlos: Jeder weiß, dass Tiere dort streng verboten sind. Das Auftauchen eines so schönen Tieres an einem so tristen Ort erfüllte mich mit unerklärbarer Freude. Ich habe mich hingekniet, dem Tier ein paarmal übers Fell gestrichen und gesagt: ›Sie haben da einen sehr schönen Hund.‹ Da blickte die junge Frau zu mir auf und sagte lachend: ›Das kann ich nicht beurteilen, ich habe ihn noch nie gesehen.‹«

»Was! Wollen Sie mir etwa sagen, dass Sie …?«

»Blind, ganz recht.«

»Dann wäre das damals also eine gute Gelegenheit gewesen, die Klappe zu halten.«

»Könnte man meinen, wenn man das Ende der Geschichte nicht kennt.«

»Und wie ging die Geschichte aus?«

»Am Ende wurde geheiratet.«

»Wie, den Hund?«

Sarah nahm sich noch eine weitere Zigarette. Er lachte nicht. Nicht einmal ein Lächeln, nichts. Er schenkte sich etwas zu trinken nach und trank, wobei er die Lippen schürzte wie ein Baby, das aus der Brust seiner Mutter trinkt.

»Ich kam mir sehr dumm vor und habe mich tausend Mal entschuldigt, aber sie sagte nur: ›Es ist doch gar nichts passiert‹, und erklärte mir, sie sei wegen einer neuen, experimentellen Behandlung dort.«

Sarah lauschte so gespannt wie ein kleines Mädchen, dem jemand von Prinzessinnen, Schlössern und Drachen erzählt.

Weil er sich für seinen dummen Fauxpas schämte, hatte der junge Arzt sich schnell wieder auf seine Station begeben. Zwei Monate darauf, wenige Tage vor Weihnachten, hatte er eine Buchhandlung betreten, um Geschenke zu kaufen, und die Hand nach dem letzten Exemplar von *Hundert Jahre Einsamkeit* ausgestreckt, als ihm jemand zuvorkam …

»Ich habe sie nicht gleich wiedererkannt, aber sie sagte nur ›der Mann vom Flur‹, und erklärte mir, mein Duft hätte mich verraten.«

Zwar hatte er in der Buchhandlung nicht das bekommen, wonach er gesucht hatte, aber nachdem er die junge Frau wiedergesehen hatte, begriff er schon bald, dass er stattdessen sehr viel mehr gefunden hatte.

»An dem Tag hat sie sich entschuldigt und mir das Buch mit den Worten gegeben: ›Hier, nehmen Sie, Sie haben es bestimmt als Erster gesehen‹, sie hatte nämlich Humor. Die neue Behandlung war ein Erfolg gewesen. Nach einem Leben, das bis dahin in Dunkelheit getaucht gewesen war, musste sie alles lernen: die Farben, Entfernungen, die Gesichter der Menschen um sie herum. Ich habe ihr das Buch zurückgegeben und gesagt, ich hätte es schon gelesen, es sei eine unvergessliche Geschichte, mit der sie sich ganz bestimmt sehr gut amüsieren werde.«

Der Arzt konnte sie noch ganz deutlich vor sich sehen,

wie sie da zwischen den Buchreihen gestanden hatte, mit diesem seltsamen, angedeuteten Lächeln im Gesicht, jenem rätselhaften Lächeln, das stets nur für einen viel zu kurzen Moment erstrahlte, obwohl es sich eigentlich liebend gerne zeigte.

Er stand schon an der Tür der Buchhandlung, als sie rief: »Stopp, Sie können nicht nach draußen, warten Sie!«, und ihn einholte.

»Sie können jetzt nicht rausgehen, es regnet.«

»Ich habe einen Regenschirm.«

»Ja, eben, und ich habe keinen. (Sie hatte eine Haarsträhne um ihren Finger gewickelt, was sehr kindlich und naiv aussah, und deutete nach draußen in den Regen.) In dem ganzen Wasser da draußen ertrinke ich doch.«

Er begleitete sie nach Hause.

Auf dem Weg unterhielten sie sich über Theater und Poesie. Sie redete wie ein Wasserfall, und je länger er ihr lauschte, umso schöner fand der Arzt sie. Als sie vor ihrem Wohnhaus standen, sagte sie ihm, sie heiße Anastasia, wie die russische Prinzessin, und dass sie gern wieder umkehren und mit ihm etwas trinken gehen würde. Chardonnay für sie, Rotwein für den Arzt. Anschließend gab es Risotto mit Trüffel für sie und ein Steak Tartare aller-retour für ihn, seine liebste Zubereitungsart. Irgendwann zwischen Zitronentarte und Kaffee verliebten sie sich ineinander.

»Das lag daran, dass Sie den gleichen Nachtisch gewählt hatten«, ließ Sarah verlauten, sehr von sich überzeugt.

*Vielleicht lag es auch daran, dass wir in unserem Leben bis dahin beide schrecklich einsam gewesen waren,* dachte der Arzt und kaute auf der Innenseite seiner Wange herum.

Nach dem gemeinsamen Abendessen schlenderten der Arzt und die junge Frau noch lange durch die Straßen, und als er sie erneut bis vor ihre Tür gebracht hatte, blickte sie ihm ins Gesicht und sagte unvermittelt: »… weil die zu hundert Jahren Einsamkeit verdammten Sippen keine zweite Chance auf Erden bekamen«, dann säuselte sie ihm schelmisch ins Ohr, jemand habe ihr *Hundert Jahre Einsamkeit* einmal vorgelesen, und sie habe es wunderschön gefunden, sei aber nicht einverstanden: »Jeder hat das Recht auf eine zweite Chance.«

»Hat sie das wirklich gesagt?«, rief Sarah erstaunt und war sichtlich getroffen.

Aus ihrem Glas ertönte ein sehr kurzes, leises Zischen: Sie hatte die Asche ihrer Zigarette in die perlende Flüssigkeit hineinfallen lassen.

»Warum wundern Sie sich darüber?«

»Einfach nur so …«

»Sie lügen, ich habe gesehen, wie es Sie getroffen hat.«

»Wenn ich Ihnen doch sage, dass das nicht stimmt. Erzählen Sie weiter, bitte.«

»Sieben Monate später haben wir geheiratet und sind ans andere Ende der Welt gefahren. Sie hatte beschlossen, ihre Ausbildung als Krankenschwester fortzusetzen und ein Zentrum für Sehbehinderte zu eröffnen. Sie war eine Kämpfernatur.«

»Eine Revolutionärin«, sagte die alte Dame ganz euphorisch, »Sie hatten sich in eine Revolutionärin verliebt.«

»Noch schlimmer: in eine Träumerin.«

»Und, hat sie es am Ende gegründet, ihr Heilzentrum?«

»Ich befand mich am Ende meines Studiums«, sagte er, ohne zu verneinen. »Wir waren ziemlich klamm. Sie hat sich für lokale Belange engagiert, für gesellschaftlich Benachteiligte gekämpft, für Menschen, die von unserem Gesundheitssystem ausgeschlossen sind. Ich habe das Geld nach Hause gebracht, und sie hat die Welt gerettet. Die Zeit verging. Als wir genug angespart hatten, um uns die Wohnung zu kaufen, war es zu spät, da hatte sie ihren Kampf meinetwegen vergessen.«

Der Arzt hob den Kopf.

»Sehen Sie, ich habe Sie nicht angelogen: Es ist eine entsetzlich banale Geschichte.«

Stille.

»Hin und wieder wähle ich ihre Nummer«, fuhr der Arzt fort, während er imaginäre Brotkrümel auf der Tischdecke zusammenfegte, »um ihre Stimme zu hören. Einmal, auch wenn ich mir da in Wirklichkeit nicht ganz sicher bin, ist jemand rangegangen: Ich konnte sie am anderen Ende atmen hören. Es war vielleicht nicht real, aber ich halte daran fest, denn alles andere wäre zu schrecklich, es wäre einfach zu fürchterlich, wenn die Leute, die wir lieben, nicht mehr reagieren würden, wenn wir sie anrufen …«

Er unterbrach sich und wischte mit einer abrupten Handbewegung das, was er soeben gesagt hatte, fort.

»Diese Dinge interessieren Sie nicht, sie gehen Sie nicht einmal etwas an, ich weiß gar nicht warum ich Ihnen das erzähle. Ich …«

Einen kurzen Moment lang spielte er mit dem Gedanken, ihr endlich die ganze Wahrheit zu sagen, aber er blieb stumm.

Sie respektierte, dass er aufgewühlt war, achte auf den Boden und trank und rauchte weiter. Die Leute in ihrer Nähe beschwerten sich über den Rauch. Das brachte sie zum Lachen, deshalb spendierte sie eine Runde Getränke für alle, um sich bei ihnen für »diesen schönen Augenblick zu bedanken, den wir alle miteinander verbracht haben«.

Gönnerhaft zog sie einen großen Schein hervor und warf ihn lässig auf den Tisch. Das war das Signal zum Aufbruch.

»Los, schlürfen Sie schon Ihre kalte Teesuppe aus! Meine Kinder warten sicher schon auf mich. Sie wollen mit mir angeln gehen. Ich habe noch nie in meinem Leben geangelt und bin schon ganz aufgeregt.«

Er kippte sein Getränk in einem Zug herunter. Sie hielt ihre Handgelenke in die Luft, so dass ihre beiden Uhren aufblinkten.

»Die Zeit, die Zeit, die Zeit! Beeilen Sie sich, ich bringe Sie in Ihre große, leere Wohnung zurück.«

»Die Wohnung ist noch lange nicht leer geräumt«, korrigierte er sie.

*Was Jahre des Hortens zusammengefügt haben, das kann ein einziger Morgen nicht trennen*, dachte der Doktor. Nicht einmal mit Hilfe eines Wirbelsturms im weißen Abendkleid und roten Stiefeln.

»Wenn Sie sich da mal nicht täuschen«, sagte Sarah fröhlich, »ich habe Ihnen vorhin Ihre Schlüssel gemopst und sie, als wir hier ankamen, einem Freund gegeben.

Während wir hier saßen und plauderten, sind rund dreißig Personen bei Ihnen gewesen und haben sich dort mit allem Nötigen eingedeckt. Aber ich bin ja nicht herzlos: Das Bett war tabu!«

Daraufhin schwieg die alte Frau und betrachtete aufmerksam die wechselnden Ausdrücke, die das Gesicht des Mannes annahm.

Anstatt traurig oder melancholisch zu sein, fühlte er, wie ihn bei dem Gedanken, dass sein Hab und Gut nun Personen zugutekommen würde, die lebendiger waren als er, eine tiefe Ruhe überkam.

»Alles andere wäre doch Verschwendung ...«, bekräftigte Sarah, die offenbar seine Gedanken las.

»Dann besitze ich jetzt nichts mehr?«

»Sie haben niemals etwas besessen«, stellte sie richtig, dann hob und senkte sie einmal ihre Hand, die ihre tausendunderste Zigarette des Tages festhielt. »Abrakadabra, mein Kleiner! In diesem Moment sind Sie absolut und ganz und gar nackt.«

Er zuckte gleichgültig mit den Schultern. Das Schicksal perlte an ihm ab. *Außerdem*, dachte er, *wer weniger lebendig ist als ich, der ist schon tot.*

»Ihnen ist gar nicht klar, wie schlimm das ist«, stellte sie euphorisch fest und klopfte ihm auf den Rücken, »das bedeutet, dass Sie von nun an zur Freiheit verdammt sind!«

# Die verlorene Prinzessin

Nachdem der Arzt an jenem Tag in seine riesige, leere Wohnung zurückgekehrt war, schlief er wie ein Stein, bis er um Mitternacht hochschreckte, mit von schlechtem Schlaf verquollenen Augen und voller Erinnerungen an seine Frau. Er war fest davon überzeugt, ihren Geruch wahrgenommen zu haben.

»Ana? Bist du da?«

Verwirrt tastete er zwischen den Bettlaken nach ihr. Er blickte aus dem Fenster, suchte mit den Augen die Nacht ab und starrte in diesen immensen, schwarzen Raum hinein: Die Düsternis war so groß und allumfassend; irgendwo darin musste sie doch sein, und von diesem Ort aus könnte sie doch zu ihm zurückkommen.

Wozu am Leben bleiben? Er würde im Sommerregen nach seiner Frau suchen, im Geruch des mondbeschienenen Wassers auf den heißen Dachziegeln und im Duft des frisch geschnittenen Grases im Frühling. Er würde immer und immer wieder nach ihr suchen und sich in dieser Suche verlieren …

Und selbst wenn er ihr gegenübergestanden hätte, was hätte er dann zu ihr gesagt? Wie sehr er sie liebte und wie sehr er sie dafür hasste, dass sie von ihm gegangen war?

*Das ist alles, was ich besitze,* dachte er, *eine verrückte Alte,*

*die glaubt, mich retten zu können, und ein eiskaltes Bett in ei-*
*ner Dezembernacht.*

Er fragte sich, ob er nicht seine letzten Habseligkeiten verbrennen und aufbrechen sollte, um lange, lange dort unten durch den Pulverschnee und die Dunkelheit zu wandern, bis er vor Kälte starb. Der Schnee würde auf seinen Leichnam fallen. Sonst nichts. Nur der Schnee, der sehr langsam, mitten auf der Straße, auf seinen Körper herabfiel.

Später in der Nacht stellte er unbeteiligt fest, dass es ihm nicht möglich war, seine Wohnung anzuzünden: Sarah und ihre Freunde hatten alles mitgenommen, sogar die Feuerzeuge.

Drei Tage vor der Beerdigung

# Die wundersame Angelpartie

Der fünfte Morgen roch nach toten Blättern und dem Mark der Äste, die vor lauter Frost entzweigebrochen waren. Der Blick des Arztes fiel auf Sarah, die heute ein glänzendes, enganliegendes Kleid aus schwarzer Seide trug, das lange Haar zu einem dichten, voluminösen Dutt zusammengebunden. War es am ersten Tag noch braun gewesen, dann kastanien-, dann rotbraun, hatte ihr Haar mittlerweile die Farbe von dunklem Sand, der ganz matt wird, sobald am Strand der Schaum darin eingesunken ist.

»Wirklich nicht schlecht, die Krawatte«, sagte sie, als sie ihn erblickte. »In dem Smoking werden sich die Leute mit Sicherheit nach Ihnen umdrehen.«

»Nur, weil ich Sie an meinem Arm führe.«

»Schmeichler! Man wird Sie für meinen Gigolo halten.«

»Unterschätzen Sie sich mal nicht.«

»Falsche Bescheidenheit ist in meinem Alter weniger das Problem, Teddybär; man beginnt vielmehr, den Tatsachen ins Auge zu blicken.«

»… sagte die Frau, die glaubt, dass sie mich noch retten könnte!«

Da verzog die alte Dame auf einmal schmerzhaft das Gesicht, krümmte sich zusammen und griff rasch nach zwei kleinen Tütchen, deren Inhalt sie wie Bonbons hinunterschlang.

»Das ist ValiOma40«, erklärte sie, »für meine Nerven. Ihretwegen musste ich meine gewohnte Dosis verdoppeln.«

Er zuckte mit den Schultern, ganz als wollte er sagen, dafür sei er nicht verantwortlich oder es sei ihm wurschtegal. Sie verschloss den Deckel des Tablettenröhrchens wieder und erzeugte dabei ein wohlklingendes POPP, das ihr offenbar großes Vergnügen bereitete. Sie öffnete und verschloss das Röhrchen mehrmals, und ihr Lächeln wurde dabei immer breiter.

»Was sagen denn Ihre anderen Fahrgäste, wenn sie Sie in so einem Aufzug sehen? Es sieht wirklich sehr schick aus.«

Er hatte das ›sehr‹ mit einer Betonung ausgesprochen, die anklingen ließ, dass er eigentlich ›zu schick‹ meinte.

»Die Frage kann ich Ihnen leider nicht beantworten, weil Sie der Einzige sind, mein Kleiner.«

»Dann passen Sie auf, ich zahle nämlich sehr schlecht.«

»Ein Lächeln wird mir genügen.«

Sie stiegen ins Taxi, und sie startete den Motor.

»Hatten Sie gestern einen schönen Nachmittag?«, fragte er aus reiner Höflichkeit.

»Zuerst haben wir uns am Hafen mit Käse-Popcorn vollgestopft, dann hat mein Sohn mir das Angeln beigebracht. Ich habe es auf Anhieb gehasst«, berichtete sie voller Wut. »Mir war nicht klar, dass man die Fische dabei tötet! Die armen Wesen! Achtlos zur Seite geworfen, mit ihren glatten Körpern, und dann haben sie ständig den

Mund auf- und zugemacht ... Das hat mich ganz krank gemacht. Deshalb hatten wir (sie rüttelte mit der Hand eine imaginäre Pfanne), nachdem wir sie alle gebraten hatten, genügend Mitgefühl, um sie allesamt wieder zurück ins Meer zu werfen.«

Sie ließ eine Pause entstehen, dann prustete sie und deutete auf den kahlgeschorenen Schädel des Arztes:

»Genau so, wie ich es mit Ihnen mache!«

# Die Falle

Als der Wagen die Kirche einmal umrundete, konnte der Arzt sehen, dass sich auf dem Vorplatz mehrere Menschen in Trauerkleidung versammelt hatten. Viele weinten, andere trösteten. Auf dem Boden und auch überall sonst waren Blumengebinde zu sehen. Der Arzt spürte sofort, wie er einen Kloß im Hals bekam, und er kreuzte die Arme vor dem Oberkörper und umklammerte die Ellenbogen so fest, dass die Fingergelenke weißlich hervortraten.

»Gut, gut«, sagte Sarah stockend, »der Gottesdienst hat noch nicht begonnen, wir sind sogar noch ein bisschen zu früh dran.«

Der Arzt hatte den untrüglichen Eindruck, dass sie sich irrte, dass sie alles andere als rechtzeitig zu was auch immer kamen und dass hier niemand auf sie wartete, aber sie wirkte derart zerbrechlich, dass er beschloss, den Mund zu halten. Aus irgendeinem Grund wollte er in diesem Augenblick nicht, dass sie unglücklich war.

Sarah war weniger feinfühlig. Als sie seinen fragenden Blick bemerkte, zwinkerte sie ihm zu.

»Wann waren Sie das letzte Mal bei einer Beerdigung, Teddybär?«

»So was ist doch kein öffentliches Spektakel, Sarah. Es

sind Leute hier, die traurig sind«, gab er nüchtern zurück und fühlte, wie ihn jäh eine mächtige Empfindung überkam und sich in seinem Bauch etwas zusammenzog.

Als sie einen Parkplatz für ihren Wagen entdeckte, stieß sie einen kleinen Schrei der Erleichterung aus.

»Wir gehen da doch nicht etwa rein?!?!«

»Sie haben doch nicht wirklich geglaubt, dass wir uns abseits halten würden, mein Kleiner? Wozu hätten wir uns denn dann so aufgebrezelt?«

»Aber wir kennen den Verstorbenen doch gar nicht!«

»Sprechen Sie für sich! Ich kenne ihn sehr gut: Er war ein ganz großer Freund von mir.«

»Dann warte ich im Taxi auf Sie.«

Sie verstaute die Schlüssel ganz unten in ihrer Handtasche und versicherte ihm, sie hätte die Person, die heute der Erde übergeben würde, sehr gemocht.

»Ich werde weinen. Ich brauche Ihren Arm und Ihre Schulter. Könnten Sie das für mich tun?«

»Wirklich, ein *ganz großer Freund*?«

»Wenn ich es Ihnen doch sage?«

Er blickte sie scharf an und spürte, dass ihre Trauer echt war. Er zögerte, aber als er ihren flehenden, beunruhigten Blick sah, öffnete er seufzend seinen Gurt. Es war die reinste Qual für ihn, an diesem Ort zu sein. Draußen wurde seine Glatze sogleich von eisiger Kälte attackiert, ganz besonders die weiße, nackte Stelle hinter den Ohren. Mit einem Fingerschnipsen entfernte Sarah einen imaginären Fussel vom Smoking des Arztes und hakte sich dann mit zufriedener und bereits wieder selbstsicherer Miene bei ihm unter, nicht ohne ihm tausend Mal dafür zu danken, dass er eingewilligt hatte, ihr bei dieser Prüfung zur Seite zu stehen; und so betraten sie die Kirche.

Irgendetwas störte den Arzt, und da er nicht benennen konnte, was es war, wurde er immer ärgerlicher. *Sie hat mich reingelegt,* dachte er, *sie kennt den Toten gar nicht. Das kann nicht gutgehen.* Sein Blick verweilte einen Moment auf den Schleifenbändern, die um die Blumen geschlungen waren, und wanderte dann weiter bis in die Mitte des Kirchenschiffs, wo sie sich ebenfalls um den Sarg wanden. Sein Blut stockte, und er stolperte. Die alte Sarah spürte sein Unbehagen und umarmte ihn fester, aus Angst, er könnte kehrtmachen.

Am ganzen Körper zitternd, flüsterte er ihr ins Ohr:

»War ihr *ganz großer Freund* klein?«

Sie nickte.

»Wie klein?«

»Neun Jahre alt.«

# Das Tal des Jammers

Entgegen ihrer Ankündigung hatte Sarah während der Trauerfeier nicht geweint. Natürlich hatte der Arzt einen kurzen Moment lang gesehen, wie ihre Augen feucht wurden, dann aber gelang es ihr, sich zu beherrschen.

Nach der Beweihräucherung der sterblichen Hülle bestand sie darauf, die Familie zu begrüßen: eine Frau mit dunkler Sonnenbrille und einen verstört aussehenden Mann, die sich auf den ersten Blick durch ihren Gesichtsausdruck verrieten.

»Ich warte lieber abseits des Geschehens auf Sie«, verkündete der Arzt.

»Wie Sie wollen.«

Der Arzt hatte sie noch nie so niedergeschlagen erlebt. Als sie zur Sakristei hinaufgestiegen und noch wenige Schritte von dem trauernden Paar entfernt gewesen war, hatte die Mutter des Kindes ihre Brille abgenommen, war ihr ihrerseits entgegengekommen und hatte sich taumelnd in ihre Arme gestürzt. Sarah hielt stand. Sie flüsterten lange miteinander, wobei sie immer wieder nickten und einander umarmten.

Der Blick des Arztes wanderte vom Sarg zum Kreuz und fiel dann auf den Vater, der in einer Ecke zusammengebrochen war. Seine Angehörigen drückten ihm die

Hand und versicherten ihm so, auf mehr oder weniger demonstrative Weise, wie viel Anteil sie an seinem Unglück nahmen.

Der Arzt stand in der Nähe des Weihwasserbeckens und beobachtete das Ganze aus sicherer Entfernung, als er sah, wie Sarahs Blick auf der Suche nach ihm über die Menschenmenge schweifte. Er gab ihr zu verstehen, dass er gerne gehen wolle. Da richtete sie sich mit einem erhabenen Ausdruck im Gesicht auf, hob ihren langen, sehr mageren Arm, streckte jeden noch so kleinen, knackenden Knochen ihrer Hand aus und zeigte mit dem Finger auf ihn. Ihre Lippen formten deutlich sichtbar den folgenden Satz: »Sehen Sie den Mann dort hinten«, und dann fügte sie noch ein paar für ihn unverständliche Worte hinzu. Sogleich heftete die Mutter ihre Pupillen auf ihn, zwei glühende Kohlen, die sich direkt in seine Haut einbrannten.

*Sarah ... Verdammter Mist*, fluchte er in Gedanken, *Scheiße, was machen Sie denn da, Sarah ...*

Die Leute verstummten plötzlich, blickten ihn an, und alle rückten ein wenig von ihm ab, als würde er nach totem Wildschwein riechen.

Und der Finger der alten Dame hörte nicht auf, ihn feierlich und unerbittlich anzuklagen.

»Wer ist der Mann?«, hörte er hinter sich jemanden flüstern. »Was hat er getan? Warum zeigt sie so auf ihn? Haben Sie gesehen, wie der angezogen ist? Und seinen weißen Schädel?«

Als er ihr Getuschel nicht mehr aushielt, drehte er sich um und lief eilig aus der Kirche hinaus, um an die frische Luft zu gelangen und tief durchzuatmen, denn es fühlte sich so an, als sei jeglicher Sauerstoff aus seinen Lungen gewichen. Der Seitenspiegel eines Autos zeigte ihm sein Spiegelbild. Er war weiß wie ein Laken, und seine Haut war viel zu fest über sein Knochengerüst gespannt.

Er übergab sich und kotzte alles aus: sein Frühstück, seine Frau, Sarah. Ein Großteil landete auf seinen Schuhen.

Als er sich den Mund abwischte, fühlte er, wie sich eine Hand auf seine Schulter legte.

»Heiliger Christophorus, wenn Sie sich sehen könnten, Teddybär! Sie sind bleich wie eine Nonne, und ihre Lippen sehen aus wie Kalbshirn.«

Die Lust, sie zu ohrfeigen, schwoll in ihm an wie eine Seifenblase. Und die, sich auf dem Boden zusammenzukauern, um in die Erde hineinzukriechen, damit sein Körper sich komplett auflöste, ebenfalls. Zwischen diesen beiden Haltungen hin und hergerissen, schubste er sie gegen eine Motorhaube und schüttelte sie heftig an den Schultern.

»Bereitet Ihnen das Freude?«, brüllte er. »Sich irgendeinen erbärmlichen Typen suchen und ihn dann so richtig durch den Dreck schleifen, geht Ihren dabei einer ab?«

Er nannte sie eine dreckige Perverse und sagte, unter ihren Abendkleidern, hinter ihren Kippen und ihren bescheuerten Allüren würde sich eine Sadistin allererster Güte verbergen.

Sarahs alte Lippen bebten bei jedem Wort, überwältigt lehnte sie sich gegen das Auto hinter ihr. Der Arzt starrte auf ihre riesigen blauen Augen und wollte unbedingt erreichen, dass sie den Blick senkte.

»… Ein Monster, Sarah, Sie sind ein verfluchtes Monster!«

»Ich … es tut mir leid, ich …«

»Ich was?«

Sie stellte sich wieder aufrecht hin und murmelte mit schwacher Stimme:

»Kommen Sie mit, mein Kleiner. Es ist Zeit, dass wir uns über ein paar grundsätzliche Dinge unterhalten.«

Sie zog ihn weit weg von der Beerdigung und dem Leichnam des Kindes und ein klein wenig näher heran an die kleine, hässliche Sache namens Wahrheit.

# Der Arzt-der-sterben-wollte und das Kind

»Er hieß Henry«, sagte sie, sobald sie im warmen Auto saßen. »Er wäre in etwas weniger als einer Woche zehn Jahre alt geworden.«

»An dem Tag, an dem ich …?«

Sie nickte. Der Arzt hatte sich Zeit genommen, um wieder ruhig zu werden, und fühlte sich nun wie ein Boxer nach einem besonders heftigen Kampf. Er schwitzte stark und verspürte, obwohl er sich eben erst übergeben hatte, großen Hunger.

»Ein merkwürdiger Zufall, finden Sie nicht?«

Er schwieg hartnäckig, wich ihrem Blick aus und starrte stattdessen lieber auf die graue, reglose Umgebung. Es machte nicht den Eindruck, als hätte Sarah vor, den Motor zu starten.

»Er ist an einer Erkrankung des Blutes gestorben«, erläuterte sie. »Er hat immer gesagt: ›Nein, ich bin nicht krank, ja, ich habe eine Krankheit.‹ Das ist ein Unterschied, verstehen Sie das? Es ist etwas anderes. Er hätte Ihnen gefallen, dieser Junge. Er war nicht so wie die anderen Kinder in seinem Alter: Er mochte zum Beispiel keine Autos, und er hat Baseball und Dinosaurier gehasst. Stattdessen hat er sich für Ahnenforschung interessiert. Eine seltene Marotte für ein fast zehnjähriges Kind. Eines Tages hat er mir den Stammbaum gezeigt, den er geduldig während seiner langen Stunden im Krankenhaus gezeichnet hatte, er war so stolz auf sein Werk. Wissen Sie, was er angeblich herausgefunden hatte?«

Ein verstohlener Blick aus dem Augenwinkel bestätigte ihm, dass Sarah vor Anspannung auf ihrer Oberlippe herumkaute.

»Er hat mir geschworen, er hätte den Beweis dafür gefunden, dass seine Familie in gerader Linie von Adam und Eva abstammt.«

Die Hand der alten Dame schien von einem nervösen Zucken erfasst zu werden, und sie fing an, im Aschenbecher zu wühlen. Er fand es genauso ekelerregend wie am ersten Tag.

»Natürlich können Sie nicht wissen, wie das ist, ein krankes Kind zu sein, sein Leben im Krankenhaus zu verbringen und zu denken, dass man vielleicht stirbt, während die anderen weiterleben … Denn sonst hätten Sie ja keine Lust, sich umzubringen …«

»Sie wissen nichts über mein Leben, Sarah. Als ich ein Kind war, war ich krank, und ich habe neun Jahre damit verbracht … Ach, und verdammt! Das geht Sie nichts an!«

Eine lastende Stille breitete sich im Inneren des Wagens aus.

So verging eine Minute, bis die alte Dame fast unhörbar sagte:

»Es ist eine bescheuerte Sache, nicht wahr, Teddybär?«

»Wovon reden Sie, Sarah?«

»Vom Tod.«

Plötzlich wurde sie wütend, schlug mit der Faust mehrmals gegen die Fensterscheibe und stöhnte.

»Nein, nein und nochmals nein, das ist nicht gerecht, das ist nicht gerecht!«, brachte sie mühsam hervor. »O mein Gott! O mein heiliger, verfluchter, bescheuerter, lieber Gott!«

Die Asche flog im Fahrgastraum umher. Der Arzt war unangenehm berührt und fühlte, wie sein Herz sich nach ihr ausstreckte, wollte sie trösten und tat am Ende gar nichts: Er dachte, dass der Gott, von dem sie redete, kein barmherziger Gott war, sondern ein grausamer, aber so war es nun einmal, und die ganze Welt sollte es wissen. Er dachte, dass ihn die Traurigkeit dieser alten Dame, dieser Unbekannten, die ihn seit mittlerweile vier Tagen verfolgte und ihn nicht mehr in Ruhe ließ, nichts anging.

Kleine, lächerliche Schluchzer entwichen aus ihrer Kehle, und immer wieder hob sie ihre gekrümmten Finger an die Lippen.

»Eben gerade bin ich zu dieser Mutter in der Kirche gegangen und habe ihr erzählt, wie Sie sich in exakt drei Tagen eine Pistole an die Schläfe halten und ihren hübschen, kleinen, kahlen Schädel in die Luft jagen werden. Sie weiß alles.«

»Wozu?«

»Das habe ich Ihnen schon gestern gesagt: Wir sind hierhergekommen, um eine Schuld zu begleichen.«

»Indem wir bei Henrys Beerdigung zugesehen haben?«

»Indem wir ihm die letzte Ehre erwiesen haben«, stellte sie richtig. »Sie täten gut daran, sich die immense Chance, die ihm verweigert worden ist, nicht vorzuenthalten. Sie waren auf seiner Trauerfeier, und seine Mutter hat Sie gesehen, sein Vater hat Sie gesehen, alle haben Sie gesehen. Von diesem Augenblick an gehört Ihr Tod Ihnen nicht mehr, und Ihr Selbstmord ist nicht länger legitim, sondern jetzt ist daraus etwas Unwürdiges geworden, … ein Verbrechen!«

Sprach's und fuhr los, und zwar mit Karacho, so dass ihm weder Zeit blieb, ihr etwas zu erwidern, noch sich anzuschnallen.

All das erschien ihm unfassbar gefährlich.

# Eine Erinnerung an die Liebe und an das Rad

*Als er versuchte, die lange Verkettung aus tagtäglicher Kälte zurückzuverfolgen, die einen Mann in die allerletzte Sackgasse treibt, dazu, nach einer Waffe zu greifen und sich eine kleine Metallkugel in den Schädel zu jagen, dachte er selbstverständlich an seine Frau, daran, wie ihre Abwesenheit permanent an ihm nagte. Der Arzt erinnerte sich nicht mehr daran, dass er einmal einen Patienten namens Herr Sieben gehabt hatte, der bereits mehrere Suizidversuche hinter sich hatte und den er noch als Student behandelt hatte.*

*Diese Begegnung liegt schon viele Jahre zurück, der junge Mediziner hat gerade erst seine zukünftige Frau kennengelernt. Er ist glücklich. Sehr.*

*Zimmer sieben:*

*»Ach Jungchen, weißte, im Grunde is das keine große Sache, wenn einer sich umbringen will …«*

*»Das ist aber noch lange kein Grund, eine Gewohnheit daraus zu machen.«*

*Schulterzucken.*

*»Jeden Morgen hab ich den starken Wunsch, mit allem Schluss zu machen«, sagt Herr Sieben mit einem gezwungenen Lachen, nachdem man ihm den Magen ausgepumpt hat und er schwarze Kohle, Alkohol und rosafarbene Pillen wieder hervorgewürgt hat. »Weißte, ich hab genug Knete auf der hohen*

Kante, dass ich mit dem Arbeiten aufhören und bis ans Ende meiner Tage ein bequemes Leben führen könnte ... Echt, Jungchen! Mal angenommen, ich kratze übermorgen ab, dann hab ich alles, was ich brauch!«

Die verzweifelten Augen des Typs liegen in tiefen Höhlen.

»Weißte, Jungchen, du bist noch jung, das kannste nicht wissen. Aber bis man innerlich erlischt, muss gar nicht so viel passieren. Man steht morgens auf, liest immer die gleichen Zutatenlisten auf den immer gleichen Müslipackungen, man nimmt immer den gleichen Weg zur Arbeit, trifft auf die gleichen verdammten Leute jeden Tag ...«

Der Mann redet und redet, und der junge Arzt denkt, dass das Unsinn ist, dass das Leben zu schön ist, dass die Welt groß und voll von ungeahnten Möglichkeiten ist. Er hat Schmetterlinge im Kopf.

»... Dieselben verdammten Zigarettenpausen mit den gleichen verdammten Leuten und dabei immer über die gleichen verdammten Dinge reden: den Regen, die kranke Tante, die unfähige Regierung, das Wochenende ... Dann im Dunkeln nach Hause gehen, anstehen an der Tankstelle, anstehen bei der Post, anstehen im Supermarkt, wieder den gleichen Weg wie am Morgen nehmen, beim Abendessen über Gott und die Welt reden ... Und vom Sexleben ganz zu schweigen! Das gibt einem endgültig den Rest, spätestens das liefert einem die Begründung ... Jetzt muss ich aber dringend mal pissen, mein Jungchen.«

Der junge Arzt erwidert, er solle sich nicht rühren, er würde ihm schnell eine Urinflasche holen ... Diese Plastikbehälter, in die die Patienten hinein urinieren können, ohne vom Bett aufstehen zu müssen, werden im Krankenhausjargon aufgrund ihrer Form auch ›Pistole‹ genannt, und genau diesen Ausdruck hat der Arzt benutzt.

Herr Sieben richtet sich auf. Sein Atem stinkt nach billigem Fusel. Er ist auf einmal sehr aufgeregt.

»Nee, nee, nee! Das war doch nur 'n Versuch, ich wollte gar nicht in echt sterben, verstehste?«

Herr Sieben stirbt drei Monate später, als er vor einem Geldautomaten steht, umgemäht von einem betrunkenen Verkehrsrowdy. Der junge Arzt stellt sich vor, dass der Rowdy getrunken hatte, weil dessen Sohn gestorben war, umgemäht von einem weiteren besoffenen Autofahrer, der wiederum aus dem Grund trank, weil er glaubte, seine Frau würde ihn nicht mehr lieben, und immer so weiter, in einer langen Folge von unnötigen und unglücklichen Todesfällen, die sich bis zur Erfindung der Liebe, des Whiskeys und des Rades zurückverfolgen lassen.

Damals versucht der junge Arzt, das Gute in jedem Menschen zu sehen.

Sieht er es nicht, dann sucht er nach Entschuldigungen.

# Die Prüfung der Wahrheit

Sie fuhren eine Weile, dann setzte sie den Blinker und brachte den Wagen mit entschlossenem Gesichtsausdruck auf dem Seitenstreifen zum Stehen.

»Warum halten wir hier?«, fragte er, als er nach ihr ausstieg.

Sie lehnte sich mit dem Rücken ans Auto und blickte ihn auf seltsame Weise an.

»Schreien Sie.«

»Wie bitte?«

»Ihre Frau ist weg, und sie fehlt Ihnen so sehr, dass Sie sterben wollen? Dann lassen Sie uns doch mal nachsehen, was es damit wirklich auf sich hat.«

Sie führte ihn an den Straßenrand, von wo aus man auf eine weite, leere Fläche blickte.

»Stellen Sie sich vor, diese Landschaft wäre für das Fortgehen Ihrer Frau verantwortlich, und schreien Sie sie an, so laut Sie können. Sie werden sehen, danach fühlen Sie sich besser.«

»Nachdem ich in die Leere hineingeschrien habe?«, sagte er widerwillig.

»Probieren Sie es aus, das Ergebnis wird Sie überraschen.«

»Schreien Sie selbst auch manchmal?«

»Selbstverständlich, aber in meinem Alter nimmt die Reichweite deutlich ab: Die Stimme wird zittrig.«

Er stieg auf einen kleinen Erdhügel, wenige Meter vom Auto entfernt.

»Hier?«

»Ganz egal. Schreien Sie! Ihr Kummer über ihr Fortgehen hat sich in Ihrem Innern in einen traurigen Fisch verwandelt«, sagte sie oberlehrerhaft. »Eine angesäuerte, miesepetrige Forelle. Würgen Sie sie heraus!«

»Wie viele Sekunden lang?«

»So lange wie nötig.«

»Und wenn es nicht funktioniert?«

»Es funktioniert immer. Tante Nummer sechzehn, Victoria, pflegte ihre Gefühle immer in Einweckgläser einzuschließen. Wenn sie wütend war, dann spie sie ihre Galle in ein leeres Marmeladenglas. Pfff, verflogen war die Wut! Wenn sie traurig war, hat sie ihre Tränen eingeschlossen … Von ihrem ganzen Leben hat sie stets nur das Gute, Schöne und Zarte behalten. Ich habe sie stets nur lachend und unbeschwert erlebt. Zugegeben, ein bisschen durchgeknallt war sie, aber davon abgesehen gibt es nur Gutes über sie zu sagen! Sie starb am Tag des großen Erdbebens von Chicago. Der Schrank in ihrem Schlafzimmer fiel um, und alle Einmachgläser sind zerbrochen. Sie hat vier Tage lang gebrüllt, gezetert und geweint. All die plötzlich wieder freigelassenen Gefühle, das war schlecht fürs Herz …«, schloss Sarah und tat so, als würde sie eine Kerze ausblasen.

Der Arzt fühlte sich wie ein Baby, das sein Bäuerchen machen soll.

»Das wird nichts bringen«, wehrte er sich. »Ich werde schreien und mich zum Idioten machen, aber es wird nichts ändern.«

Sie zuckte mit den Schultern.

»Das wäre ja nicht das erste Mal, dass Sie sich zum Idioten machen. Aber geschrien haben Sie noch nicht. Und vergessen Sie nicht, dass Sie diese Woche mir gehören.«

»Verfügen Sie über einen anerkannten Universitätsabschluss, um diese Art von Therapie anzubieten?«

»Wenn Sie wollen, können Sie mich gerne beim Ordnungsamt anschwärzen, aber nun schreien Sie endlich.«

Er räusperte sich und stieß etwas hervor, das an das Muhen einer Albino-Seekuh erinnerte. Sie schüttelte enttäuscht den Kopf.

»Man weiß nicht, ob Sie röhren, muhen oder sich gleich in ein fürchterliches grünes Monster verwandeln. Ich will keinen Frischling und keinen Tenor, ich will das, was Sie da in sich drin haben.«

Sie deutete auf sein Herz und öffnete dann in Höhe seiner Eingeweide die Hand, als wollte sie darin herumwühlen.

»Ihre Forelle, ich will Ihre Forelle! Sie ist schwarz, sie ist dreckig, also her damit!«

Er hielt sich auf lächerliche Weise gerade, zu keiner Regung fähig, und wirkte blöde und unentschlossen. In der Ferne drangen helle Sonnenstrahlen ungefiltert durch den Nebel.

»Nun spucken Sie sie schon aus, verdammt! Meine Güte, Sie stellen sich aber wirklich dämlich an!«

Plötzlich legte sie den Kopf zur Seite, als lausche sie

ein paar unsichtbaren Stimmen, dann sprach sie in das sie umgebende Nichts hinein:

»Aber du siehst doch, dass er es ohne Hilfe nicht schafft, den Fisch auszuspucken! Sieht so aus, als ob ich ihm einen Schubs geben muss, und du weißt doch, wie ungern ich zu diesen Mitteln greife ...«

Sie deutete auf den Horizont.

»Sehen Sie mal, Teddybär: Da geht Ihre Frau. Beeilen Sie sich, sie ist schon ziemlich weit weg, wenn Sie nicht aufpassen, entwischt sie Ihnen.«

Sie hatte das einfach so dahergesagt. Er warf ihr einen wütenden Blick zu. Ungerührt legte sie noch eine Schippe drauf.

»Sehen Sie, jetzt ist es zu spät! Sie brauchen nicht mehr nach ihr zu suchen, Mark, sie ist weg. Sie hatte zwei kleine Koffer aus schwarzem Leder dabei, nicht größer als so (sie zeigte mit den Fingern einen Abstand von wenigen Zentimetern).«

Sie blickten einander an. Sie kämpfte, er kämpfte. Keiner von beiden war bereit, einzulenken. Er dachte an seine Frau. Er fand die Welt fürchterlich und klein. Er schloss die Augen, um sie nicht mehr sehen zu müssen, aber als er sie wieder öffnete, war sie immer noch da, also schrie er.

Es war ein Jammerlaut, der einem das Blut in den Adern gefrieren ließ, so dass die Zigarette, die zwischen den Lippen der alten Dame geklemmt hatte, hinunterfiel. Er brüllte so laut, dass ihm beinahe die Stimmbänder rissen, so als könnte er mit einer gewaltigen, denkwürdigen Klage den Wind, die Wolken und den Regen fortschieben.

Es war eine Kriegshandlung, gegen den ungerechten Gott, gegen jenes Ende der Welt, das der Tod einer geliebten Frau bedeutet, ein verzweifelter Akt urwüchsiger Wut. Es gab da etwas in ihm, das es zu zerstören galt.

»Heiliger Christophorus, gleich wird er sich auf mich stürzen und mich verprügeln!«, jammerte die alte Sarah und flüchtete sich hinter das Auto. »Siehst du! Ich habe ihn gedrängt, ich bin zu weit gegangen, er war nicht bereit, und jetzt wird er mich schlagen!«

Der Arzt schmiss sich auf den Boden und bearbeitete die harte Erde mit den Fäusten. Wieder und wieder schlug er zu, und mit den Fingernägeln riss er Grasklumpen aus, die unter dem Schnee geschlummert hatten, er schleuderte die Frucht seiner Wut um sich und stieß dabei das Gejaule eines geschlagenen Hundes aus.

Sarah, die wieder Vertrauen gefasst hatte, seinem Zorn doch noch zu entgehen, gewann ihre gelassene Art zurück und holte ihr Zigarettenetui hervor. Sie genoss jeden einzelnen Zug und legte gegenüber dem von Trauer zerrissenen Mann eine Gleichgültigkeit an den Tag, die so zerbrechlich war wie eine Maske aus Porzellan. »So, da wären wir nun. Der Schnee, die Erde darunter und darin der Tod. Gut, gut …«

Als er nicht mehr konnte, versuchte er, aufzustehen, und sank schließlich, völlig niedergeschmettert, auf die Knie.

»Sieh ihn dir an: unfähig, seine Tränen fließen zu lassen. Da gibt's kein Vertun, er ist wütend, der arme Kerl! Er könnte Brückengeländer zertrümmern, so wütend ist er! Ja, ganz bestimmt, sieh ihn dir nur an!«

Er kauerte zusammengekrümmt auf dem Boden und bewegte den Oberkörper vor und zurück.

Mit einem Schnipsen ließ Sarah die gerade erst angerauchte Zigarette über seine Schulter hinwegfliegen, dann machte sie drei kleine, vorsichtige Trippelschritte auf ihn zu.

»Gut, gut, gut … Er wird nicht weinen. Los! Wir wollen ihn trösten, denn schließlich tut er uns doch leid!«

Dann ging sie endlich wieder dazu über, mit ihm zu reden:

»Für einen Mann, der sich als leer und erloschen bezeichnet, sind Sie ziemlich randvoll mit Geschrei, finde ich. Geschrei, Geschrei, Geschrei! Die reinste Fabrik, also ehrlich! Man könnte Tausende von Ballons damit füllen.«

Wie am ersten Tag legte sie ihre Fußmatte auf den Boden und hockte sich, nachdem sie ihr mit schwarzen Pailletten besticktes Kleid bis zu den Waden hochgehoben hatte, mehr schlecht als recht neben ihn. Als sie sicher war, nicht umzukippen, ließ sie ihre Finger über den Schädel des Arztes tanzen und massierte seinen Kopf:

»Ich bin da, mein Kleiner, ich bin ja da.«

Für einen Augenblick fühlte er, wie er wieder zu dem kleinen Jungen wurde, der Angst vor der Dunkelheit hatte und sich fragte, ob sein schwaches Herz womöglich von einer Sekunde auf die nächste aufhören konnte zu schlagen, ohne irgendeine Vorwarnung, mitten in der Nacht.

Die Alte fing an, etwas zu summen, das klang wie ein spanisches Schlaflied, und unterbrach dafür kurz ihr seltsames Konferieren mit dem Unsichtbaren.

»Hast du ihn gehört?«, flüsterte sie in den Wind, das Gras und den Himmel hinein »allein die Vernichtung kann einen Menschen so schreien lassen, wie er geschrien hat. Wir warten ab, bis er diesen Fisch ausgespuckt hat. Wenn es ihm besser geht, dann helfen wir ihm, aufzustehen. Japp, das wäre unglaublich nett, ihn wieder auf die Füße zu stellen!«

Am Ende packte sie ihn im Nacken und drückte ihre alte Stirn gegen seine, zwei Fingerbreit davon entfernt, ihn auf den Mund zu küssen:

»Ich schließe daraus, dass Ihre Frau nicht wirklich fortgegangen ist. Jedenfalls nicht in dem Sinn, wie wir es normalerweise verstehen.«

Er hob den Blick aus seinen vor Wut verquollenen Augen und richtete ihn direkt auf Sarahs blaue Iris. Nur wenige Zentimeter trennten ihre Lippen voneinander. Ihr alter Atem roch nach Tabak und Gewürzen. Ihr alter Atem roch gut.

»Was ist mit ihr geschehen? Sagen Sie es mir.«

»Ich kann nicht.«

»Natürlich können Sie.«

»Es ist zu schwer!«

Jede Silbe ging ihm nur mühsam über die Lippen: All die Tränen, die nicht über seine Wangen fließen wollten, waren in seiner Stimme und in seinem Hals, und Rotz, viel zu viel davon.

»Sagen Sie es, mein Kleiner!«

Sie erriet, dass es ihm nicht gelingen würde, und legte ihm die Arme um den Hals.

»In dem Fall werde ich es für Sie tun.«

Er nickte, und Sarah sagte ihm jene drei Worte ins Ohr, die eine Wirklichkeit benannten, die inakzeptabel war:

»Sie ist tot.«

Er wollte sich die Ohren verschließen und nichts mehr fühlen, aber nein, er hatte alles gehört. Es hallte in seinem Kopf wider, noch einmal und noch einmal, wie ein makabres Echo in einer schwarzen, verlassenen Kathedrale: »Sie ist tot, sie ist tot, tot ... tot ... tot ...«

Sarah richtete sich fluchend auf und streckte ihm ihre Hand entgegen.

»Lassen Sie uns von hier verschwinden und Ihnen was Neues zum Anziehen suchen. Sie haben Ihren Anzug eingesaut, Sie kleines Ferkel!«

# Die blinde Prinzessin und
## das unheilbringende Krustentier

Die Stimme des Arztes klang schleppend, und er geriet mehrmals ins Stocken. Ein paarmal schniefte er verstohlen. Sarah saß am Lenkrad und hörte ihm aufmerksam zu.

Vor zwei Jahren war seine Frau splitterfasernackt ins Schlafzimmer gestürmt und hatte ihn damit geweckt, dass sie vor Freude auf dem Bett herumhüpfte. Dann hatte sie sich an ihn geschmiegt und ihm das kleine Wörtchen »blau« ins Ohr geflüstert – blau wie die Farbe des Schwangerschaftstests. Sie wünschte sich einen kleinen Jungen. Sie konnten sich zwar nicht auf einen Vornamen einigen, aber eigentlich war ihnen das auch das schnurzegal: Sie hörten bereits das Geräusch seiner kleinen Schritte, wie sie über das Parkett ihrer Wohnung tapsten.

»Schon sehr bald darauf fing Ana an, über enorme Erschöpfung und heftige Schmerzen im Kreuz zu klagen. Ich habe nicht darauf geachtet, ich dachte, das sei normal, da es ja ihre erste Schwangerschaft war. Ich jonglierte ständig zwischen meiner Arbeit und der Ankunft des Babys, ich war außer mir vor Glück, ich habe nicht gesehen, dass sie ...«

Er hielt inne, unfähig, weiterzusprechen. Sarah gewährte ihm eine kleine Pause, indem sie erst aufs Lenkrad, dann auf ihre beschäftigten Hände und schließlich auf ihr Feuerzeug deutete.

»Wären Sie so nett, mein Kleiner?«

Er steckte ihr die Zigarette direkt zwischen die Lippen und zündete sie für sie an.

»Ich könnte es ja auch selber machen, aber auf diese Weise habe ich weniger Schuldgefühle dabei«, verkündete sie. »Erzählen Sie weiter.«

Er schluckte, und es gelang ihm, in ruhigem Tonfall weiterzusprechen: Seine Frau war im siebten Monat schwanger, als es geschah.

»Ich war dabei, das zukünftige Kinderzimmer weiß zu streichen, als ich es im Badezimmer laut scheppern hörte.«

Seine Frau war ohnmächtig geworden und hatte sich im Fallen ziemlich schlimm den Kopf gestoßen. Die Sanitäter brachten sie mit Blaulicht in die Geburtshilfe des Krankenhauses. Es waren die schwersten Stunden im Leben des Arztes, allein im Wartezimmer, wo er sich das Schlimmste vorstellte, dabei hatte das Schlimmste sie bereits vor langer Zeit heimgesucht, ohne dass er es wusste. In der Nacht stand der diensthabende Chirurg vor ihm und blickte ihn lange an.

»Das ist so ein Trick, den sie uns im Medizinstudium beibringen, er nennt sich psychologisches Schweigen. Um das Terrain vorzubereiten.«

Anschließend erklärte der Chirurg ihm dann, das Kind habe nicht überlebt.

»Danach hätte er doch sagen können, dass er nicht wüsste, warum wir von solch einer Ungerechtigkeit getroffen werden, dass es ihm unendlich leid tue, dass solche Dinge nun mal passieren und dass sie schrecklich sind, Sarah. Aber nein.«

Bei der Operation waren die Ärzte auf ein Geschwür gestoßen, das bis dahin von der Schwangerschaft verdeckt worden war. Der Arzt hatte die ganze Nacht am Bett seiner Frau Wache gehalten. Am Morgen hatte er ihr nichts zu sagen brauchen, sie las es in seinem Blick und lächelte. Zwei Jahre des Kampfes, zwei lange Jahre des Leidens und Hoffens. Doch kein Sieg am Ende, nein. Nur sie, die nach und nach dahinschwand, wie eine Weihnachtstanne nach dem Fest, die allmählich verkümmerte.

Die alte Sarah lauschte gebannt und wagte nicht, ihn zu berühren, aus Angst, ihn in seinem Schwung zu bremsen und alles zu verderben. Der Mann beschrieb alles und ersparte ihr nichts. Wie die Behandlung seiner Frau alles genommen hatte: zuerst ihre roten Korkenzieherlocken, auf die sie so stolz gewesen war, dann die Wimpern und am Schluss jedes noch so feine, rote Härchen auf ihrem Körper. »Schau!«, hatte sie lachend zu ihrem Mann gesagt, »jetzt habe ich den Körper eines jungen Mädchens, ich werde immer jünger!«

Er wusste sehr wohl, dass sie nicht jünger wurde. Sie verwelkte. Tag für Tag fand er sie ein Stückchen schwächer vor, die Zähne ein wenig fester zusammengebissen. »Wenn ich nicht mehr da bin«, sagte sie am Ende zu ihm, »wenn ich fort bin, dann versprich mir, dass du dich nicht der Verzweiflung überlässt.« Der Arzt hatte den Kopf geschüttelt, er war schon längst verzweifelt. »Versprich mir, wenn jemand dir die Hand reicht, dass du sie dann ergreifen wirst. Versprich es mir, oder ich werde verrückt, bevor ich sterbe.«

»Also habe ich es versprochen, und sie … und sie …«

Der Arzt kämpfte schon wieder mit dem Wort.

»Sie ist nicht verrückt geworden«, half Sarah ihm behutsam.

Sechs Monate nach dem Tod seiner Frau hatte die alte Dame ihn unter dem Feigenbaum aufgesammelt und gesagt: »Wenn dir im Leben jemand die Hand reicht, dann stellst du keine Fragen, sondern ergreifst sie.« Von dem Augenblick an hatte der Arzt nicht anders gekonnt, als ihr zuzuhören und ihr blind zu folgen.

»Ob ich wollte oder nicht, und obwohl Sie es waren.«

»Vor allem, obwohl ich es war«, räumte die alte Dame ein. »Denn ich bin schließlich wirklich unerträglich.«

Beide schwiegen.

Ohne zu wissen warum, legte er Zeigefinger und Daumen in den Aschenbecher und zerrieb den Inhalt zwischen den Fingern.

»Mit lauter Stimme den Tod einer Person einräumen, die man liebt, das ist, als würde man die Person ein zweites Mal töten. Und wenn jene Person, die man bis zum Verrecken liebt, deshalb gestorben ist, weil man zu nachlässig war, dann bedeutet das, dass man sein Verbrechen auf unerträgliche Weise immer und immer wiederholt.«

»Die Menschen sterben«, sagte Sarah, und ihre Stimme klang süß wie Honig.

Sie legte ebenfalls ihre Hand in den Aschenbecher, und ihre Finger berührten einander mehrmals, während sie durch den schwarzen Staub darin tanzten.

»Sie werden geboren, laufen eine Weile hin und her und sterben. Sie, ich, die ganze Welt, dafür kann niemand etwas, mein Kleiner.«

Er rief:

»Es ist meine Schuld. Ich war für sie verantwortlich, sie hat mir vertraut, und ich habe sie verloren!«

»Sie sollten nicht die Rollen verwechseln: Die Krankheit hat sie umgebracht. Sie sind ein weiteres, zufälliges Kollateralopfer, wie Tausende andere auch.«

*Sarah hat es nicht begriffen*, dachte er. Der riesigen Weltmaschine fehlte die winzige Feder, die das Leben seiner Frau gewesen war. Der Arzt war das nutzlose Zahnrad in einer großen, kaputten Maschine.

Hinter der Fensterscheibe zog die Landschaft vorüber: Wie riesig die Gebäude an diesem Morgen wirkten! Den Wolken, die der Wind unsanft vor sich hertrieb, blieb nichts anderes übrig, als an Büros vorbeizuwabern.

»Abends nehme ich mein Telefon und hinterlasse ihr Nachrichten. Ich erzähle ihr, was ich alles auf der Straße sehe, von Ihnen, von dieser gemeinsam verbrachten Woche und davon, wie Sie scheitern werden. Ich rede mit ihr, als ob sie mich hören könnte. Denn …«

Er schluckte schwer.

»Denn wenn ich aufhören würde, mit ihr zu reden, dann würde sie aufhören, zu existieren.«

Schweigen. Zimtduft wehte durch das Innere des Wagens.

»Mein Kleiner?«

»Ja, Sarah?«

»Haben Sie nie davon geträumt, alles hinter sich zu

lassen? Zu verschwinden? Ihrer Namen zu ändern. Niemandem etwas sagen, weit fort gehen und woanders noch einmal von vorn anfangen?«

»Man kann doch niemals irgendwo hingehen, ohne seine Probleme im Gepäck mitzunehmen.«

»Dann nehmen Sie eben gar nichts mit. Sie schieben einfach die Hände in die Taschen und leeren sie aus, dann schieben Sie sie erneut hinein, pfeifen eine kleine Jazzmelodie vor sich hin, deuten ein paar Tanzschritte an und verschwinden.«

Sarah drückte die Hand des Mannes ganz fest. Er spürte ihre alte Haut warm an seiner, und ihre Falten waren wie die Runzeln einer sehr alten und weisen Seele.

»Ich möchte sterben«, sagte der Arzt.

»Ach, das ist mir auch mal so gegangen. Da hatte ich einen Stift verliehen, und als ich den wieder zurückgekriegt habe, war das Ende total abgekaut.«

Er blieb an dem schönen Indigoblau von Sarahs Augen hängen und klammerte sich daran wie ein Gefangener an seine Gitterstäbe:

»Bitte, Sarah, bringen Sie mich zurück.«

»Das ist es, was ich versuche, mein Kleiner. Seit fünf Tagen setze ich alles daran.«

# Das Mädchen mit dem roten Kleid

Ohne genau zu wissen warum, bat der Arzt Sarah, mit ihm in ein paar Museen zu gehen. Sie ließ sich nicht lange bitten, wollte aber wissen, warum. Er schwieg, unfähig, ihr darauf eine Antwort zu geben, obwohl er hinter diesem Wunsch so etwas wie das Bedürfnis wähnte, sich mit der Schönheit der Welt auseinanderzusetzen.

Im Übrigen gelang es ihm sogar, sich für die Erhabenheit der Dinosaurier zu begeistern.

»Sehen Sie sich diese Knochen an«, sagte er voller Zuneigung. »Sehen Sie selbst: Von Arthrose keine Spur!«

Selbstverständlich wurden ihm die alten Gerippe bald langweilig, also gingen sie woanders hin und tauschten alte, ausgeblichene Knochen gegen zeitgenössische Kunst.

Der Arzt hastete von einem Werk zum nächsten, Sarah im Schlepptau, und hier und da blieb er stehen, um eine Bemerkung zu machen, jedoch niemals länger als eine Minute. Irgendwann drehte er sich um, um etwas zu ihr zu sagen, und entdeckte sie gebannt vor einer Nebentreppe, über der ein rot blinkendes Schild hing.

»Es gibt kaum etwas Schöneres als einen Notausgang, mein Kleiner! Das ist so, so, so schön! Notausgang! *Salida de emergencia! Sortie de secours! Uscita di emergenza! Nötudgång! Wyjście awaryjne!* So schön!«

Sie klatschte in die Hände und wirkte so glücklich, dass der Arzt ihr ein Lächeln schenkte.

»Sie haben heute sieben Mal gelächelt«, stellte sie fest. »Ich weiß es, denn ich habe mitgezählt. Eine ehrenwerte Ausbeute, wenn man Ihren unausstehlichen Charakter bedenkt.«

Er war voll und ganz ihrer Meinung und lächelte daher ein achtes Mal.

»Wunderbar! Das ist wunderbar!«, quoll sie kurz darauf über vor Begeisterung, als sie vor einem lebensgroßen, bunten Pony standen. »Im Leben kommt es darauf an, immer man selbst zu bleiben, mein Kleiner. Es sei denn, man kann ein Zauberpony sein. In dem Fall, aber wirklich nur in diesem einen Fall: Seien Sie ein Zauberpony.«

Die Skulptur hieß: »Der Tod und sein Reich«.

Laut Sarah eines der Meisterwerke des Hauses.

»Wenn man durch ein Museum für moderne Kunst flaniert, fragt man sich hin und wieder, ob das Kunst sein soll oder Humor für Reiche.« Er hatte dies in entschlossenem Ton gesagt, seine Bemerkung wurde allerdings von der explosiven Reaktion der Alten angesichts des nächsten Bildes hinweggewischt – ein monochromes Gemälde, das widersprüchlicherweise *Das Mädchen mit dem roten Kleid* hieß, obwohl es die gleiche blaue Farbe hatte wie Sarahs Augen. Diese brach davor in Tränen aus und vergoss wahre Wasserfälle.

»Der Mann, der dieses Bild gemalt hat, träumte eines Tages von einem ganz besonderen Blau. Er hat fünf Jahre seines Lebens dafür geopfert, es wiederzufinden. Er hat die ganze Welt bereist, unbekannte Pflanzen gepflückt und zermahlen, um die Pigmente exotischer, unerforschter Länder kennenzulernen, und am Ende hat er alles miteinander vermischt, bis er die perfekte Nuance erhielt. Das ist kein Gemälde, das ist kein Blau, das ist nicht Indigo oder Türkis; das ist die komplette Lebensgeschichte eines Mannes ...«

Sarah konnte den Blick nicht von der Leinwand wenden.

»Ich sehe mich, ich bin zwanzig Jahre alt. Ich stehe vor dem Gebäude, wo ich Charles begegnen werde. Ich halte einen fast leeren Pappkoffer in der Hand: ein kleiner Hahn aus bemaltem Gips, ein paar Klamotten, sonst nichts. Es ist der hellste Morgen der Welt, er breitet sich aus wie leuchtende Milch im schwarzen Tee der Nacht. Ein Piepsen. Düfte, die an feuchten Gräsern zu mir hinaufklettern. In der fünften Etage öffnet sich ein Vorhang, Charles tritt heraus und stellt eine mit Wasser und Pinseln gefüllte Schale auf den Balkon. Er richtet sich wieder auf, sein Blick fällt auf mich. Wir lächeln uns zu.«

Die Alte wandte den Kopf nach rechts und links, und als sie niemanden sah, trat sie näher an das Bild heran und drückte behutsam einen Kuss darauf.

»Sie hätten mich nicht hierher mitnehmen dürfen, Teddybär. Das nehme ich Ihnen sehr übel.«

»Warum?«

»Nun, dieses monochrome Gemälde, das bin ich: Ich bin zwanzig Jahre alt, ich trage ein rotes Kleid und stehe kurz davor, zu lieben, wie ich in meinem ganzen bisherigen Leben noch niemals geliebt habe.«

## Das Rätsel vom Mann,
## der mit der Sonne ging

Der Arzt bat sie, ihn in der Stadt abzusetzen, weil er noch etwas laufen wollte, bevor er nach Hause zurückkehrte.

Sie hatte ihn zum Abschied fest in die Arme genommen. Er hatte es über sich ergehen lassen: Das Parfüm der alten Dame roch wirklich wunderbar.

Als er so durch die Straßen streifte, fühlte er, wie die Menschen, der Lärm und jegliche Aufregung, die das Leben erzeugt, ihn ermüdeten. Warum hatte er zu Fuß gehen wollen?

Hinter einer Straßenbiegung erblickte er von weitem einen ehemaligen, recht unscheinbaren Patienten, dessen Vorname ihm nicht einmal mehr einfallen wollte: Paul oder Patrick, irgendetwas in der Richtung ... Peter vielleicht ... Der Mann war in Begleitung einer jungen, blonden Frau und trug ein Baby im Arm.

Als dieser Mann krank geworden war, hatte er sich in den Händen des jungen Arztes wiedergefunden, und sie hatten sich auf Anhieb gut verstanden. Kein Wunder, denn sie hatten einiges gemeinsam: beide um die zwanzig, Student, verliebt (sie hieß Lise und hatte blondes Haar), beide lachten gern und feierten gern. Der Kerl mochte Radtouren, in zwei Hälften geschnittene Oreo-Kekse und B-Movies. Nicht gerade ein geborener Krieger.

Der junge Arzt hatte ihm geholfen, mit einer ganzen Schar von kleinen Krustentieren fertigzuwerden, die mit ihren dreckigen Scheren ein beunruhigendes Klicken von sich gaben.

Paul / Peter / Patrick und der junge Mediziner, der ihm zur Seite stand, mussten aufgrund dieser Miniaturarmee mit ziemlich düsteren Tagen rechnen. Die Viecher griffen zuerst an: mitten in die Weichteile. Sie brachten den Hodensack in ihre Gewalt, und die darauffolgenden Untersuchungsergebnisse waren nicht besonders ermutigend: Es würde nicht lange dauern, bis sie dem jungen Mann das Leben entrissen.

Der arme Junge hatte keine Wahl. Er musste seine Studienbücher zur Seite legen, mit dem Ausgehen aufhören und Söldner in weißen Kitteln rekrutieren.

Eines Tages hatte er im Beisein des jungen Arztes gerufen:

»Aber letzten Endes ist es doch nur ein Paar Eier! Was soll da schon groß passieren?«

»Du wirst sterben«, hatte ihm der junge Arzt erwidert. »Aber als alter Mann. Und du und Lise, ihr werdet bis dahin Babys bekommen haben. Du wirst sogar zwanzig äußerst lebhafte Enkel haben. Du wirst sogar zu ihnen sagen können: ›Kinder! Hört auf, mir auf den Sack zu gehen!‹ Ja, sogar das wirst du zu ihnen sagen können.«

Morgen folgte auf Morgen, Triumphe folgten auf Niederlagen. Der junge Mann, aus dem mittlerweile ein großer Soldat geworden war, war ganz dünn geworden, dafür aber hatte er sich eine dickere Haut zugelegt, bis zu jenem strahlenden Tag, an dem der junge Arzt und er gemeinsam den finalen Sieg errangen, in Form eines runden, hell leuchtenden Banners.

Besserung. Leben.

Und jetzt wandelte sein ehemaliger Patient unter den erstaunten Blicken des Arztes-der-vergessen-hatte-wie-man-Menschen-heilt unerkannt durch die Menge: Keiner von den Leuten wusste, welch herausragender Krieger unter ihnen weilte.

Der Mann ging mit seiner Frau und ihrem Baby in ein großes Kaufhaus hinein, und der Arzt folgte ihnen unauffällig. Er wusste nicht, warum er das tat, es gehörte sich eigentlich nicht und war seltsam, aber es war stärker als er.

Die junge Familie stellte sich auf eine Rolltreppe, die einen bis auf das Dach des Gebäudes beförderte. Als sie in die frische Luft hinaustraten, schlug ihnen das helle Tageslicht mit voller Wucht entgegen, und ein breites Lächeln erschien auf ihren Gesichtern. Sie hoben nicht ihre Hände, um sich damit vor den Sonnenstrahlen zu schützen, die ihnen wie Feuerwerk in die Gesichter sprangen.

Die Frau drehte sich zu Paul / Peter / Patrick um, strich dem Kind über den Kopf, und der Arzt hörte sie fragen:

»Soll ich ihn mal ein Weilchen tragen, Philippe?«

Philippe verneinte, und sie gingen ohne ein weiteres Wort in dem gelben Licht davon. Die Sonne stand hoch am Himmel, und Philippe ging mit der Sonne.

Der Arzt steuerte eine Bank an und ließ sich darauf plumpsen: In zwei Tagen würde er sich umbringen. Ja, in genau zwei Tagen, an Heiligabend, würde er sich umbringen.

Zwei Tage vor der Beerdigung

# Die Legende von Mārkandeya

An diesem Morgen war Sarahs Haar aschblond, ihre Miene mürrisch und ihr Teint blass.

»Ach, ich habe bloß einen Kater«, versicherte sie dem Arzt und strich sich über den Bauch, »zu viel Mojito gestern. Es wird mir eine Lehre sein.«

»Waren Sie betrunken?«

»Ich bin eine Lady, Teddybär. Beschwipst, ja. Betrunken, nein. Das war etwas, was ich immer schon mal tun wollte, mich wenigstens einmal in meinem Leben zusammen mit meinen Kindern zu betrinken. Ich vertrage nicht so viel wie meine Tochter, das ist erwiesen. Sie trinkt wie Tante Claudia. Diese Claudia! Vor ihr hatte das Fass der Danaiden einen Boden!«

Sie schloss die Augen, ihre Stirn pendelte zur Seite, und das Auto machte einen kleinen Schlenker.

»… hat in ihrem Leben so viel getrunken, ich kann mich noch an eine Schwester im Krankenhaus erinnern, die gesagt hat: ›Bei Ihrer Tante nimmt man kein Blut ab, sondern das ist Weinernte‹…«

Sie prustete vor Lachen.

»Erzählen Sie mir eine Geschichte, mein Kleiner. (Sie schlug sich vor die Stirn, als wäre ihr soeben eine geniale Idee gekommen.) Ach! Erzählen Sie mir zum Beispiel die,

die Ihr Großvater Ihnen abends immer zum Einschlafen erzählt hat. Jeder hat doch so eine Geschichte …«

»Sie meinen die mit der alten Pistole?«, fragte der Arzt, in der Annahme, dass die alte Dame immer noch nicht die Waffen gestreckt hatte und noch immer hoffte, den tieferen Sinn der Geschichte zu erfahren.

»Nein, die, die er Ihnen erzählt hat, als Sie klein waren und Albträume hatten …«

Der Mann rutschte auf seinem Sitz herum. Es gab da wirklich so eine Geschichte. Er hatte niemals so recht ihre Bedeutung verstanden, und er fragte sich, ob Sarah ihm dabei nicht vielleicht helfen konnte.

»Großvater hat sich an mein Bett gesetzt und mir vom alten Mārkandeya erzählt, dem letzten noch lebenden Menschen nach der Zerstörung der Welt. Mārkandeya, der Traurige – das wird sein Name sein –, wird durch die toten Städte der Menschen streifen. Er wird durch den warmen Regen laufen, durch kalte Winde, allein, unfähig, stehenzubleiben, und Tage werden auf Tage folgen, ohne, dass er zur Ruhe kommt. An einem nebligen Abend, der allen anderen Abenden gleicht, wird ein Baum mit einer üppigen, grünen Laubkrone vor ihm auftauchen. Ein Kind wird gemütlich an seinen Ästen hin und her schaukeln, eine schweigende Drossel auf der Schulter, den Oberkörper blau bemalt. »Mārkandeya, der Traurige, du bist weit gelaufen!«, wird der Junge rufen. »Du hast Angst, du bist müde, und die Menschen fehlen dir. Sieh mich an! Sieh, wie fröhlich ich bin!« Gleich darauf wird sich ein wundersamer Wind erheben, der ihn wie einen unbedeutenden Zweig in die Lüfte emporhebt und ihn dann zwischen den lachenden Lippen des Kindes hindurchweht. Vom Bauch des Jungen aus wird er sehen, wie die Menschen erneut die Erde bevölkern, neue Gärten und Felder anlegen, nie dagewesene Städte erbauen, die in ihrer Pracht alle vergangenen Städte übertreffen. Er wird den Ozean betrachten, die Sterne, das ganze Universum, wie es sich im Magen des Kindes dreht. Er wird das Leben kommen und gehen sehen, wird sehen, wie es sich erschöpft und abstirbt, bis die Menschen erneut alles zerstören, und er, Mārkandeya, sich allein inmitten neuer Ruinen wiederfindet. Und dann wird der wundersame Wind sich von neuem erheben, um seine Beine brausen und ihn weit tragen, in die Höhe, durch die blaubemalte Brust und die riesigen Lippen, bis vor den Baum, wo der Junge mit dem blauen Bauch sehr laut lachen wird: »Hast du verstanden?«, wird er zu ihm sagen. »Jetzt musst du nie mehr traurig sein, und du heißt von nun an Mārkandeya, der Fröhliche! …«

Sarah unterbrach ihn mehrmals mit lautem Husten, und der Arzt befürchtete schon, dass sie jeden Moment ihre Lungen herausspucken würde, so heftig schüttelten die Hustenanfälle sie.

»Früher mochte ich die Geschichte«, sagte er abschließend und mit einer Spur Nostalgie.

»Warum haben Sie dann keine Lehre daraus gezogen? Sie handelt vom Leben und von dem Mut, den es braucht, um sich auf das Abenteuer einzulassen.«

Sie streckte die Hand nach seinem bleichen Schädel aus und strich mit der Handfläche eine imaginäre Haarsträhne glatt.

»Sie haben da ein abstehendes Haarbüschel, mein Kleiner.«

»Was reden Sie denn da schon wieder!«

»Ich weiß, großer Dummkopf, aber sie wachsen wieder nach, also nehme ich das einfach schon mal vorweg.«

»Sie werden nicht nachwachsen, Sarah.«

»Doch. Eines Tages werden sie sogar lang und weiß sein.« Er ließ sie gewähren, weil es ihm egal war, ob sie ihn wie ein Kind behandelte. Vielleicht gefiel es ihm sogar ein wenig, jemandes Kind zu sein.

## Die Schule der Weisen

»Was wollen wir denn in der Uni?«, fragte der Arzt, als das Taxi sich dem Campus näherte.

»Mal überlegen, was kann man denn an einer Uni so tun?«, fragte sie spöttisch und stemmte dabei die rechte Hand in die Hüfte. »Lernen, Teddybär, wir wollen etwas lernen! Ich weiß einen Weg, wie man vor Beginn der Vorlesung in den Hörsaal gelangt, dann können wir uns die besten Plätze aussuchen.«

Er deutete auf den weißen Zobelpelz und fragte:

»Gelungene Nachahmung, nicht wahr?«

»Geschenk von meinem Sohn«, bestätigte sie. »Er wollte Weihnachten schon mal vorfeiern. Ich habe sehr aufmerksame Kinder. Ich hoffe, dass Sie Ihrer Mama etwas Gutes tun, bevor Sie Ihrem Leben ein Ende setzen.«

Er blickte Sarah an: Falls seine Mutter irgendwo noch am Leben war, wäre sie in etwa so alt wie sie.

»Ich habe Ihnen gesagt, dass ich nicht über sie reden will. Sie ist verschwunden, nachdem sie mich in die Welt gesetzt hat.«

»Ist vielleicht auch besser so, es hätte ihr zu sehr weh getan, ihr Kind so jung sterben zu sehen.«

»Ich vertraue mich Ihnen an, und Sie … Sie …«, stammelte er aufgebracht.

»Und ich, ich beiße, weil ich nicht will, dass Sie sterben. So sieht's aus.«

Als würde sie sich für dieses unüberlegte Geständnis schämen, blickte sie, um davon abzulenken, auf die Uhr an ihrem rechten Handgelenk und klopfte dann auf das Display an ihrem linken Handgelenk.

»Zu spät, wir sind zu spät!«

»Warum zwei Uhren?«, fragte er unvermittelt.

Die Frage trieb ihn seit dem ersten Augenblick um, als er den Weg der alten Dame gekreuzt hatte, und er stellte sie nun, um das Thema zu wechseln.

»Weil man sich niemals sicher sein kann. Wenn ich hier nachsehe (sie wackelte mit der rechten Hand), dann hat die Zeit sich im Vergleich zu dem Moment, als ich hier nachgesehen habe, schon wieder geändert (sie wackelte mit der linken).«

»Und was hat es mit diesem Uhrzeittick auf sich? ...«

»Das ist so eine fixe Idee, die ich mir letzten Monat angewöhnt habe, und die ich nicht mehr los werde. Die Zahlen schwirren mir durch den Kopf wie ein rückwärts zählender Countdown, ohne, dass ich sie anhalten kann.«

»Sie sollten sich helfen lassen.«

»Aber, lieber Herr Doktor, das tue ich doch schon seit einer Woche, der Erfolg lässt allerdings auf sich warten. Ich hatte noch nie Glück mit Ärzten ...«, seufzte sie.

Sie lächelte dieses fröhliche Lächeln, das der Arzt sehr oft an ihr bemerkte, dann forderte sie eine weitere Geschichte von ihm.

»Eine Hand wäscht die andere, ich habe die Geschichte von meinen Tanten erzählt, jetzt sind Sie dran. Und ich will etwas, das fröhlich und traurig zugleich ist, weil ich nicht weiß, ob ich lachen oder weinen will!«

Der Arzt traf eine Entscheidung: Es würde eine dramatische Geschichte sein, damit die Alte ihn danach in Ruhe ließ.

»Einmal wollten wir einen jungen Mann von achtzehn Jahren gerade in die Notaufnahme bringen, als er im Krankenwagen starb. Ganz unerwartet und abrupt. Die Familie kam ins Krankenhaus, und alle fingen an zu weinen. Die Freundin des Jungen war auch da, sie war siebzehn Jahre alt. Sie teilte der versammelten Mannschaft mit, dass sie im zweiten Monat schwanger sei. Sie hatten heimlich beschlossen, das Kind zu behalten, aber sie sagte zu uns, dass das nun nicht mehr möglich sei. Denn sie sei ganz allein und wisse nicht, wie sie das schaffen solle. Da habe ich gesehen, wie die Mutter des Jungen zu ihr gegangen ist, sie in die Arme genommen hat und ihr versprochen hat, dass sie nicht allein sein wird.«

Der Arzt hielt eine Sekunde inne, um Luft zu holen und zu schlucken. Jedes Mal, wenn er diese Geschichte erzählte, spürte er sofort einen Knoten im Magen. Und so war es auch an jenem Tag, obwohl ihn das sehr überraschte.

»Nachdem ich das Krankenhaus verlassen hatte, bin ich in ein Einkaufszentrum gegangen. Ohne so recht zu wissen warum, bin ich durch die Reihen geirrt … Die Leute kamen und gingen. Sie kauften Butter, Milch, Eier, Klopapier … Ich stand mittendrin und sah wieder diese vollkommen zerbrochene Familie vor mir. Ich habe nicht verstanden, wie die Leute Butter, Milch und Eier kaufen konnten, als ob nichts wäre.«

Stille.

»Das ist keine traurige Geschichte«, befand Sarah, als sich in der Ferne der massive Umriss der Universität abzeichnete.

»Ein junger Mann, der stirbt, ein Säugling, der zur Welt kommt. Wenn das keine traurige Geschichte ist, was ist es dann?«

»Einfach nur die älteste Geschichte der Welt«, entgegnete sie lächelnd, als hätte er gerade einen guten Witz erzählt.

## Das goldene Zeitalter

Als sie durch eine verborgene Tür in den Hörsaal gelangten, ging ihm sofort auf, dass die Alte ihm schon wieder eine Falle gestellt hatte. Sie wollte erreichen, dass er seine Magie wiederfand? Also hatte sie ihn dorthin gebracht, wo sie ihm einst beigebracht worden war. Nichts gleicht einem Hörsaal mehr als ein anderer Hörsaal, und dieser Ort bog sich geradezu unter dem Gewicht der Erinnerungen.

Sie setzte sich in die erste Reihe, während er oberhalb der Ränge stehen blieb und versuchte, sich nicht von der Nostalgie übermannen zu lassen.

»Psssst! Mark! Hierher, beeilen Sie sich, es geht gleich los! Die Professorin ist phantastisch, die besten Plätze werden als Erstes besetzt sein. Es wäre dumm, wenn wir getrennt würden, ich wäre darüber sehr … (sie suchte nach dem richtigen Wort) enttäuscht.«

Behäbig kam er herunter, um sich neben sie zu setzen.

»Wie Sie schlurfen! Man könnte meinen, Sie wären kurz davor, sich eine Kugel in den Kopf zu jagen.«

Seine Stirn sank schwer auf seine aufgestützten Hände herab: Mit Sarah war alles so kompliziert … Sie streute einem ihre Saat in den Kopf, verband einem die Augen, drehte einen herum und herum und sagte dann: »Und nun los, finde deinen Weg wieder!«

»An dem Tag, als ich Sie zum ersten Mal gesehen habe, dachte ich: *So, und jetzt richtest du in seinem Kopf Chaos an!*«

»Es gelingt Ihnen ganz hervorragend.«

»Ich gebe mir Mühe, Teddybär, ich gebe mir wirklich Mühe.«

»Sie sind ein unerträglicher Mensch.«

»Und Sie sind wunderbar! Ich verbringe eine tolle Woche. Um alles Gold der Welt hätte ich es nicht anders gewollt. Und ich werde Erfolg haben: Sie werden leben und wieder gesund werden, in aller Stille werden Sie genesen. Das nennt man ›altern‹.«

Er schüttelte den Kopf, leben war keine Option mehr. Er litt tatsächlich an einer Krankheit, allerdings an einer, die er für unheilbar hielt: Hätte er seine Frau jemals wirklich geliebt, wenn er eines Tages gesund werden würde?

Ein Klaps auf den Rücken holte ihn brutal in die Wirklichkeit zurück. Mit ihrem Taschenspiegel in der Hand war es Sarah gelungen, ihr Make-up zu erneuern.

»Was glauben Sie, wie alt ich bin?«

»Die Frage beantworte ich nicht, das ist eine Falle.«

»Ich bin sechsundzwanzig Jahre alt«, sagte sie. »Aber ich rauche viel.«

Er lachte.

»Sechsundzwanzig Jahre vor oder nach Christus?«

Sie lachte.

»Teddybär?«

»Ja?«

»Wie finden Sie mich? Finden Sie wirklich, dass ich ein unerträglicher Mensch bin? Und alt? Finden Sie mich zu alt?«

»Ich finde Sie jung, Sarah, und schön dazu.«

»Sie machen sich lustig über mich, aber Sie haben ein bisschen Angst, so zu sein wie ich, nicht wahr, das macht Ihnen Angst?«

Schweigen.

»Sarah?«

»Ja?«

»Ihre Falten stehen Ihnen gut: Sie sehen aus wie das Leben.«

»Ich glaube Ihnen, mein Kleiner. Sie sind bleicher als eine Leiche, also glaube ich Ihnen.«

## Der Zauber der Welt

Die Türen öffneten sich, und eine Frau mit dunkler Hautfarbe bahnte sich ihren Weg durch den Tumult und die Studenten. Sie war auffallend schön und trug einen Rock und einen weißen Blazer, beides sehr schlicht. Ihr zum Pferdeschwanz gebundenes Haar schwang bei jedem Schritt, mal zur einen, mal zur anderen Seite.

Der Chirurg hielt sie zuerst für eine verspätete Studentin, dann aber stieg sie auf das Rednerpult, und der Lärm endete abrupt.

»Herzlich willkommen«, verkündete sie mit fester, klarer Stimme.

Sie wirkte jünger als die meisten der jungen Leute im Saal, aber alles an ihr strahlte Intelligenz und Schlichtheit aus. Der Arzt wollte Sarah sein Erstaunen mitteilen, aber sie bedeutete ihm, zuzuhören.

»Wir kommen heute zu einem schwierigen Thema. Ich verlange drei Dinge: Ihr Schweigen, Ihre Aufmerksamkeit und Ihre Nachsicht. (Sie hob die Hand an ihren Kopf.) Ich habe heute ganz schlimme Kopfschmerzen und dulde keine Unruhe. Den Ersten, der einen Mucks von sich gibt, werde ich einer öffentlichen Psychoanalyse unterziehen.«

Sarah flüsterte dem Arzt ins Ohr:

»Sie werden sehen, sie lässt sich nicht aus der Fassung bringen, sie steckt sie alle in die Tasche.«

»Haben Sie diese Vorlesung schon einmal besucht?«, flüsterte er.

Doch seine Frage wurde von der jungen Dozentin übertönt, die ankündigte, dass es in der heutigen Sitzung um archetypische Figuren, Klischees und wiederkehrende Motive im Märchen gehen würde.

»Es ist faszinierend«, sagte Sarah leise. »Es wird um einen kleinen, goldenen Skarabäus gehen, der gegen eine Fensterscheibe fliegt, und der …«

Wie um ihr recht zu geben, fuhr die Professorin fort:

»Ich weiß, dass einige von Ihren ungeduldig auf die Geschichte mit dem Skarabäus warten, und sie wird kommen. Zuvor …«

Eine bedrückende Stille trat ein.

»… kann mir jemand das Schema nennen, nach dem jedes Märchen aufgebaut ist?«

Der eine untersuchte den Deckel seines Stiftes, der andere ein Loch in seinem Ärmel oder die Lampen an der Decke, aus Angst davor, aufgerufen zu werden.

Zum großen Entsetzen des Arztes hob seine betagte Sitznachbarin die Hand und lieferte eine Antwort ab, die zu kompliziert war, um nicht richtig zu sein.

»Sehr gut, Madame«, lobte die junge Frau sie begeistert.

Anschließend war die Rede von einem verwüsteten Land, das in der nostalgischen Erinnerung an ein vergangenes goldenes Zeitalter lebte. Es tauchte ein Held mit einer schwierigen Kindheit auf, der sein Heldentum zunächst annehmen und anschließend verschiedene Prüfungen bestehen musste …

»… Geschichte endet oft mit dem symbolischen Tod des Protagonisten und dessen Wiedergeburt«, erläuterte die Professorin. »Seine Belohnung? Ein Mittel, das er bei seiner Rückkehr in sein Heimatland mitbringt und das ihm erlaubt, den Glanz der alten Zeiten wiederaufleben zu lassen und …«

Kurz, Chinesisch für den Chirurgen. Der Geruch der Klappsitze, die Studenten um ihn herum … Er sah sich selbst vor sich, wie er vor langer Zeit einmal vor Beginn der Vorlesung aufs Rednerpult geklettert war. Eigentlich von eher schüchternem Naturell, war der junge Arzt an jenem Tag zu allem bereit, um die Sympathie seiner Kommilitonen zu gewinnen und nicht länger allein auf seiner Bank zu sitzen. Er trug eine Puppe vor sich her, der er eine Perücke aufgesetzt hatte, stieß groteske Tierlaute aus, um sein Publikum zu amüsieren, und tat so, als würde er sie auf das Derbste beleidigen, all das unter den ermunternden Rufen der anderen. Es war sehr platt und stümperhaft vorgetragen, aber es brachte sie zum Lachen: Jeder von ihnen hatte einen toten Patienten im Kopf, den er gerne vergessen wollte. Irgendwann war hinter ihm die lange Silhouette des Dekans erschienen, der die Szene schweigend beobachtete. In dem Glauben, das Gelächter der anderen allein seiner meisterlichen Vorführung zu verdanken, war der junge Arzt erst so richtig in Fahrt gekommen.

Nach ein paar Minuten hatte der Dekan mit einem Hüsteln auf seine Anwesenheit aufmerksam gemacht.

Die Heiterkeit im gesamten Hörsaal war noch um eine Stufe gestiegen. Die Scham des jungen Arztes war seine Strafe. Der Dekan hatte nach dem Mikro gegriffen und dem Treiben mit folgendem denkwürdigen Ausspruch ein Ende bereitet: »Mir liegt sehr viel am guten Ruf meiner Fakultät. In Zukunft tragen Sie bitte Sorge dafür, die Qualität des von Ihnen vorgetragenen Schabernacks anzuheben.«

Während die alte Sarah, die Ellbogen auf den Tisch gestützt, jedes Wort der jungen Frau einsog, verbrachte der Arzt den Rest der Stunde damit, große Brocken seiner Erinnerung auszugraben, traurige oder lustige Anekdoten, die aber alle dazu beigetragen hatten, aus ihm den Arzt zu machen, der er geworden war, jetzt aber nicht mehr war. Diese auf ihn einprasselnden Erinnerungen taten ihm weh.

»Hat jemand eine Frage?«, wollte die Professorin nach einer Stunde wissen und stellte sich in die Mitte der Bühne.

Zweihundert Männerhände schnellten nach oben.

»Meinen Vortrag betreffend?«, korrigierte sie.

Die Hände fielen unter allgemeinem Gelächter wieder nach unten.

Da packte Sarah so schnell, dass er keine Möglichkeit hatte, darauf zu reagieren, den linken Arm ihres Sitznachbarn und warf ihn brutal nach oben. Sogleich wandte die junge Frau sich ihnen zu.

»Wir hören Ihnen zu.«

»Ich …«, stammelte er, und schalt sich gleichzeitig dafür, dass er nicht besser aufgepasst hatte, während sein Verstand fieberhaft nach einem Ausweg suchte.

»Sie fragen sich, wo der Platz des Individuums in einer Gesellschaft bleibt, die den individuellen Mythos des Einzelnen unter sich begräbt und die kollektive Erzählung an dessen Stelle setzt, nicht wahr?«

Während sie das sagte, machte sie sich nicht die Mühe, ein Lächeln zu verbergen, und musterte sein Gesicht eingehend. Der Arzt spürte die fragenden Blicke von fünfhundert Studenten, die dachten: *Was haben eine Alte im Ballkleid und ihr glatzköpfiger Freund hier zu suchen?*

»Äh … Ja, genau. Mythos, unter sich begraben, Gesellschaft … Genau das …«

»Damit sprechen Sie das große Problem unserer Zeit an: Wir sind nicht mehr die Helden unserer eigenen Geschichte, sondern die einer Gesellschaft, die sie an unserer Stelle erzählt. Wir haben unsere Bestimmung verloren. Nun liegt es an uns, sie wiederzufinden und damit wieder zum Helden unserer eigenen Erzählung zu werden. (Sie nickte mehrmals und fuhr fort:) Das verwüstete Land aus den Märchen, das sind wir.«

Diese Frau hatte ihm irgendetwas zu sagen, aber er wusste nicht, was … Er ahnte, dass Sarah, durch irgendeinen Trick, der mit den hellseherischen Fähigkeiten zu tun hatte, die sie zu besitzen behauptete, diesen Moment sowie die Verlegenheit, in die diese Situation ihn stürzen würde, exakt vorhergesehen hatte.

»Danke«, flüsterte er.

»Ich bin es, die Ihnen zu danken hat. Es gibt einfach zu selten stichhaltige Nachfragen.«

Sie freute sich über die gespielte Entrüstung der Studenten.

»In dem Augenblick, während ich zu Ihnen spreche, rasen wir mit mehr als zweihundertzwanzigtausend Kilometern pro Sekunde durch den Kosmos. Es gibt mehr Planeten im All als Sandkörner auf der Erde. Die Ozeane bedecken siebzig Prozent der Erdoberfläche, der menschliche Körper besteht zu siebzig Prozent aus Wasser. Das Atom besteht aus Nukleonen und Elektronen; der Rest sind unsichtbare Kräfte und Leere. Unsere Körper enthalten sieben mal zehn hoch siebenundzwanzig Atome. Sie alle sind mehrere Milliarden Jahre alt und gehen auf die große Stille zurück, als die Sterne entstanden sind. Sie, ich, der Bäcker, der Präsident, die Politiker, wir bestehen aus neunundneunzig Komma neun Periode Prozent Leere und keines der Protonen, Neutronen oder Elektronen, aus denen wir zusammengesetzt sind, stimmt mit denjenigen überein, mit denen wir geboren wurden, weil die Nährstoffe, die wir über die Nahrung zu uns nehmen, die Gesamtheit unserer Atome in weniger als zwei Jahren rundum erneuert. Wir tauschen unseren Körper ungefähr alle vierundzwanzig Monate komplett aus. Denken Sie das nächste Mal daran, wenn sie sich volllaufen lassen.«

Sie blickte dem Arzt direkt in die Augen.

»Denken Sie auch daran, wenn Sie unglücklich sind. In jedem Moment gibt die Biologie Ihnen die Gelegenheit, im wahrsten Sinne des Wortes ein neuer Mensch zu werden.«

# Eine Erinnerung an das Rätsel

*Ungefähr zwanzig Jahre zuvor absolviert der Arzt ein Praktikum in der Geriatrie. In den Fluren riecht es nach Seife und Traurigkeit, und es ist gerade Bingozeit.*

*Für den jungen Arzt ist Herr Truhe alt (und zwar so richtig alt, älter als der älteste Mensch, mit tiefen Falten, einem riesigen Gebiss und einer immensen Schar von Ur-Enkelkindern. Noch älter.)*

*Er läuft nicht mehr. Er sitzt in seinem Sessel, alles prallt an ihm ab. Er ist die personifizierte Gleichgültigkeit.*

*Manchmal geht der junge Arzt an ihm vorbei und denkt, dass der alte Mann, selbst wenn er sich nackt ausziehen, seinen Körper lila anmalen und ihm jodelnd kleine Schneckengabeln ins Auge stechen würde, immer noch keine Reaktion zeigen würde. Dennoch versuchen die Krankenschwester und er jeden Tag, ihn ein wenig zu aktivieren.*

*»Sie müssen laufen, Herr Truhe! Mit einer Venenentzündung ist nicht zu spaßen! Das ist kein Zuckerschlecken!«*

*Oder der junge Arzt, der sich auf den Brustkorb schlägt und ruft:*

*»So eine Lungenembolie, die tut verdammt weh, und da können selbst Rachendrachen nichts mehr ausrichten!«*

*Nicht das geringste Anzeichen, er zeigt nicht mal den Beginn irgendeiner Regung. Die Pflegehelferin, die Ernährungs-*

beraterin, die Krankengymnastin, die Animateurin vom Bingo-Club, alle versuchen ihr Glück.

Die Schwester schreibt ins Übergabeprotokoll:

»Punktestand unverändert:

Medizinisches Personal: 0, Herr Truhe: 0, Risiko einer Venenentzündung: x 23556691948.«

Mit anderen Worten: »Der Tod nähert sich mit großen Schritten, da Herr Truhe sich weigert, auch nur einen einzigen zu tun.«

Eines Morgens wird es dem jungen Arzt zu viel, und er brüllt:

»Colonel!«

Der Alte hebt den Kopf.

»Aufstehen!«

Eine Hand auf der linken, eine Hand auf der rechten Armstütze, faltet er sich langsam auseinander, wie ein riesiges Schweizer Taschenmesser, das aufgeklappt wird.

Der junge Arzt befiehlt:

»Vorwärts, marsch!«

Colonel Truhe pariert, die Hände am Rollator, mit starrem Blick, gebeugten Schultern, aber mit stolzer, angriffslustiger Miene. Er wirkt zwanzig Jahre jünger.

Die Schwester blickt den jungen Arzt höchst verwundert an.

»Wie hast du es nur geschafft, ihn aufzuwecken?«

»Ich habe mir vor kurzem noch mal seine Akte durchgelesen. Da ist mir eine Idee gekommen: Bevor er alt wurde, war Herr Truhe beim Militär.«

»Beim Militär?«

»Ja, du weißt schon, diese Sache mit den Uniformen, Hauptmännern, Trompeten, Walkie-Talkies und dem ›Papa Bär an

*Mama Bär: der Panda ist in der Höhle, ich wiederhole: Der Panda ist in der Höhle!‹ Diese Sache mit dem Krieg und dem ganzen Zeugs. Er war beim Militär ... Sein ganzes Leben lang!«*

*Als der junge Arzt an jenem Abend allein in seinem Zimmer im Wohnheim war, musste er wieder an seine letzte Anatomie-Vorlesung denken, in der es um das Gehirn ging, und an eine Bemerkung, die fiel, als die Schädeldecke abgehoben wurde: »Sieh dir den Kortex an. All diese Windungen! Kein Wunder, dass das Gedächtnis sich darin verirrt!«*

## Die verbotene Tür

Die Studenten strömten schludrig und chaotisch aus dem Hörsaal. Die alte Dame packte den Arzt am Ärmel und zog ihn hinaus in die Flure.

»Wir fahren jetzt nicht gleich zurück, denn vorher will ich noch einen alten Wunschtraum von mir in die Tat umsetzen.«

Sie drängte ihn an den Rand der Menge und zu den Toiletten.

Zuerst schaute sie nach, ob die Kabinen leer waren, dann schnappte sie sich einen Mülleimer aus Metall und verkeilte damit die Eingangstür, wobei sie vor Vergnügen leise Geräusche von sich gab.

»Ich wollte schon immer mal heimlich auf dem Uni-Klo rauchen!«

Sie platzierte sich direkt vor einem roten Hinweisschild, das eine durchgestrichene Zigarette zeigte, und zog den verbotenen Gegenstand aus der Tasche.

»Mein Gott, es ist noch besser, als ich dachte!«, sagte sie wenige Sekunden später, als sie einen langen Zug weißen Rauchs ausstieß.

Der Arzt enthielt sich eines Kommentars: Er war der gleichgültigste und teilnahmsloseste Komplize der Welt. Er zog es vor, sich der Mauer zu nähern und die Hun-

derte von Schriftzügen zu studieren, die aufeinander-
folgende Generationen von Studenten dort mit Edding
hinterlassen hatten.

»Dieser Tick der jungen Leute, die Mauern voll-
zuschmieren, also ehrlich!«, dachte er laut. »Der unbe-
wusste Drang, seiner panischen Angst vorm Verschwinden irgendwie Ausdruck zu verleihen …«

Der unglaubliche Einfallsreichtum der jungen Leute
bewirkte, dass er sich verloren fühlte. Das Ganze war
allzu menschlich, was für ihn gleichbedeutend war mit
bestürzend.

»… das magische Denken ist nicht tot, es hat sich einer
Modernisierung unterzogen«, fuhr er fort. »Der Typ hier
glaubt, wenn er schreibt, dieses oder jenes Mädchen wolle
eine sexuelle Beziehung mit ihm eingehen, dann wird das
auch bald eintreten, und dann wird er …«

Da wurde er plötzlich von Sarah unterbrochen:

»Was ist denn wohl mit ›Kolben‹ gemeint, mein Kleiner? Das steht hier mehrmals, hier und hier.«

Das vieldeutige Lächeln des Arztes ließ Sarah verstehen, und ihr Gesicht lief dunkelrot an.

»Ist irgendwas nicht in Ordnung?«, fragte er ironisch
und rieb sich schulmeisterlich das Kinn.

Sie machte eine wegwerfende Geste mit der Hand
über ihre Schulter hinweg, um zu zeigen, dass sie dar-
überstand, und holte einen dicken, schwarzen Edding
aus ihrer Handtasche. Er fühlte sich verpflichtet, zu protestieren.

»Sie wollen doch nicht an die Wände schreiben!«

»Und warum nicht, mein Kleiner? Ich werde diese

Wände hier beschädigen, um zu zeigen, dass ich eines Tages hier war und lebendig. Morgen kann ich dann wieder resignieren, aber heute nicht.«

Sie kicherte und wand sich vor Vergnügen über ihre Straftat.

»Was wollen Sie schreiben?«

»Irgendwas Vermittelndes«, erwiderte sie und klopfte mit dem Stift gegen ihre Lippen. »Auf diesem Klo schwirren definitiv zu viele verschiedene Ideen herum.«

Plötzlich hatte sie eine Eingebung und klatschte vor Begeisterung in die Hände.

»Ha, ich weiß! Das ist super! Teddybär, finden Sie mir eine Ecke, die noch nicht vollgekritzelt ist.«

Er tat, wie ihm geheißen, und fand ein Stück freie Wand in der Nähe des zentralen Waschbeckens. Sie nahm den Deckel von ihrem Filzstift und war gut zwei Minuten lang mit Schreiben beschäftigt.

Als sie den Ort wieder verließen, stand dort zu lesen:

»Eine umfassende Analyse erlaubt uns zu verkünden, dass es auf dieser Toilette Royalisten, Anarchisten, Homosexuelle, Dichter, Homophobe, Liberale, Demokraten, Selbstmordkandidaten, Chauvinisten, Feministen, Republikaner, Antikapitalisten, Xenophobe, Neonazis, Masochisten, Agnostiker, Systemgegner, Romantiker, Verliebte, Eifersüchtige, Perverse (viele Perverse), Immigranten, Atheisten, Antisemiten, Emigranten, Schwarze und Weiße gibt ... Was meint ihr, wollen wir alle zusammen ins Restaurant gehen?«

# Die Zauberasche

Ihr spätes Mittagessen an diesem Tag bestand aus einem Picknick im Garten der Universität.

Die Luft duftete angenehm nach geschmolzenem Schnee, und der Himmel war blau und wolkenlos, als hätten die Nordgötter ihre Koffer gepackt und wären auf Reisen gegangen. Jeder der Vorbeikommenden hauchte eine weiße Atemsäule in die Luft.

»Sarah?«

»Ja?«

»Was machen wir morgen? Es ist der letzte Tag …«

»Morgen gebe ich Ihnen den ganzen Tag frei, damit Sie Zeit zum Nachdenken haben, allein mit sich selbst, aber heute Abend hole ich Sie um dreiundzwanzig Uhr, zehn Minuten und sieben Sekunden ab.«

»Und was machen wir heute Nacht?«

Sie machte ein schelmisches Gesicht.

»Wir verbringen sie gemeinsam.«

Als sie den ernsten Gesichtsausdruck des Arztes sah, beeilte sie sich, etwas konkreter zu werden.

»Es ist eine Überraschung. Ziehen Sie sich warm an.«

Er wollte gerne noch ein wenig herumspazieren, bevor sie den Weg zurück zum Parkplatz einschlugen, aber sie lehnte ab. Die Zeit! Schnell, schnell! Die Uhrzeit! Sie kletterte ins Auto, er tat es ihr nach, und sie verließen das Universitätsgelände. Für Sarah ging das Leben zu schnell vorüber.

»Wir müssen einen kleinen Umweg machen, Teddybär«, sagte sie, als sie wieder auf dem Weg zu der alten Hausruine waren. »Ich will die Brücke noch einmal sehen ... Sie erinnert mich an Charles und an meinen Mann, wir haben da ganz in der Nähe gewohnt.«

»Ach, Sie sind verheiratet?«

»Witwe.«

Er fühlte sich ihr auf einmal näher als jemals zuvor. Nicht, dass er sich darüber freute oder ihm dadurch wärmer wurde, aber er stellte sich einen Augenblick lang vor, dass ihre und seine Trauer sich begegneten.

»Er war kein liebevoller Mensch, mein Kleiner.«

Er runzelte die Stirn.

»Er hat mich windelweich geschlagen«, erläuterte sie. »Er hat immer gesagt, dass er mich schlägt, weil er mich liebt. Er muss mich sehr geliebt haben: Ich hatte drei Mal einen ausgerenkten Kiefer und den Oberarm an zwei verschiedenen Stellen gebrochen. Ich glaube, ich hätte heute weniger Arthrose, wenn er mich ein bisschen weniger geliebt hätte.«

Eines Nachts sei ihr Ehemann betrunken nach Hause gekommen und habe sie geschlagen. Sie sei weggelaufen und habe plötzlich Charles gegenübergestanden. Er hatte keine Fragen gestellt, sich aber drei Wochen lang aufopfernd um sie gekümmert.

»Als mein Ehemann gestorben ist, habe ich seine Leiche einäschern lassen und die Urne sorgfältig aufbewahrt.

Ich verstreue den Inhalt mal hier, mal da. In öffentlichen Toiletten, auf der Müllhalde, im Rinnstein ... Ein bisschen behalte ich fürs Auto zurück.«

Sie legte die Finger in den Aschenbecher, und der Arzt verspürte ein starkes Gefühl des Mitleids und des Ekels.

»Wenn ich darin herumknete, hier, so, dann ist das ein Mittel, um ihm keine Ruhe zu lassen. Je mehr ich ihn piesacke, umso mehr verzeihe ich ihm.«

Sie drückte ihre Zigarette in den Überresten ihres Gatten aus und seufzte vor Genugtuung.

»Ihre Frau fehlt Ihnen. Mein Ehemann verfolgt mich. Die Stille kann ganz unterschiedliche Geräusche erzeugen.«

»Es tut mir leid, Sarah«, sagte der Arzt.

Sie zuckte mit den Schultern.

»Eines Tages, es war ein Donnerstag, hat Charles mich in die Notaufnahme gefahren. (Sie hob ihre Haare an und deutete auf die Narbe in Form einer Acht auf ihrer Stirn.) Mein Schädel war beinahe entzweigebrochen, und mein Rücken war voller Verbrennungen von Zigaretten. Mein Ehemann hat viel geraucht, und er hatte nicht immer einen Aschenbecher zur Hand.«

Stille. Sie:

»Sie haben recht: Tabak ist schlecht für die Gesundheit. Der Beweis dafür ist, dass er drei Tage später gestorben ist. Ein unglücklicher Sturz im Treppenhaus. Das war ein paar Monate, bevor mein Sohn auf die Welt kam.«

Man konnte sehen, wie ihre Erinnerungen über ihr Gesicht hinweghuschten, wie schwere Wellen, die Unmengen von alten, aber noch immer schmerzhaften Erfahrungen mit sich trugen.

»Ich dachte, Ihr Sohn wäre Ihr ältestes Kind?«

»Sie fragen sich, mit wem ich meine Tochter bekommen habe?«

»Ja. Na ja … nein, das geht mich ja gar nichts an.«

»Ich weiß nicht, wer der Vater ist. Es war Silvester, ich hatte getrunken, da waren zu viele Männer, und es war sehr dunkel. So was passiert, wenn man zu viel Wodka trinkt, nicht wahr, mein Kleiner?«

Sie brach in schallendes Gelächter aus, was die Atmosphäre wieder ein bisschen entspannte.

»Was Sie für ein Gesicht machen! Meine Tochter … wie soll ich sagen … kam zu mir in einem Waisenhaus.«

»Sie haben sie adoptiert?«

»Ich mag den Ausdruck nicht. Ich bin durch dieses Waisenhaus gelaufen, sie ist durch dieses Waisenhaus gelaufen. Ich trug eine blaue Hose und ein weißes Oberteil. Sie trug ein blaues Oberteil und eine weiße Hose. Punkt.«

Er vermied es, ihr weitere Fragen zu stellen.

»Mein Sohn ist Musiker. Künstler. Er spielt, arrangiert Stücke, schreibt Songs, tritt öffentlich auf, ein wirklich erstaunlicher Kerl. Wir sollten ihn mal spielen sehen. Nächste Woche, passt Ihnen das?«

»Sarah … Nächste Woche werde ich tot sein.«

»Ich weiß, ich wollte Ihnen nur noch mal eine Falle stellen«, sagte sie, und auf einmal bebte ihre Stimme, und ihr Gesicht war feucht.

»Aber … weinen Sie etwa, Sarah?«

Sie beschränkte sich darauf, den Kopf zu schütteln, und versuchte ungeschickt, das Zittern ihrer Hände zu verbergen.

»Lassen Sie's gut sein, das geht vorbei, es ist nur ... ich sehe mir gern die Auftritte meines Sohnes an. An ihm ist auch ein Komiker verlorengegangen«, sagte sie und lächelte verstohlen. »Ich weiß noch, wie wir mal einen Freund reingelegt haben, der war Arzt, es ist erst fünf Tage her, und es war sehr lustig. Mein Sohn hatte sich als Verkäufer eines Bestattungsinstituts verkleidet, und er hat so getan, als ob er Maß nehmen würde ...«

»Was!« Der Arzt verschluckte sich fast, als er begriff. »Das war er?«

»Er sieht gut aus, nicht wahr?«

»Aber dann weiß Ihr Sohn über unsere Abmachung Bescheid?«

»Aber sicher! Und meine Tochter ebenso! Ich habe keine Geheimnisse vor ihnen. Sie wissen, wie sehr mir unsere Abmachung am Herzen liegt, sie haben mir wertvolle Ratschläge gegeben.«

Der Arzt fragte sich, ob er wütend war oder lediglich verärgert. Aber eigentlich, dachte er dann, konnte es ihm letztendlich vollkommen egal sein, da der Tod ja so oder so bereits vor seiner Tür stand.

»Welcher Totengräber würde es denn erlauben, dass ein Kunde in einem seiner Särge ein Probeliegen veranstaltet, um sich vom Komfort zu überzeugen, Teddybär? Dafür musste ich ein bisschen tricksen: Den Laden innerhalb von weniger als vierundzwanzig Stunden kaufen, meinen Jungen ausstaffieren, mit ihm seine Rolle durchgehen ...

Erinnern Sie sich an den etwas debilen Kellner im Restaurant?«

»Das war auch er?«

Sie nickte bestätigend.

»Mein Sohn liebt das Theater, und er ist ein wirklich guter Schauspieler. Ich frage mich, ob es da bei ihm nicht gewisse Tendenzen gibt … Er versteht sich sehr gut mit seinem besten Freund und … Aber egal: Er sieht gut aus, nicht wahr?«

Der Arzt stieß einen langen, desillusionierten Seufzer aus.

»Und Ihre Tochter, was macht die?«

»Das werde ich Ihnen nicht sagen: Ich möchte lieber, dass Sie sich ein bisschen die Hacken wundlaufen, um es herauszubekommen …«

»Ich dachte, das hätten wir hinter uns.«

»Sind Sie mir deswegen noch böse?«

»Ich verzeihe Ihnen, wenn Sie mir antworten: Was macht sie?«

»Mein kleiner Schatz ist Professorin für analytische und Verhaltenspsychologie an der Uni«, sagte Sarah und lachte erneut. »Sie ist schön, nicht wahr?«

Das Kinn des Doktors schlug auf seinem Brustbein auf.

»… ja, tatsächlich, mein Kleiner, ich habe eine wunderbare Tochter. Und Single … Aber nicht, dass ich Sie jetzt auf Gedanken bringe, ich habe auch eine Schaufel, einen Sack und ein Alibi, haben wir uns verstanden?«

Die Straße zog vorüber, und er stellte überrascht fest, dass es ihn sehr betrübte, dieses Auto und seine Fahrerin morgen zu verlassen.

»Wie konnte ich nur einwilligen, mit Ihnen zu gehen? Ich bin vollkommen verzweifelt«, dachte er laut.

»O Mark, wenn Sie von Verzweiflung reden, dann muss man das bei Ihnen ja beinahe schon als Anlass zur Freude nehmen.«

# Der Zaubertrank der Erinnerung

Als die alte Dame ihn später im Wagen fragte, warum er Chirurg hatte werden wollen, erwiderte der Arzt kühl:

»Ich find's toll, Leute aufzuschneiden, und alle anderen Tätigkeiten, bei denen man das tut, sind illegal.«

Stille.

Plötzlich lachte sie auf, aber so lange nach seinem Scherz, dass der Arzt vermutete, dass sie wahrscheinlich an etwas anderes gedacht hatte.

»Wenn man nicht lacht«, sagte sie »dann ist das Leben schrecklich.«

Er stimmte ihr zu, vor allem, was den zweiten Teil ihres Satzes anging.

»Ich wollte eigentlich Kinderchirurg werden, aber dann gab es bei der Arbeit ein Problem, und sie haben mich für die Ausbildung nicht genommen.«

»Wann haben Sie sich wirklich als Arzt gefühlt?«, fragte sie nach einer Pause.

Die Frage kam ihm dumm vor. Er hatte zehn lange Jahre Medizin studiert und seinen Doktor gemacht; er war Doktor, weil das so auf einem Zettel stand.

Dann aber, als er darüber nachdachte ... Hatte es da nicht einen Tag gegeben, einen Patienten, eine Situation, die bewirkt hatte, dass ihm in seinem Inneren bewusst geworden war: *So, jetzt ist es so weit, ich kümmere mich, ich behandle, jetzt bin ich ein richtiger Arzt?*

»Ich kannte da mal eine Frau. Wie soll ich es erklären ... Ich habe etwas Unvergessliches gesehen. Etwas, das jedermann mit der Menschheit versöhnen würde.«

Die alte Dame lauschte ihm aufmerksam: Das siebte Jahr seines Medizinstudiums, zwei Uhr morgens, Nachtschicht im Krankenhaus, er wird via Pager auf eine Station gerufen. Zwei Mal. Ein Totenschein im fünften Stock und ein schlafloser Patient im dritten Stock. Seltsamer Zufall: auf der einen Seite eine Patientin, die soeben verstorben war, auf der anderen Seite ein Patient, der gerne einschlafen wollte. Der junge Arzt hatte mit dem Schlaflosen begonnen und ihm ein Schlafmittel verschrieben: Das war schnell gegangen, er hatte die Sache rasch erledigen können, und er hatte dabei nicht allzu viel nachdenken müssen. Dann hatte er sich in den fünften Stock begeben, um den Tod festzustellen. Eine alte Dame. Blass, kein Puls mehr, keine spontane Atmung, glasige Augen. Sie war tot. Die alte Dame lag nackt auf dem Bett, und Virgil und Béatrice, der Pfleger und die Pflegehelferin, wuselten um sie herum. Nach der Waschung der Toten hatten sie ihm gezeigt, wie man die Kinnstütze korrekt anlegt: »Wenn man das nicht macht, klappt das Kinn herunter, und das ist dann ziemlich unschön für die Familien.« Anschließend hatten sie sie behutsam angezogen. Der Ellenbogen wollte nicht durch den Ärmel; Virgil hatte ganz vorsichtig geschoben, und als es ihm gelungen war, hatte er gesagt: »So, Madame, das hätten wir geschafft!« Dann hatte der Pfleger einen

Sprühstoß Parfüm im Haar der alten Dame verteilt, damit die Familie den Totengeruch nicht wahrnahm, »Gerüche spielen eine große Rolle, Jungchen, sie entscheiden darüber, ob gute oder schlechte Erinnerungen entstehen ...«

»Das Härteste war, Sarah, als sie den Anus mit einem Pfropf verschließen mussten. Der technische Ausdruck hierfür lautet: ›Anus-Tamponage‹. Auch das ist wichtig: Wenn man das nicht macht, dann läuft der Körper unten aus, sobald die Eingeweide anfangen, sich zu zersetzen ...«

»Für die Tamponage benutzt man Watte, aber ich mag das nicht«, hatte Béatrice gesagt. Was für ein Satz ... Der Arzt hatte so seine Zweifel, ob irgendjemand das mochte, aber um zwei Uhr morgens war er dankbar, dass jemand ihm gegenüber dieses Detail ansprach. Anschließend hatten sie sie lange und vorsichtig gekämmt, so als befürchteten sie, sie damit aufzuwecken. Als er zum letzten Mal mit der Bürste durch ihre Haare fuhr, hatte Virgil gerufen: »So, fertig!«

»Neben ihm«, verkündete der Arzt, »hätte Picasso, als er *Guernica* fertigstellte, wie ein Stümper ausgesehen.«

»Es ist seltsam«, stellte Sarah fest »wenn Sie über Medizin reden, muss man sofort an einen knallbunten Bären denken, der soeben aus dem Winterschlaf erwacht ist. Einen Bären mit einem Hirschgeweih auf dem Kopf und mit Flügeln, und vor ihm stehen eine Schüssel Honig und Erdnüsse. Er knabbert welche und wackelt dabei mit dem Po und rezitiert moldawische Lyrik. Erzählen Sie weiter, Sie sind wunderbar!«

Das ließ er sich nicht zweimal sagen und fuhr mit seinem Bericht fort. Voller Stolz hatte Béatrice ihm geschworen: »Wir waren bei ihr, als sie hinübergegangen ist!« Sie hätten auch woanders sein können, eine andere Patientin umziehen, einen Kaffee trinken oder Schach spielen. Aber nein, sie waren da.

»Ich habe sie genau beobachtet, Sarah: Das war keine bleiche, schwere Stoffpuppe in ihren Armen, sondern ein Stück trauriges Porzellan. Ich erinnere mich noch an ihren Vornamen, weil sie ihr eine kleine goldene Kette in die Hand gelegt haben, auf der *Alice* stand.«

Der Arzt irrte sich: In Wirklichkeit – aber das konnte er nicht wissen – hatte die Tote Babeth geheißen. Alice war ihre Enkeltochter. Sie waren unzertrennlich. Sie hatten ihr die Kette ums Handgelenk gewickelt, weil die Gefahr bestand, dass sie sonst beim Anlegen der Kinnstütze abriss: »Nicht, dass die runterfällt und verloren geht.« Anschließend hatte der junge Arzt in der Akte vermerkt: »Zeitpunkt des festgestellten Todes: Zwei Uhr dreißig am Morgen«, dann hatte er den Stift wieder verschlossen und war mit seiner Traurigkeit in einen Flur gegangen, wo er sie ungesehen auswringen konnte. Normalerweise machte es ihm nichts aus. Die Lebenden gingen ihm nah, das ja, die Toten dagegen selten.

»Ich war damals ein bisschen überarbeitet. Also habe ich am nächsten Tag beschlossen, Urlaub zu nehmen. Und bin ans andere Ende der Welt gereist.«

Seine Stimme fing an zu zittern, er hatte plötzlich das Gefühl, geblendet zu werden, und er zerrte seinen Sicherheitsgurt fester.

»Sarah, glauben Sie, dass man im Leben wirklich allein ist?«

»Auf jeden Fall, Mark.«

Dann legte sie ihre Hand auf seine.

# Der Duft der toten Prinzessin

An jenem Abend kehrte er nach Hause zurück und behielt mal wieder den Knauf der Schranktür in der Hand. Da traf es ihn mit voller Wucht: der Eindruck, er habe sein Leben mit dem Versuch verbracht, einen verdammten Türknauf zu reparieren. Er warf ihn über die Schulter und ließ den Schrank offen.

Was ihn am meisten zerriss, war das Wissen, dass seine Frau nie wieder über die Schwelle ihrer Wohnung treten würde, dass ihre gemeinsamen Laken nie wieder von ihrem Körper zerknittert werden würden. Er hätte über die tausendundeins Dinge sprechen können, die sie nie wieder tun würde, aber Schweigen war bereits Tod, also zog er es vor, nicht viel zu reden. Sein Schweigen schlug eine diagonale Verbindung zu ihr.

Er trat ans Fenster und blickte in die Landschaft. Er hätte nicht sagen können, was für ein Wetter draußen herrschte. Schön? Grau? Windig? Sehr kalt? Es war ihm vollkommen egal.

Er sagte sich, dass seine Frau ihm ein bisschen fehlte. Er dachte ›ein bisschen‹, weil das ein einfaches Wort war, das immer passte. »Ist es noch weit bis zum Haus?« Eine Antwort, die immer passte: »Ein bisschen«. Man weiß nicht, ob man schon bald da ist, oder ob man noch sechs

Stunden Fahrt vor sich hat. Sie fehlte ihm also ein biss-chen. Sogar ihre Abschminktücher, die sie immer zu klei-nen festen Kugeln zusammengeknüllt und dann in den Badezimmermülleimer geworfen hatte. Und der Geruch ihrer Füße, wenn sie im Sommer in ihren Ballerinas ge-schwitzt hatten. Er hätte sterben können, so sehr fehlte ihm dieser Geruch. Verrückt, nicht wahr, der Geruch von Füßen? Viele Leute fanden das sicher fürchterlich, aber ›viele Leute‹ hatten sie auch nicht verloren. Das hatte nur er allein. Sie konnten es also nicht wissen. Also würde er ihnen einfach sagen, dass sie zur Hölle fahren sollten, alle miteinander. Das Gleiche sagte er jetzt zu sich selbst. Ja, genau: Er würde zur Hölle fahren. Vielleicht war sie ja irgendwo da unten, wer weiß?

Denn der Arzt wusste nicht, wo seine Frau war. Letzte Nacht war er durch die kalten, weißen Straßen geirrt und hatte nach ihr gesucht und hatte sich bis zum Morgen in den kalten, weißen Straßen die Hacken wund gelaufen. Er hatte auf seine Uhr gestarrt und zugesehen, wie eine Minute nach der anderen verging, die er weit weg von ihr verbrachte, er hatte den großen Stundenzeiger mit Hilfe seiner Gedanken verbogen, dann hatte er sich die Federn vorgenommen und sie verknickt: Es half nichts, seine Hände waren nach wie vor tot, und seine Erinnerungen gehörten ihm nicht mehr.

Seine Magie war nicht zu ihm zurückgekommen, sie war nicht zurückgekommen …

… und er, er suchte nach ihr.

# Die Nacht vor der Beerdigung

## Die Lebensalter

Es war spät am Abend, und der Mann wartete auf Sarah.

Er stand auf dem Bürgersteig und dachte, dass ihm kalt war, dass die Luft klar war, dass dies die letzte Nacht seines Lebens war und dass die Familie, die er nie besessen hatte, ihm sehr viel stärker fehlte als sonst.

Die Alte tauchte pünktlich auf. Durch die Heckscheibe des Taxis erblickte er einen Champagnerkübel, einen kleinen fahrbaren Feuerkorb und einen Haufen mit einem Seil verschnürter Decken ... Es befanden sich mehr Gegenstände darin als in seiner ganzen, riesigen, leeren Wohnung.

»Steigen Sie ein! Und passen Sie auf, wo Sie Ihre Füße hinsetzen!«

»Camping?«, fragte er und zog die Beine an.

»Besser: Eine Expedition in die Berge!«

Sie griff sich zwei kleine, blaue Kapseln und schluckte sie so hinunter, wie sie waren.

»Arthrose ist 'ne blöde Schlampe.«

»Sarah!«

»Damen fluchen«, sagte sie »allerdings nur, wenn sie einen triftigen Grund dafür haben. Das Alter verdient nichts Besseres als einen Mund voller Beleidigungen.«

Dabei deutete sie in einer vagen Geste auf ihre Gelenke.

»Sie könnten sich operieren lassen.«

»Lieber sterbe ich!«

»Das eine schließt das andere doch nicht aus …«

Der Wagen schoss durch die erleuchteten Straßen. Wegen der Feiertage hatten die Geschäfte länger geöffnet, und Fußgänger eilten umher, die Arme voller Pakete. War denn alles in dieser Welt so ungeduldig und hektisch geworden? Der Arzt fand, dass die Menschen sich an Weihnachten dumm benahmen, dachte jedoch, dass sie es nicht mit Absicht taten: Wenn man etwas kauft, dann kauft man auch die Welt, die dazugehört.

»Haben Sie Ihre Geschenke schon eingepackt, Teddybär?«

»Sie sind unglaublich komisch«, erwiderte er eisig.

»Ich hatte mal eine leidenschaftliche Affäre mit einem Clown namens Rodrigo, er war Bauchredner für die Füße. Er hat mir alles über die Geheimnisse des Lachens beigebracht … Wir hätten glücklich und zufrieden gelebt, aber dann ist er gestorben, weil Hyänen seinen Penis aufgefressen haben. Sie kennen ja sicher das Sprichwort: Hyäne am Morgen bringt Kummer und Sorgen! (Mit einer Handbewegung wischte sie ihre imaginären Erinnerungen beiseite.) Ich war danach sehr traurig und habe …«

»Sarah?«, unterbrach er sie.

»Ja?«

»Würden Sie einfach mal eine Weile still sein, bitte?«

»In Ordnung, mein Kleiner.«

Schweigen. Gleich darauf aber:

»Warum wollen Sie ausgerechnet jetzt sterben, mein

Kleiner? Weihnachten, das ist doch eine heilige Angelegenheit.«

Er schnaubte vernehmlich und kapitulierte. Stille war ihm offenbar nicht vergönnt.

»Das war unser Hochzeitstag.«

»Nein, so was! Dann müssen Sie jetzt ja denken: ›Was für ein unglaubliches Glück, dass ich neulich Morgen auf diese alte Schachtel gestoßen bin! Nur ein Tag später, und schwupps! Ich hätte nicht mehr auf dieser Welt geweilt‹!«

Während sie das sagte, machte sie eine Geste, bei der sie mit dem Zeigefinger einen Schnitt quer über ihren Hals hinweg andeutete, dann hielt sie ihm lachend ihre Hand hin.

»Sie nehmen mir das doch nicht übel, oder?«

Er erinnerte sich, wie sie sieben Tage zuvor in der gleichen Körperhaltung ihren gemeinsamen Pakt besiegelt hatten. Ließ sich ihr ganzes Abenteuer auf eine Abfolge von Händedrücken reduzieren?

Das Auto fuhr in einen langen Tunnel hinein, in dem sich in orangefarbenes Licht getauchte Abschnitte mit dunkleren Abschnitten abwechselten, wie bei einem von den Jahren und der Feuchtigkeit angegriffenen Film. Von Zeit zu Zeit lächelte die Alte, und der Doktor lächelte hin und wieder sehr sparsam zurück. Diese Frau da am Lenkrad hatte etwas Beruhigendes an sich, durch sie kam sein Selbstmord ihm wie eine etwas weniger ernste Angelegenheit vor. Alles an ihr schien zu rufen, dass der Tod nicht mehr war als eine Episode von geringer Bedeutung. ›Verstehst du, Kleiner, dass es zwei Intervalle des Lebens gibt? Sie wechseln einander ab und hören niemals damit

61

auf.‹ Es war eine dumme Vorstellung, aber der Mann hatte sie nun einmal in seinem Kopf: Sie lächelte ihm zu, und er verstand: ›Es wird alles gutgehen, mein Kleiner, alles wird gut …‹

»Sarah?«

»Ja, mein Kleiner?«

»Gestern waren Ihre Haare blond. Vor sechs Tagen waren sie braun. Heute Abend will ich wissen, warum sie weiß sind?«

»Weil ich heute Abend alt bin.«

# Die unsterblichen Türme

Sarah fuhr in eine Tiefgarage hinein und parkte den Wagen quer über mehrere Parkplätze hinweg.

»Ist es vielleicht Ihre Schuld, dass die Markierungen auf dem Boden falsch aufgemalt sind?«, lieferte er ihr ironisch eine Rechtfertigung und verdrehte die Augen.

Sie schloss lachend die Türen, öffnete den Kofferraum, pfiff *New York, New York* vor sich hin, schob ihm den Griff des kleinen Feuerkorbs in die rechte Hand und in die linke Hand den Henkel des Champagnerkübels und warf ihm dann zwei dicke Daunendecken über die Schulter.

»Nur Mut, mein Kleiner!«, rief sie und stolzierte hochmütig vor ihm her. »Die Ladys gehen voran, die Gentlemen tragen das Gepäck.«

Er deutete mit dem Kinn zur Decke.

»Sollen das ihre Berge sein?«

»So nenne ich das, Teddybär. Bilder, Metaphern und Allegorien! Die Kanalisation ist die Hölle, die Parks sind Wälder aus Symbolen und die Wolkenkratzer Vulkane! Dieser hier verfügt sogar über einen Aufzug.«

Die Knöpfe in der Kabine waren mit Brandmalen von Zigaretten übersät; ein beißender Geruch nach altem, feuchtem Teppich stieg ihm in die Nase.

»Diese Türme sind der magischste Ort der Welt, von

dort oben kann man alle Lichter der Stadt sehen, selbst die, die schon längst erloschen sind. Sie sind so groß, so … unangreifbar! Eine ganze Nacht, um uns unsterblich zu fühlen. Sie, ich, vierhundert Meter über dem Boden … Wir sind die Könige der Welt, mein Kleiner!«

Das Thermometer sprach eine deutliche Sprache: Was sie oben auf dem Dach erwartete, waren Temperaturen, die ihnen das Blut in den Adern gefrieren lassen würden.

»Sie werden mich wärmen müssen.«

»Die ganze Nacht?«

»Die ganze Nacht. Ich musste so viele Leute bestechen, damit wir hier heute unsere Ruhe haben, da werde ich mir mein Vergnügen von Ihnen nicht verderben lassen.«

Schweigen. Sie warf einen unruhigen Blick auf ihre Uhr.

»Mein Kleiner?«

»Ja?«

»Sie werden leben, ob es regnet oder schneit. Sie werden leben, und sowohl Ihre Frau als auch Ihr schlechtes Gewissen werden nur Regen und Wind sein. Es wird mir gelingen, Ihnen Ihre Erinnerungen zurückzugeben, und Sie werden wieder zu dem Mann, der Sie einmal waren.«

»Was macht Sie da so sicher?«

»Ich werde gefährlich, wenn man mich in die Enge treibt.«

»Sie können mir keine Angst machen, ich bin Arzt. Ich weiß, wie man mit Meningitis, Cholera und Diphterie fertig wird.«

Sie warf ihm einen Handkuss zu.

# Das Schloss im Himmel

Die Inszenierung hatte etwas Dramatisches an sich: Ein Mann und eine Frau, die mitten in der Nacht unter dem Sternenzelt, auf dem Dach des höchsten Wolkenkratzers der Stadt ihr Lager aufschlugen ... Der Arzt nahm die Rolle an, die Sarah ihm zugedacht hatte: Dies war sein letzter Auftritt, und er war müde.

»Das haben Sie alles organisiert? Sie, ich, hier?«

»Ja, mein Kleiner. Sogar den Schnee.«

Sie hob die Nase gen Himmel.

»Er wird in genau vier Minuten und dreiunddreißig Sekunden zu fallen beginnen.«

»Was für ein Klischee ...«

»Danke, mein Kleiner. Wissen Sie, ich habe mir wirklich ein Bein ausgerissen: Ich habe mir alle romantischen Komödien angesehen, die im Winter spielen und ein Happy End haben!«

»Sie haben die Kerzen vergessen.«

»Das ging nicht. Ich bin allergisch gegen Feuer«, sagte sie und holte ihr Feuerzeug hervor.

Lachen, dann das Knistern einer Zigarette.

»Und, was glauben Sie nun: Haben Pinguine Knie?«

Er antwortete, aber nur, weil er bis zum Schluss so tun wollte, als ob:

»Aber sicher doch, Sarah. Wie sollten sie sonst ihren Frauen einen Heiratsantrag machen?«

»Eins zu null für Sie«, gestand sie ihm zu.

Als Nächstes wollte sie wissen, welche Farbe wohl ein Chamäleon hatte, das auf einem anderen Chamäleon saß, aber das wusste der Mann nicht; er dachte heimlich bei sich, dass es seine letzte Nacht auf Erden war und dass er große Angst hatte.

»Ich nehme an, wenn es wütend ist, dann ist es grün vor Zorn«, sinnierte die alte Dame laut.

Sie hatten sich in ihre Daunendecken eingemummelt, den Feuerkorb zu ihren Füßen, damit ihnen inmitten dieses stillen, weißen und unberührten Universums weniger kalt war. Lange Schnörkel aus Rauch stiegen zum Himmel auf wie Leitern aus Watte, und als es zu schneien begann, schmiegte sie sich an ihn und deutete nach oben.

»Pünktlich auf die Sekunde!«

Verlegen vor lauter Stille – und vor lauter Nähe –, streckte der Arzt die Arme aus, die unter der Decke eingeklemmt gewesen waren, und schob Sarah weit von sich.

»Ganz schön klein, diese Decke!«

»Worüber beklagen Sie sich? Sie werden es in Ihrem nigelnagelneuen Sarg aus balinesischem Teakholz, ausgeschlagen mit königsblauer Baumwolle, kaum bequemer haben.«

Ihm blieb nichts anderes übrig, als ihr beizupflichten.

»Wie kriegen Sie es nur hin, Sarah, dass Sie immer recht haben?«, scherzte er.

»Manchmal habe ich auch unrecht.«

»Sehen Sie! Jetzt haben Sie schon wieder recht!«

Sie lachte, dann sah er jedoch, wie ihr altes Königin-gesicht sich veränderte, als ein Aufblitzen von Nostalgie darüber hinwegging.

»Kennen Sie das Lied *This Guy's in Love with You*, mein Kleiner?«

Er wurde bleich: Das war das Lieblingslied seiner Frau. Wenn die Ärzte ihre Visite beendeten, pflegte der Arzt-der-seine-Frau-liebte in ihrem Krankenhauszimmer mit ihr zu tanzen. Sie wählten ein Lied aus, er hob sie hoch, und dann drehten sie sich langsam. Am letzten Tag hatten sie vier Minuten lang miteinander getanzt. Das war lang! Sie ließen das Lied ein ganzes Leben lang dauern. Dar-in hatten sie Kinder, einen Jungen und ein Mädchen, die sie großzogen, zu deren Theateraufführungen sie gingen und mit denen sie all die Dinge taten, die man mit seinen Kindern macht, bevor sie dafür zu groß sind. Als die Mu-sik zu Ende war, hatte er seine Frau, die sehr alt gewor-den war, aufs Bett gelegt und sich an sie gepresst. Als er wieder aufwachte, war er allein, sie war … Der Arzt hatte schon oft nach dem richtigen Wort gesucht, dem Wort, das ihn nicht entzweireißen würde und das am wenigsten ›inakzeptabel‹ war.

»Was ist nun?«, sie ließ nicht locker. »Kennen Sie es?«

»Nein, Sarah, ich kenne dieses Lied nicht«, log er.

Sie stellte ihr Champagnerglas nah am Rand des Da-ches ab, wand sich mit einer Grimasse aus ihrem Schlaf-sack und hielt ihm die Hand hin:

»Tanzen wir? Bitte, ich glaube nämlich, ich sterbe, wenn Sie nein sagen.« Sie kam ihm so zerbrechlich vor …
Er konnte es ihr nicht abschlagen.

»Kennen Sie den Text?«

»Den denken wir uns einfach aus.«

»Aber wir haben keine Musik.«

»Macht nichts«, behauptete sie, »meine Kinder sagen, dass ich sehr schlecht singe.«

»Und wollen Sie sehr lange so tanzen?«

»Bis der Morgen dämmert, genau genommen, denn mehr Zeit haben wir nicht.«

Er zwang sich, einen annehmbaren Gesichtsausdruck aufzusetzen, obwohl ihm in Wirklichkeit auf einmal sehr nach Weinen zumute war.

»Madame.«

Sie verbeugte sich leicht, und er zog sie an sich. Als sie zu summen anfing, dachte der Arzt für einen Augenblick, irgendwo würde jemand eine Katze erdrosseln.

»Ich habe Ihnen doch gesagt, dass mein Gesang zum Steinerweichen ist.«

»Ja, wir könnten Sie im Krankenhaus gut gebrauchen, um den Patienten etwas vorzusingen, die an Nierensteinen leiden.«

Die Flocken wirbelten um sie herum und mischten sich unaufgefordert in ihren Tanz. Der Arzt spürte Sarahs Gewicht auf seinen Armen, sie wog kaum mehr als die geschlagene Sahne, die vom Himmel fiel.

»Und wenn Sie einfach Ihre Taschen ausleeren, weit weg fahren und wieder praktizieren?«, sagte sie und strich ihm in einer unendlich zärtlichen Geste mit dem Handrücken über die Wangen.

Da er nichts davon hören wollte, was sie sagte, schwang

er sie herum und sie machte mit, beide mitgerissen von einem Schwung und einer Begeisterung, die in ihrem Fall auf den Champagner zurückzuführen war und in seinem Fall auf seinen baldigen Tod. Der Arzt war beinahe glücklich: Bald würde er wieder mit seiner Frau vereint sein, oder, falls das nicht eintreten sollte, würde er den großen Frieden der Auslöschung und der Abwesenheit allen Schmerzes finden.

»Ihre Kinder haben recht«, sagte der Arzt, als sie aufhörten, sich zu drehen, »es ist wirklich schrecklich, was Sie diesem Lied angetan haben! Es ist das Gleiche, was die Kreuzritter einst mit Konstantinopel gemacht haben.«

»Geplündert und verwüstet?«

»Genau das, geplündert und verwüstet.«

»Danke, Teddybär, oh, danke!«

Er erwiderte: »Gern geschehen«, dachte aber, dass diese Musik ihn ohnehin schon verfolgte und dass sie sich doch gar nicht die Mühe machen musste, ihn ein zweites Mal zu töten.

# Das Geheimnis der alten Magierin

Für Sarah war die Welt eine Schneekugel, die soeben jemand heftig geschüttelt hatte.

»Meine erste Tante, Maria, hat stets felsenfest behauptet, dass die Flocken das Fleisch, das Skelett und die Haut von Schneemännern wären!«

Sie klapperte mit den Zähnen. Der Arzt senkte den Blick: Zwei winzig kleine gefrorene Stecknadelköpfe hatten soeben ihre Spur auf ihren Wangen hinterlassen. Er sammelte eine ihrer Tränen mit der Fingerspitze auf und setzte sie auf seine linke Wange. Es war absurd, unangemessen und fühlte sich sehr kalt an.

»Maria ist in den Lagern gestorben. Ihre Asche ist Tausende von Kilometern weit geflogen und hat sich in Form ihrer Silhouette vor ihrem Hauseingang niedergelegt. Man sieht, wie sie sich gerade hinunterbückt, um einen Pilz zu pflücken. Ist das nicht empörend? Da tötet man ihr Volk, und sie, sie sammelt Pilze! ...«

»Warum weinen Sie, Sarah?«

Er hörte sie ihre Emotionalität verfluchen.

»Die Schneeflocken, die auf meiner Haut landen ... Sie wollen einen traurigen Schneemann bauen ... Ich glaube, es gelingt ihnen, den kleinen Scheißerchen!«

»Warum weinen Sie?« Er blieb hartnäckig und stahl

eine weitere Träne, die er diesmal auf seine rechte Wange setzte.

»Sie sollten niemals die Tränen einer fremden Person abwischen, wenn Sie dabei keine Handschuhe anhaben«, riet sie ihm, bevor sie sich fester an ihn drückte und ihr Gesicht im Kragen seines Mantels vergrub.

»Was tun Sie da?«

»Mich verstecken, großer Dummkopf …«

Sie zitterte von Kopf bis Fuß.

»Teddybär?«

»Ja?«

Er musste sich herabbeugen, um zu verstehen, was sie sagte.

»Charles und ich … Wir haben uns immer heimlich in einer Bar getroffen, immer in der gleichen, *Chez Maxence*: rötliches Neonlicht, ekelhaftes Bier, zerschlissene Ledersessel.«

Sie seufzte.

»Eines Abends waren wir im Kino gewesen und hatten uns *Ist das Leben nicht schön* angesehen, Charles hatte es gefallen, mir dagegen ganz und gar nicht …«

In der Ferne ertönten Polizeisirenen.

»… Wir haben uns hingesetzt, Charles hat sich ein bisschen Zimtpulver auf die Handflächen gekippt und gesagt: ›Erinnere dich daran, was das Leben uns schenkt!‹ Dann hat er gelacht, die Kellnerin ist gekommen …«

Die alte Dame sprach abgehackt und spuckte ihre langen Sätze fast atemlos hervor.

»Sie hat meine Bestellung aufgenommen und seine ignoriert. ›Wir bedienen keine Neger.‹ Charles hat mich angesehen, er dachte, dass ich mich für ihn einsetzen würde, aber ich … aber ich …«

Sie stockte, ihre Beine knickten ein, und sie fiel zu Boden. Der Arzt fing sie in letzter Sekunde auf und stellte sie so behutsam wieder auf die Füße, wie man damit aufhört, das Fahrrad eines kleinen Kindes festzuhalten. Vollkommen in seinen eigenen Kummer verstrickt, wusste er mit der Leidenschaft, die plötzlich den knochigen Körper der Alten ins Wanken brachte, nichts anzufangen. Sie klammerte sich mit ihrer ganzen Kraft an ihm fest:

»Sie hatten recht, neulich: Ich bin ein Monster.«

Danach schwieg sie und sagte kein Wort mehr.

Der Arzt griff sich zwei Zigaretten, eine davon hielt er Sarah hin, die andere behielt er für sich selbst. Einen Augenblick lang war er verärgert, als hätte ihm jemand seinen Schmerz weggenommen, dann begriff er, dass seine Begegnung mit der Alten alles andere als Zufall gewesen war: Diese Woche in ihrer Gesellschaft war wie die schöne Musik am Ende eines guten Films gewesen.

# Die Zeit, die bleibt

Als Sarahs Gesicht wieder Farbe annahm, waren Zigarettenschachtel und Champagnerflasche leer.

»Ich frage mich, ob der Schnee mich traurig stimmt, oder ob es schneit, weil ich traurig bin.«

Freudlos warf sie eine Handvoll Pulverschnee über das Dach und verfolgte mit den Augen, wie der Schwall in der Leere zerstob.

»Es gibt sie, die Magie«, erwiderte er und ahmte ihre Sprechweise nach, »es ist an uns, sie entstehen zu lassen.«

Sie lächelte, und ihre Augen leuchteten auf einmal vor Glück.

»Das ist so schön! Hier hinaufzufahren, um das zu sehen … Das muss man doch mindestens einmal gemacht haben, bevor man stirbt, nicht wahr, Teddybär?«

Sie trat ganz nah an den Rand des Hochhauses und lotete auf beunruhigende Weise die Leere vor sich aus. Ein Windstoß ließ ihre langen, weißen Strähnen hochfliegen und verteilte sie in alle Richtungen.

»Werden Sie dann also morgen nach Hause gehen, um diese Waffe zu holen und sich eine Kugel in den Kopf zu jagen?«, fragte sie, und in der grenzenlosen Dunkelheit verwandelte sich ihr kleiner Körper in eine Puppe, die jeden Moment in die Tiefe geworfen werden konnte.

»Ich muss das unbedingt wissen, es ist sehr wichtig für mich.«

Er erinnerte sich an den Tag, als seine Frau ihm die restaurierte Pistole zusammen mit den beiden Magazinen in der kleinen, roten Schachtel geschenkt hatte. »Für dich«, hatte sie gesagt, »weil ich dich liebe.«

Die Stimme des Arztes klang brüchig.

»Genau das werde ich tun.«

»Um dreiundzwanzig Uhr einunddreißig Minuten und zwölf Sekunden?«

»Um dreiundzwanzig Uhr einunddreißig Minuten und zwölf Sekunden.«

»Es wird grässlich.«

»Es wird vorbei sein.«

Er seufzte. Die Kugel, die seinen Tagen ein Ende bereiten würde, war bereits abgeschossen worden, und zwar exakt in dem Moment, als die Musik in jenem Krankenhauszimmer geendet hatte.

»Was Sie da sagen … Das bringt mich um«, brachte sie hervor und senkte resignierend den Kopf.

Um sich zu entschuldigen, zog er sie erneut an sich.

»Es ist nicht Ihre Schuld. Sie haben Ihr Bestes gegeben.«

Das Schneegestöber wurde stärker, und plötzlich lächelte die alte Dame, als hätte sie seine Entscheidung endlich akzeptiert.

»Dann soll es so sein«, sagte sie versöhnlich, »anscheinend müssen wir ja sowieso alle eines Tages sterben … Ich hasse es, Abschied zu nehmen, also könnten Sie, wenn ich Sie nach Hause bringe, bitte etwas sagen, das sich nicht endgültig anhört?«

»Zum Beispiel?«

»Ich weiß nicht. ›Bis morgen?‹ Ja, es wäre gut, wenn das Wort *morgen* am Ende des Satzes vorkommt.«

Dann legte sie den Kopf auf seine Schulter und ließ ihn wissen, dass er ein armer Irrer sei.

»Bis zum Morgen ist es noch lang, und der arme Irre würde gerne noch weiter mit Ihren tanzen. Noch sind meine Ohren nicht ausgeblutet.«

Sie griff nach seiner Hand und zog ihn vom Rand des Hochhauses fort.

»Dann los, Sie Idiot, solange noch Zeit ist!«

## Die Verabredung der alten Sarah und des Mannes-der-seinen-Tod-geplant-hatte

Als sie wieder ins Auto stiegen, nahm er Sarahs Platz ein, entschlossen, einfach so aufs Geratewohl durch die Straßen zu fahren und wieder einmal zu spüren, wie schön es ist, am Steuer zu sitzen. Seine Hand lenkte, der Wagen gehorchte. Dass diese Masse aus Blech der geringsten seiner Bewegungen folgte, fühlte sich unfassbar angenehm und leicht an.

Als Sarah ihn bat, mit ihr in einen Nachtclub zu gehen, hielt er das für einen Scherz. Sie scherzte jedoch nicht. Sie wollte einen Ort mit sehr lauter Musik und gutem Champagner.

Hinter eine Straßenbiegung erblickten sie auf dem Bürgersteig ein Paar, das sich lachend an den Händen hielt. Sarah wandte sogleich den Blick ab, und ihre Wangen nahmen unzählige verschiedene Farbtöne an, die von so vielen Dingen gleichzeitig kündeten, von Aufregung und Schmerz, Freude und dem Bedauern eines gerade erst begonnenen Lebens.

Sie deutete auf ein Taxi, das ihnen entgegenkam.

»Das gehört auch mir.«

»Warum arbeiten Sie überhaupt in diesem Beruf, wenn Sie wirklich so wohlhabend sind, wie Sie behaupten?«, wollte der Arzt wissen.

»Sie sind mein erster Kunde. Der Wagen gehört zwar mir, aber ich fahre ihn erst seit sieben Tagen. Ich liebe die Vorstellung, die Leute von einem Punkt zum anderen zu bringen. Vor fünfundzwanzig Jahren habe ich alle Taxizentralen der Stadt aufgekauft. Ich besitze dreizehn Restaurants, zwei Landhäuser, ein Erlebnisbad, elf Autos, drei Deutsche Doggen, einen Privatjet, eine Stradivari, einen Esel mit Namen Christine und ein Dutzend Stiftungen … (Sie zählte sie an ihren Fingern ab.) Oder dreizehn, ich weiß nicht mehr … Wenn man im Leben weiß, was man hat, dann hat man gar nichts, mein Kleiner.«

»Es freut mich, zu hören, dass ich einer alten, gelangweilten Milliardärin als Zerstreuung gedient habe.«

»Darum geht es nicht, das wissen Sie ganz genau.«

»Nein, das weiß ich eben nicht.«

Schweigen.

»Wie sind Sie zu Ihrem Vermögen gekommen?«

»Eines Tages, es war ein Donnerstag, habe ich eine Feige gefunden. Ich habe sie poliert, damit sie glänzt, dann habe ich sie verkauft. Von dem Geld habe ich mir zwei Feigen gekauft, und wissen Sie was?«

»Sie haben sie poliert und zum Zweifachen ihres Wertes weiterverkauft?«

Ein trauriger Schleier huschte über ihr Gesicht hinweg.

»Ganz und gar nicht. Der Briefträger brachte mir einen Brief. Tante Graziella war in einem Vernichtungslager vergast worden, und ich erbte Gemälde, Skulpturen und Nägel im Wert von sechshundertachtunddreißig Millionen Dollar.«

Ein paar Schatten irrten durch die verlassenen Straßen.

Es hatte wieder begonnen zu schneien, und das Geräusch des Windes, der an den gläsernen Fassaden emporstieg, erinnerte an das eisige Wehklagen eines einsamen Riesen.

»Glauben Sie, dass man dort Kokain bekommt? Ich wollte schon immer mal wissen, wie Kokain schmeckt.«

»Kokain schmeckt nach gar nichts! Das schnieft man, das isst man doch nicht.«

»Die Leute wissen eben nicht, was gut ist.«

Sie schien die Gegend, in der sie sich befanden, wiederzuerkennen, und sie bat ihn, rechts abzubiegen, dann links und dann wieder zweimal rechts. Plötzlich ein Schrei:

»Warten Sie, Stopp! Halten Sie hier.«

Es war eine Bar mit großen, rötlich scheinenden Neonlichtern.

»Sie haben den Namen geändert, aber es war hier«, sagte sie. »›Chez Maxence‹. Glaube ich jedenfalls. Ich weiß es nicht mehr. Vielleicht war es auch nicht diese hier. Es ist auf einmal so lange her.«

Auf dem Bürgersteig vor dem Eingang standen mehrere Mädchen und lachten, rauchten und tranken.

Im Kopf des Arztes überschlugen sich die Gedanken: *Ich tu's, ich tu's nicht … Ich tu's. Nein, doch nicht … Los, tu's!*

Ohne auf Sarah zu hören, die ihn anflehte, bei ihr zu bleiben, sprang er aus dem Wagen und begab sich mit sicheren, siegesgewissen Schritten in die Bar. Nicht lange, und er kehrte mit einem kleinen Tütchen Puderzucker in der Tasche zurück.

Eine Minute später bemühte sich Sarah nach Kräften, auf dem Armaturenbrett des Autos kleine Linien zu ziehen.

»Wollen Sie?«

»Unbedingt«, erwiderte er.

Sie verrenkte sich, zögerte, war kurz davor, wich erneut zurück, probierte es noch einmal, grunzte merkwürdig durch die Nase, sog den Atem ein und nieste mehrmals, schniefte mehr Luft als Zucker und lehnte sich dann endlich in ihrem Sitz zurück:

»Es ist phantastisch, es fühlt sich an wie … Es fühlt sich an wie … alles Mögliche auf einmal«

Nach dieser Woche, in der er unermüdlich alles über sich hatte ergehen lassen, ohne je ein Wort zu sagen, hatte der Arzt auf ebenso charmante wie harmlose Weise Rache genommen.

»Stellen Sie sich mal vor, wir würden von der Polizei aufgegriffen, was würde dann wohl in meinem Vernehmungsprotokoll drinstehen! Name: Sarah, Vorname: Die Alte, Beruf: Milliardärin und Taxifahrerin.«

Er unterbrach sie:

»Und Folterknecht nicht zu vergessen.«

»Ja, Sie haben recht, Teddybär! Anklagepunkt: Charmant, lustig, inspirierend, manchmal vulgär, aber niemals unverschämt, in einem Wort: absolut un-wi-der-steh-lich!«

»Sie könnten noch nächtliches Vagabundieren hinzufügen, Fahren unter Drogeneinfluss, Vandalismus gegen öffentliches Eigentum, Gewaltanwendung gegen Kürbisse und unerlaubtes Parken.«

»Aber dann werde ich meinen Lebensabend ja im Gefängnis verbringen, mein Kleiner!«

»Was für eine Strafe für Ihre Mitinsassen!«

Er ertappte sie dabei, wie sie einen flüchtigen Blick zu der Bar hinüberwarf ... Da beschloss er, ihr einen kleinen Schubs zu geben.

»Sollen wir reingehen? Die Sitze sind immer noch genauso mottenzerfressen, und das Bier ist zu billig, um gut zu sein!«

Schweigen.

»Jetzt oder nie, Sarah«, rief er und griff nach ihrer Hand, um sie nach draußen zu ziehen.

»Da reingehen?«, sagte sie und machte sich ganz steif. »Nein! Das werde ich niemals wieder wagen. Ich bin mir nicht mal sicher, ob es der richtige Ort ist, mein Gedächtnis spielt mir Streiche.«

»Was tun wir dann?«

»Wir warten.«

»Worauf?«

»Ich weiß nicht ... wir warten einfach.«

Eine Stunde verging, in der sich ihre rheumageplagten Finger aufgrund einer riesengroßen, diffusen Angst immer wieder neu ineinander verschränkten.

Auf einmal ertönte ein Wutschrei, dann verließ eine magere, brünette Frau in einem Lederblouson die Bar und rief:

»Wage es nicht, mich je wieder anzusprechen, hörst du? Nie wieder! Es ist aus!«

Eine große Blondine in einer roten Levi's-Jeans kam hinter ihr her.

»Bleib stehen!«

Die anderen Gäste sahen wortlos zu.

»Nein, es ist aus, ich ertrage das nicht mehr ...«

Im Laufschritt entfernten die beiden sich von der Bar. Als sie auf Höhe des Taxis waren, drängte ›Rote Jeans‹ ›Lederjacke‹ gegen die Wand und drückte ihre Stirn an die ihrer Freundin. Sarah und der Arzt konnten alles mitanhören.

»Verzeih mir!«

»Liebst du mich?«

»Verzeih mir«, wiederholte die andere flüsternd an ihrem Ohr.

»Verzeih ihr«, murmelte Sarah leise, kaum vernehmbar.

»Ich ertrage das nicht länger!«, rief die andere. »Hörst du? Ich kann nicht mehr!«

»Verzeih ihr«, flehte Sarah, und ihre zittrigen Finger flogen Richtung Aschenbecher.

›Rote Levi's-Jeans‹ weinte, die dünne Brünette weinte, Oma-im-Abendkleid weinte.

»Ich liebe dich«, sagte die Blonde.

»Du bist verrückt.«

»Ich liebe dich.«

»Sie liebt dich«, flüsterte Sarah zwischen zwei Schluchzern.

»Komm«, sagte die größere der beiden Frauen, »lass uns nach Hause gehen. Ich bin verrückt.«

Sie bogen in eine kleine Gasse ein, und die Nacht schloss sich hinter ihnen wie ein Vorhang oder wie das Laken eines großen Bettes.

41

Erschöpft ließ Sarah den Kopf sinken.

»Haben Sie gesehen«, flüsterte sie, »wie sie zusammen nach Hause gegangen sind? Hm, haben Sie das gesehen?«

»Was machen wir jetzt?«

Schweigen.

»Sarah?«

»Fort von hier.«

»Sind Sie sicher?«

»Jetzt ja. Ich habe mich geirrt: Es ist auf keinen Fall diese Bar gewesen. Es war eine andere.«

# Die letzte Erinnerung

*Zwanzig Jahre zuvor, kurz vor Ende eines Praktikums in der Notaufnahme. Wenn alles gutgeht, wird der Arzt in zwei Monaten an einer der renommiertesten Einrichtungen seine Facharztausbildung zum Kinderchirurger beginnen. Schon seit Jahren verfolgt er dieses Ziel – seitden er morgens, bekleidet nur mit einer Unterhose, in seinem Krankenhauszimmer Superheldenfilme geschaut hat.*

*An jenem Abend arbeitet er mit einem der leitenden Ärzte der Klinik zusammen. Ein hassenswerter und verhasster Typ. Gefürchtet aber auch, weshalb alle so tun, als ob.*

*Dreiundzwanzig Uhr dreizehn. Sie werden in die Wohnung einer Person gerufen, die zusammengebrochen ist. Frau Wald atmet keuchend, ihre Hand krampft sich über dem Oberkörper zusammen. Herzinfarkt.*

*Als sie vor dem Krankenwagen stehen, tritt zitternd die alte Dame auf sie zu, die mit Frau Wald zusammenlebt.*

*»Ich würde sie gerne begleiten.«*

*Der Chef:*

*»Und wer sind Sie bitte?«*

*Die alte Dame zögert. Vielleicht denkt sie, die Zeiten hätten sich geändert? Sie nimmt die Hand der Patientin.*

*»Ich bin seit siebenunddreißig Jahren ihre Lebensgefährtin.«*

*Die andere alte Dame, die auf der Krankentrage liegt, ist*

dem Tode nah: Unter einem Zopf, der so lang ist wie das Leben selbst, sind die Adern sehr blau, die Haut sehr weiß.

Der Chef:

»Das geht nicht. Wir nehmen nur Familienangehörige mit. Rufen Sie sich ein Taxi, dann sehen wir uns in der Klinik.«

Dann schlägt er die Tür zu.

Im Krankenwagen fängt er, im Beisein von Frau Wald, die noch bei Bewusstsein ist, an zu lachen.

»Kann ich echt nicht ausstehen, solche dummen, alten Lesben!«

Der junge Arzt blickt den Chef an. Der Chef macht ihm Angst, denn er ist derjenige, der über seine Bewerbung für die Facharztausbildung entscheidet. Als er beschließt, nicht aufzumucken, hasst er sich. Er tötet damit einen Teil seiner selbst. Er denkt daran, was diese »dummen, alten Lesben«, mit ihren Falten, ihren Schmerzen im Knie und ihren gemeinsamen Erinnerungen, die nach und nach verschwimmen, wohl alles miteinander haben durchstehen müssen. O ja, denn mit diesen Dingen durften sie gemeinsam fertig werden – Anfeindungen, die es mit Sicherheit gegeben hatte, oder wenn sie sich die Spucke fremder Leute abwischen mussten.

Auf halbem Weg fängt die alte, im Sterben liegende Frau Wald an zu zappeln und versucht, sich die Sauerstoffmaske vom Gesicht zu ziehen. Sie hat gehört, was der Chef gesagt hat. Sie hat alles mit angehört, und die letzten Worte, die auf dieser Erde ihre Ohren erreicht haben, lauten »dumme, alte Lesben«. Der junge Arzt zittert vor Wut. Er will nicht, dass sie so dahingeht. Das ist nicht ›richtig‹.

Jedes Mal, wenn er sich später wieder daran erinnert, wird er denken, dass er sich doch über sie hätte beugen, auf den Chef *deuten und ihr dabei laut und deutlich ins Ohr hätte sagen können: »Hören Sie nicht auf den Typen! Sie sind schön. Ihre Frau ist schön. Und wenn die langen Zöpfe von Ihnen beiden weiß sind, dann aus dem Grund, weil sie zusammen gewachsen sind.« Aber nein. Er hat an jenem Abend im Krankenwagen nichts gesagt, und Frau Wald ist gestorben.*

*Zwei Monate später überreicht der Chef ihm das Formular, komplett mit seiner Unterschrift. Er wird für die Ausbildung zum Kinderchirurgen zugelassen. Der Chef klopft ihm sogar auf den Rücken: »Willkommen im Club, mein Junge!«*

*Dann tut der Arzt die unverständlichste Sache seines Lebens: Er reicht das Formular nicht ein Er kann es nicht, nicht nach dem, was er nicht gesagt hat und was er nicht vergessen kann. Aus ihm wird kein »Techniker am Tag und Kinderchirurg in der Nacht«, wie er es sich als Junge ausgemalt hat. Er glaubt, sich auf diese Weise bestrafen zu können, indem er den Traum des kleinen Jungen tötet, der Kürbiskuchen aß und sich dabei Zeichentrickfilme ansah.*

*Dann orientiert er sich schweren Herzens um und beginnt allmählich zu vergessen, weshalb er diesen Beruf hatte ergreifen wollen. Und als seine Frau ein paar Jahre später in seinen Armen stirbt, vergisst er die Namen seiner Patienten. Er praktiziert nicht mehr, er wartet auf etwas, das nicht eintreten wird.*

# Der letzte Sonnenaufgang

Sie gingen am Ufer entlang. Einen Augenblick, bevor die Sonne aufging, holte die Alte ein Tuch hervor. Sie hatte beschlossen, ihm den Anblick zu verwehren.

»Überlegen Sie! All die Sonnenaufgänge, die Sie niemals sehen werden!«

Da berührte ein Strahl des gerade erscheinenden Lichts die Wimpern des Arztes, und er blickte der alten Dame in die Augen, und sie verstand.

»Also gut«, sagte sie und warf das Tuch in den Fluss »Dann will ich mal nicht allzu unnachgiebig sein. Sie haben gewonnen – oder verloren, je nachdem.«

Sie kam ihm ungewohnt gelassen vor.

»Wir waren im selben Team, Sarah.«

Die Alte schaute erst auf ihre gelbe Uhr, dann auf die blaue, dann hob sie wie ein Dirigent die Arme.

»Jetzt!«, rief sie.

Und die Sonne erschien langsam vor ihnen und warf goldene Pfeile auf die Insel. Es war unsagbar schön. Unwirklich schön. Unbesiegbar.

Der Arzt wünschte sich, seine Frau könnte es sehen. Es würde ihr gefallen. Wenn sie diesen gelben Regen sehen könnte, der nur herabfiel, um sogleich wieder aufzusteigen, würde sie von neuem leben. Sie würde nicht wieder fortgehen. Nicht bei diesem Licht. Es war aus Gold. Überall Gold.

»Mark?«

»Hm?«

»Was werden Sie tun, bevor Sie sterben?«

Er überlegte einen Augenblick, dann sagte er, was ihm spontan einfiel:

»Ich öffne das Fenster.«

»Warum?«

Er schüttelte den Kopf, er wusste es nicht. Es war bescheuert ... Er fragte sie, was sie tun würde. Sie wirkte traurig und nachdenklich, dann sagte sie auf einmal voller grimmiger Inbrunst:

»Ich würde den Menschen, die mich hassen und die ich hasse, mitteilen, dass ich sie unendlich liebe. Mein Tod würde sie traurig machen, und damit könnte ich sie ein letztes Mal ärgern. Gewitzt, nicht wahr?«

»Im Ernst, Sarah, was würden Sie an meiner Stelle tun?«

Sie legte den Kopf auf die Seite, als würde ein einzelner Ohrring das gesamte Gewicht der Welt enthalten.

»Ich würde eine Platte auflegen. Irgendwas sehr Melancholisches. Dann würde ich meine Kinder umarmen und sie bitten, mich allein zu lassen. Als Nächstes würde ich dieses Abendkleid ausziehen und meinen nackten, welken Körper in mehreren riesigen Spiegeln betrachten. Damit ich mir dann endlich sicher wäre, dass ich dieses alte Gerippe wirklich zurücklassen möchte. Denn man muss sich sicher sein, mein Kleiner ... ja ... sonst ... hm ...

wird's kompliziert … Jetzt lassen Sie uns still sein und den Moment genießen: Schließlich geschieht es nicht jeden Tag, dass die Sonne zum letzten Mal aufgeht!«

# Ein Abschied unterm Feigenbaum

Auf dem Rückweg fuhr er langsam, die Flocken bildeten auf dem Boden eine dichte Schicht rutschiger, weißer Farbe. Sarah blickte schweigend aus dem Fenster und lächelte. Sie versuchte, die Welt draußen aufzunehmen, als würde sie sie zum ersten Mal sehen. Der Arzt tat genau das Gegenteil.

Sie hielten zweimal an, weil sie Pipi machen musste. Sie kommentierte, das läge am Alter und daran, dass sie bereits an den Abend denke. »Bald ist alles vorbei«, sagte sie und blickte ihm direkt in die Augen.

Man konnte ihr ansehen, dass sie Angst hatte, ein wenig.

»Da wären wir«, stellte sie fest, als er das Taxi in der Nähe des Feigenbaumes parkte, »hier trennen sich unsere Wege.«

»Da wären wir.«

Er befürchtete, dass sie nicht die Kraft haben würde, den Wagen neu zu starten und wegzufahren. Also sprang er aus dem Taxi wie ein Neugeborenes, das es eilig hat, hinauszugelangen, und ließ den Motor laufen, während Sarah wieder ihren Platz hinter dem Lenkrad einnahm.

»Danke für alles.«

»Ts, ts, wir hatten einen Deal: *Keine Abschiedsworte.*«

Ihre Finger steuerten den Aschenbecher an, und sie begann, nervös in der Asche herumzukneten.

»Ich habe mich bloß bedankt. Hätte ich Ihnen auf Wiedersehen sagen wollen, dann hätte ich Sie angesehen, so, auf diese Weise, und ich hätte Ihnen gesagt, wie schön Sie sind und wie sehr Sie mir fehlen werden.«

»Ich glaube Ihnen nicht.«

»Dann muss ich es wohl noch ein zweites Mal sagen.«

Beide schwiegen, es war ein verlegenes Schweigen. In der Ferne schwoll der Lärm der Autos an: Das Monster mit dem Blechpanzer erwachte wieder. Der Mann warf einen zerstreuten Blick zu dem Baum mit den magischen Früchten herüber, aber *Régis der Fischer* war nicht da.

Er nahm den alten Mantel, den Sarah mitgebracht hatte, und gab ihn ihr dankend zurück.

»Er mag zwar ziemlich zerschlissen und verwaschen sein, aber meine Güte, hält der einen warm!«

»Behalten Sie ihn ruhig, denn vielleicht wird Ihnen ja kalt, wer weiß? Er hat meinem Mann gehört, und ich freue mich, wenn er jemanden warmhält. Das ist vielleicht das letzte Geschenk, das das Leben Ihnen machen wird, also ...«

Sein Hals fühlte sich an, als wäre etwas darin steckengeblieben. Er zog die Tür auf.

»Sarah?«

»Ja, mein Kleiner?«

»Sie werden mir fehlen, wenn ich tot bin.«

Sie machte eine wegwerfende Geste mit der Hand über die Schulter und starrte auf die Straße vor sich, so als wollte sie sagen: ›So, das wäre erledigt!‹

»Haben Sie einen schönen Tag«, sagte er zitternd.

*Sieh mich an*, dachte er. *Ich werde mich umbringen, also sieh mich noch ein letztes Mal an …*

»Tschüs, Teddybär.«

Er ging einmal um den Wagen herum, klopfte an ihr Fenster, neigte sich vor und warnte sie:

»Sie haben vergessen, sich anzuschnallen.«

»Das stimmt.«

Die Stimme der alten Dame klang leiser als sonst. Sie brauchte mehrere Anläufe, bevor es ihr gelang, den Gurt mit einer ungeschickten Bewegung einrasten zu lassen.

»Sehen wir uns morgen?«, fragte er leise und versuchte verzweifelt, ihre Aufmerksamkeit zu gewinnen.

»Bla-bla-bla …«

Er schwankte.

»Sarah, sehen wir uns morgen?«

»Wie immer, mein Kleiner«, gab sie zurück, das Gesicht weiterhin stur nach vorne gewandt.

Ein plötzlicher Impuls ließ ihn den Kopf ins Innere des Wagens stecken und ihr einen Kuss auf die Lippen drücken. Ohne sich schuldig zu fühlen. Er dachte, dass seine Frau an seiner Stelle dasselbe getan hätte: Sie hätte sie auch geküsst, diese alte Dame im Abendkleid. Denn das ist es, was man am Ende eines Märchens tun muss.

Sarah war so überrumpelt, dass ihr einen Moment lang der Atem stockte. Dann schlossen sich ihre Hände noch fester um das Lenkrad, und sie fuhr grußlos an ihm vorbei, in Richtung der Hauptstraße, wo das Leben brodelte. Der Arzt dachte an Ana, an sich selbst, an Sarah.

Sie hatte ihn keines Blickes gewürdigt.

Er stand mitten auf der Straße und schloss für einen Moment die Augen; das Taxi war noch da.

Der Bürgersteig, die Bäume, alles wurde gelb.

Ein Lachen erklang, jugendlich und in weiter Ferne, danach nichts mehr.

Er stand da.

Allein.

Unter dem Feigenbaum.

# Das Ende der Geschichte

Der Arzt-der-seine-Frau-liebte handelte wie ein Automat: nicht in die Wohnung gehen – auf keinen Fall reingehen –, beim erstbesten Blumenhändler zwei riesige Blumensträuße kaufen – einen für Ana, einen für Charles –, Rosen, Orchideen, Hyazinthen: Die hatte sie geliebt.

»Aber, mein Herr, diese Blumen passen überhaupt nicht zusammen!«, rief die Frau mit der Schürze, die hinter ihren Kisten mit Blumen und Blumenzwiebeln stand, und schnitt resolut eine Knospe ab, die an der falschen Stelle saß.

»Perfekt«, erwiderte er müde, »dann nehme ich sie alle.«

Dann mit den Armen voller Blumen zum Friedhof gelangen – das Bündel war zu groß, um alle Blumen festzuhalten – und hinter sich ein Spur aus Blütenblättern und Düften säen, die die Absätze der ersten Fußgänger des Tages in den Schnee treten würden.

Dort ankommen, vor dem Gittertor stehen und warten, die beiden Sträuße in den Händen.

Er konnte sich nicht mehr erinnern, wann er zuletzt so vor einer verschlossenen Tür gewartet hatte. Es wäre zu viel gesagt, dass es ihm gutgetan hätte, aber immerhin war er auf diese Weise zehn Minuten lang beschäftigt. Als ihm zu kalt wurde, schlug er mit einer Hand mehrmals schlaff gegen das Tor. Popowitsch öffnete ihm und war offenbar nicht im Geringsten erstaunt, und der Arzt warf den ersten Strauß auf das Grab von Charles, voller Wut auf diesen Mann, den er nicht kannte, der aber der alten Dame so großen Kummer bereitete.

Anschließend ging er zum Grab seiner Frau und warf die anderen Blumen darauf.

»Hier, für dich, wenn du weiterhin darauf bestehst, tot zu sein!«, sagte er heftig und sank auf die Knie, ohne eine einzige Träne zu vergießen. Der Marmor war eiskalt, und er schlug ein paarmal mit der Faust darauf, hörte aber auf, als der Schmerz kam. Als er vor kurzem hier lang-gelaufen war, hatte er nicht recht daran glauben wollen. Dieses kleine Rechteck aus rosafarbenem Marmor? Aber das war doch nicht sie! Kalkstein, Eisenoxid und Silizium, seinetwegen, aber Ana …

Popowitsch stellte eine Tasse mit dampfender heißer Schokolade ab und zog wieder von dannen, wie er ge-kommen war, mit düsterem Blick und humpelndem Gang. Der Arzt nippte aus reiner Gewohnheit daran, so wie er ständig Dinge nur aus Gewohnheit tat. Nichts konnte ihn aufwärmen, auch daran war er gewöhnt. Es war ihm egal.

Ihm war danach, die ganze Welt zu beschimpfen, und da die ganze Welt zu groß war, fing er eben mit seiner Frau an. Als er seine Fingerspitzen nicht mehr spürte, schmiss er seinen Erinnerungen ein letztes, grimmiges Adieu vor die Füße – dann war er fertig damit, seinen Hass auf die Welt auszukotzen – und erhob sich, um zu gehen, trat ein letztes Mal gegen die Grabplatte, weil sie so hässlich war, und … Da, unter seinen Blumen! Da lag ein winziger Strauß Hyazinthen! Keine Karte, kein Name, nichts!

»Entschuldigen Sie, wer hat das hier hingelegt?«, fragte er Popowitsch, der am Ausgang des Friedhofs stand und wartete.

Der Friedhofswärter klappte die Taschenuhr auf, die an seiner Jacke baumelte, hielt sie ihm hin und sagte, er habe keine Ahnung, und für den Arzt sei es jetzt Zeit, zu gehen. Der ließ es sich trotz allem nicht nehmen, sich herzlich von dem Totengräber zu verabschieden, und schleppte sich dann zur Metro, die Hyazinthen in der Hand. Zwei Minuten später sprang er in einen Zug, der gerade vorbeikam, und ließ sich in eine Ecke plumpsen. Dass er nun mit all diesen Gesichtern, von denen eines trister und grauer aussah als das andere, konfrontiert wurde, damit konnte er sich abfinden, allerdings nicht, ohne darin ein wenig nach ihr zu suchen. Ana? Irgendwo, dachte er, musste sie doch zu finden sein in diesem großen Wettstreit des tagtäglichen Trübsinns. Er würde die grünen Augen dieses Herrn da nehmen, die feuerroten Haare jener Dame dort, den Körperbau dieser jungen Frau und die Hände von der anderen jungen Frau dort drüben und sie daraus vollständig wieder zusammensetzen.

Er wollte etwas Unmögliches: Er wollte, dass der Schaffner den Zug anhielt, die anderen Fahrgäste ihm die Hand auf die Schulter legten, und dann sollte einer von ihnen sagen: »Es ist nur ein Witz, mein Kleiner! Nur ein Witz! Sie ist nur kurz mal weggegangen, und heute

Abend, wenn du nach Hause kommst, wird sie da sein. Sie wird da sein, und ihr werdet tanzen.«

Ohne es zu wollen, blickte der Arzt-der-nicht-mehr-heilen-konnte schweigend um sich und diagnostizierte an seinem rechten Sitznachbarn eine Leberzirrhose infolge von chronischem Alkoholismus, bei der Studentin weiter rechts eine Angststörung mit Magersucht, nicht ausreichend korrigierte Kurzsichtigkeit bei dem Anwalt gegenüber.

Er betrachtete sie aufmerksam, und plötzlich verspürte er ein merkwürdiges Gefühl in der Bauchgegend und in seinen Fingerspitzen, so etwas wie ein seltsames Beben seines eigenen Körpers in Richtung der anderen Körper. Er überlegte, ob er Lust hatte, diese Leute kennenzulernen, und da er darauf keine Antwort wusste, stürzte er eilig aus der Bahn. Er irrte durch die verschneiten Straßen, seine Schuhe wogen exakt so schwer wie eine Frau mit langen, roten Haaren, er war ein Schlafwandler im Schlaf eines anderen, er war schon halb tot. Es war Nacht geworden, der Himmel war klar, und die Sterne wirkten wie gefroren. Überall knirschte der Schnee. Es roch nach Winter und Weltende.

Als er die große Straße heraufkam, winkte Régis der Fischer ihm ganz selbstverständlich und freundschaftlich zu, und er winkte ganz selbstverständlich und freundschaftlich zurück. Es stimmte ihn zufrieden, ihn noch einmal zu sehen, bevor er starb, ja, wirklich sehr zufrieden, denn im Flur war niemand, im Fahrstuhl war niemand, keine Menschenseele auf der Etage. Um in seine Wohnung zu gelangen, musste er die Tür mit dem Fuß eintreten. Es wäre falsch, zu behaupten, dass er das tat, weil er die Schlüssel verloren hatte, denn er hatte gar nicht danach gesucht. Sie waren in seiner Tasche, aber er hatte einfach große Lust gehabt, diese Tür einzutreten. Jetzt war sie nicht mehr zu gebrauchen: Sie ließ sich nicht mehr schließen.

Als er die Wohnung betrat, kam es ihm vor, als würde er in den Bauch eines riesigen Ungetüms hinabsteigen. Der Ort erschien ihm düster und voller lauernder Gefahren. Da riss ihn das Klingeln eines Telefons aus seiner Erstarrung. Er dachte, es würde aufhören, wenn die Mailbox sich einschaltete, aber die Person am anderen Ende rief sogleich noch einmal an, wieder und wieder. Da er ein wenig neben der Spur war, warf er reflexartig einen Blick auf seine Armbanduhr, bevor ihm wieder einfiel, dass Sarah auch seine Uhr mitgenommen hatte – zusammen mit allen Telefonen in der Wohnung. Da wurde er neugierig und durchsuchte die ganze Wohnung. Das Geräusch ertönte wieder und wieder, es klang etwas gedämpft. Der Arzt öffnete nach und nach alle leeren Schubladen seines Schreibtischs, bis er schließlich ein kleines, blaues Telefon fand, das gegen den hölzernen Rand vibrierte. Das Display zeigte zweiundzwanzig Uhr siebenunddreißig an, und als er Sarahs Namen aufleuchten sah, erschien auf dem Gesicht des Arztes ohne sein Zutun die traurige Andeutung eines Lächelns. Er fragte sich, was sie wohl den ganzen Tag getrieben hatte … Einhorn-Malerei? Angeln, Taxidermie-Unterricht, oder, wie sie einmal behauptet hatte, »Bogenschießen, damit ich mit meinen Pfeilen das große Geheimnis des Lebens aufspießen kann«? Was hatte sie sich wohl wieder ausgedacht, als sie das Gerät hier deponiert hatte?

Er nahm den Anruf mit einer Mischung aus Angst und einem seltsamen Gefühl entgegen, das an Freude erinnerte.

»Hallo?«

Ein paar Sekunden herrschte Schweigen, dann vernahm er ein dumpfes Seufzen.

»Sind Sie das, Sarah?«, fragte er.

Endlich erwiderte eine Frauenstimme:

»Mark?«

Der Mann wusste sofort, wer da am anderen Ende der Leitung war.

»Bitte kommen Sie schnell, es geht um meine Mutter, sie ...«

»Was ist los?«, fragte der Arzt, dessen Magen sich bereits in dunkler Vorahnung zusammenkrampfte.

»Sie ist tot.«

# Die Beerdigung

# Der Tod

Mein lieber Mark,

ganz bestimmt ist dem Tod noch nie ein ungewöhnlicheres Ge-
spann untergekommen als wir beide ...

Dieses Arschloch!

Ich würde ihn am liebsten ohrfeigen und ihm ohne falsche
Scheu ins Gesicht schleudern: »Sieh mich an! Sieh zu, wie die
alte Sarah stirbt! Los, sieh hin!«

Auf dem Schreibtisch lag eine Tablette: weiß, leicht oval.
Hässlich. Bevor ich meine Hand danach ausgestreckt habe, habe
ich sie mir lange angesehen. Ich habe das Nichts zwischen meinen Fingern hin und her bewegt wie ein Stück von einem roten,
vergifteten Apfel, und dann habe ich sie hinuntergeschluckt.

Wussten Sie, dass der Tod nach gar nichts schmeckt? Es ist
eine kalte Angelegenheit: Man steckt ihn sich in den Mund,
und fertig! Man spielt ein wenig mit der Zungenspitze damit
herum, man wartet, bis die Umhüllung schmilzt, durchlässig
wird und ihre endgültige Ausreiseerlaubnis freigibt.

Der Tod? Ein rasch leergetrunkenes Glas Wasser!

Ich schulde Ihnen die Wahrheit – die Wahrheiten, müsste
ich wohl sagen, denn ich habe viel gelogen! Wer lügt heut-
zutage nicht? Und noch dazu der Menschen gegenüber, die wir
lieben? Sie haben mich zu sehr ins Herz geschlossen, um mir

*deshalb Vorwürfe zu machen … Sie brauchen es gar nicht ab-*
*zustreiten, Sie haben mich sehr gern: Ich werde tot sein, Sie*
*werden traurig sein, also werden Sie mir verzeihen, Punkt!*
*Da ich festgestellt habe, dass Sie eine Vorliebe für aufgeräumte*
*Möbel und ordentliche Kommoden haben, werde ich mir Mühe*
*geben und eine Katze nach der anderen aus dem Sack lassen.*

*– Katze Nummer eins: Es war kein Zufall, dass mein Taxi*
*neulich unter dem Feigenbaum stand. Ich habe dort auf Sie ge-*
*wartet. Sie haben mich ziemlich lange warten lassen: ungefähr*
*sieben Zigaretten lang, die eine, die ich anschließend mit Ihnen*
*zusammen geraucht habe, nicht mitgezählt. Gar nicht gut für*
*meine Lunge!*

*– Katze Nummer zwei: Ich habe niemals Tanten gehabt, und*
*mein einziger Onkel ist sehr jung gestorben, ohne über ein*
*einziges Talent zu verfügen. Das Talent, den Tod der Leute*
*vorherzusagen, hätte ihm erlaubt, dem Mähdrescher aus dem*
*Weg zu gehen. Schade. (In Wahrheit ist er in den Lagern ver-*
*schwunden, aber ich bevorzuge die Version: ›Missglückter*
*Landausflug‹. Verurteilen Sie mich nicht, jeder arrangiert sich*
*auf seine Weise mit seiner Vergangenheit.) Daraus können Sie*
*ableiten, dass ich selbst weder begabt bin noch über eine über-*
*natürliche Gabe verfüge. Die Magie gibt es wirklich, man muss*
*sie nur selbst machen. Zum Glück ist die Poesie dabei eine*
*große Hilfe.*

*– Katze Nummer drei: Vor zwei Jahren habe ich, exakt an*
*der Stelle, wo Sie stehen werden, wenn Sie diesen Brief lesen,*
*erfahren, dass ich krank bin. Mir war die volle Dröhnung ver-*
*gönnt: Bestrahlung, Chemo, das ganze Programm. Ich habe*
*gekotzt und meine Haare sowie zwölf Kilo verloren. All das,*
*damit der Große Manitu im weißen Kittel auf meine Unter-*

suchungsergebnisse blickt, gefolgt von einem Kopfnicken, das ebenso schnell kam wie das Fallbeil einer Guillotine: »Ihnen bleiben noch zwei Monate, Frau Kokelicöte.«

Ich habe ihm geantwortet, dann nehme ich Juli und August.

Er hat den Witz nicht verstanden.

Ich habe noch ein Jahr durchgehalten, mein Kleiner.

Schon lange bringen die Schmerztabletten mir keine Erleichterung mehr. (Sie haben mir geglaubt, als ich Ihnen von meiner Arthrose vorgejammert habe, stimmt's?) Ich kann mich den lieben langen Tag damit vollstopfen! Ich will nicht länger leiden. Zusehen, wie der eigene Körper allmählich zugrunde geht, während der ihn beherrschende Geist hellwach bleibt ... Nein, nein und nochmals nein! Ich lasse nicht zu, dass er noch ein weiteres Mal gegen mich meutert. Aus diesem Grunde habe ich beschlossen, dass ich heute Abend ohne Klagen und auf elegante Weise gehen werde.

Aber weiter im Text:

– Katze Nummer vier: meine Liste mit den letzten Dingen, die ich noch tun will, bevor ich sterbe ...

1. Jeden Tag, der mir bleibt, ein anderes Ballkleid anziehen und ein französisches Parfüm tragen. Ich will noch einmal richtig was hermachen, bevor ich gar nichts mehr mache.

2. Mir einen Sonnenaufgang anschauen, egal wo, egal welchen, und dabei weinen, weil ein Sonnenaufgang so eine wunderschöne Sache ist.

3. Etwas probieren, das ich noch nie gegessen habe, in der Annahme, dass ich es nicht mögen würde. Ich hatte recht, was die Frühlingsrollen angeht, das Zeug ist widerlich. Wer weiß? Vielleicht schmecken sie besser, wenn es Herbstrollen sind?

Das ist der Anfang meiner Liste. Wenn ich mich recht er-

*innere, kamen Sie an achter Stelle: ›Einem Unbekannten helfen,*
*der Hilfe nötig hat.‹ Ich habe es nicht ohne eine Spur Egoismus*
*getan: Es ging weniger darum, Ihnen zu helfen, wieder zu Ihrer*
*Magie zurückzufinden, als mir zu erlauben, die meine noch ein-*
*mal zu erleben, und sei es nur für ein paar Tage.*

*Was ich damit sagen will? Ich will sagen, dass ich Sie ge-*
*braucht habe. Um noch einmal auf die Wege meines Lebens*
*zurückzukehren. Um Vergebung zu finden. Den Spuren eines*
*jungen schwarzen Malers und der sehr jungen Frau im roten*
*Kleid zu folgen, jener Frau, die geliebt wurde und verraten*
*hat: unser Film, sein Grab, unser Restaurant, unser Haus, die*
*Brücke, wo er … Meinen Frühling, der sechzig Jahre zurück-*
*liegt, noch einmal erleben! Ich hatte geglaubt, niemals dorthin*
*zurückkehren zu können, ohne dass es mir das Herz bricht, aber*
*als ich dann dort war … alles wiederzusehen … mein Gott!*
*Nur ein Mal, nur einen Augenblick! Dass ich dabei jemanden*
*an meiner Seite hatte, war absolut notwendig. Allein hätte ich*
*es nicht gekonnt. Sie haben mir Vergebung geschenkt.*

*Fahren wir fort:*

*– Katze Nummer fünf: Tja, und da kommen wir zum Kern*
*der Geschichte, die ich Ihnen erzählen möchte.*

*Es ist wahr, dass ich niemals eine Tante hatte, aber ich hatte*
*eine Freundin. Eine Waffenschwester, und zwar die beste, die*
*man sich vorstellen kann. Sie hat meinen Kopf über der Klo-*
*schüssel gehalten, als ich alles an Galle ausgekotzt habe, was*
*mein Körper hergab. Im Gegenzug habe ich die Haare versteckt,*
*die die Krankheit ihr ausriss, um ihr den Kummer zu ersparen,*
*sie selbst auf ihren Laken zu entdecken. Unsere erste Begeg-*
*nung fand im Park des Krankenhauses statt. Sie hat gelächelt,*
*ich habe zurückgelächelt. Mehr gibt es dazu nicht zu sagen:*

Damit war die Sache geritzt. Sie hat mich in meinem Zimmer besucht, und wir haben unsere Leben und was davon übrig war miteinander verglichen wie zwei zum Tode Verurteilte, die eine Zelle miteinander teilen. Eines Tages ist sie in meinen Armen zusammengebrochen; da sie eine Frau war, die jenseits dessen, was Worte beschreiben können, verliebt war, hatte sie riesige Angst: Sie befürchtete, dass ihr Mann nach ihrem Tod versucht sein könnte, ihr nachzufolgen. Denn er hat sie ebenfalls geliebt, und zwar in außerordentlichem Ausmaß. Haben Sie gewusst, mein Kleiner, dass solche Märchen auch ganz normalen Menschen widerfahren?

Erinnern Sie sich: Neulich Morgen, als Sie mich zum ersten Mal gesehen haben, sind Sie ganz leicht zusammengezuckt. Mein Gesicht hat Sie an jemanden erinnert, nicht wahr? Sind Sie mir vielleicht irgendwann einmal über den Weg gelaufen, als Sie ihr Hyazinthen gebracht haben?

Trotz unserer Vorsichtsmaßnahmen ist es möglich, dass wir gepatzt haben und dass Sie mich gesehen haben.

Anastasia hatte die Idee als Erste: Diejenige, die überlebt, sollte sich um die Familie der anderen kümmern. Ein legitimes Vorhaben, finden Sie nicht? Unter verantwortungsbewussten Erwachsenen, denen das Weiterleben ihrer Lieben nach ihrem eigenen Tod am Herzen liegt, konnte es gar nicht anders sein. Wir haben diesen feierlichen und heiligen Pakt mit einem Händedruck besiegelt (gute alte Gewohnheiten, werden Sie jetzt sicher sagen! ...). Leider ist sie vor mir von uns gegangen. Was für eine Ungerechtigkeit! Ich war älter ... und möglicherweise bereiter? Ich habe keinerlei Zweifel daran, dass Ana meinen Kindern so gut geholfen hätte, wie es in ihrer Macht stand, denn sie war in jeglicher Hinsicht eine bewundernswerte junge

*Frau: klug, liebenswert, einfallsreich … Ihr Tod hat mich buch-*
*stäblich zerrissen.*

*Wir hatten zwei Pläne gemacht:*
*– einen für meine Kinder, falls ich zuerst sterbe.*
*– einen für Sie, falls sie mir vorausgeht.*
*Ich habe mich Punkt für Punkt daran gehalten.*

*Ich habe alles über Sie gewusst: Dass Sie keine Familie ha-*
*ben, Ihre Kindheit im Krankenhaus, Ihre Enttäuschungen, Ihre*
*kleinen Zugeständnisse, was in jener Nacht im Krankenwagen*
*geschehen ist, als die Frau mit den langen weißen Zöpfen starb.*

*Als ich zu Anastasia sagte, dass Sie bestimmt nicht mit-*
*machen würden, dass Sie sich weigern würden, all diese Prü-*
*fungen über sich ergehen zu lassen, hat sie laut gelacht: »Du*
*kennst ihn noch nicht! Er hat einen riesengroßen Fehler: Er*
*glaubt, seine Versprechen stets halten zu müssen. Damit krie-*
*gen wir ihn: Vor meinem Tod werde ich zu ihm sagen: ›Schwör*
*mir, wenn dir jemand die Hand reicht, um dir zu helfen, dass*
*du sie dann ergreifst. Versprich es mir!‹ Ich kenne ihn: Er wird*
*es mir versprechen, und mit all dem, was ich dir über ihn er-*
*zählen werde, über seine Vorlieben, seine Knackse und seinen*
*Charakter, wird er dir gehorchen wie ein Kind.«*

*Also musste ich Sie neulich Morgen nur noch einsammeln,*
*mit meinem ausgestreckten Arm und den blauen Augen eines*
*gutmütigen Omileins mit Matsch in der Birne (tja, keine be-*
*sonders schwierige Rolle für mich. Ich bin verrückt, und dar-*
*auf bin ich auch sehr stolz). Ich habe den Text hergesagt, den*
*Ana und ich gemeinsam entworfen hatten, und Ihnen damit*
*ein hübsches Zaumzeug um den Hals gelegt. Was muss das für*
*Pinocchio für ein Tag gewesen sein, als er seine Fäden entdeck-*

16

te, nicht wahr? Ich fürchte, dass es mir nicht gelungen ist, Sie von Ihrem Standpunkt abzubringen, was mir sehr leid tut, aber nichts daran ändert, dass ich Wort gehalten habe. Ich könnte Ihnen sagen, dass Sie nicht sterben dürfen, ich könnte es sogar tausend Mal hinschreiben, wenn ich Zeit dafür hätte. Es würde nichts ändern. Sie werden unglücklich sein, weil Ana tot ist, weil ich tot bin und weil Sie gerade diesen Brief lesen, in dem ich von ihr erzähle und in dem ich Ihnen gleich ihre letzte Botschaft mitteilen werde:

»Sarah, am Ende, wenn du an der Reihe bist, zu gehen, dann sagst du ihm, dass ich ihn liebe, und zwar vom Scheitel bis zur Sohle, wie eine Verrückte, dass ich ihn immer lieben werde und dass das für uns beide aber trotzdem nicht genug war.

Dann sagst du ihm, dass der Schriftsteller sich geirrt hat: Man hat immer das Recht auf eine zweite Chance.

Und ganz am Schluss sagst du ihm, dass er leben soll.«

So. Nun wissen Sie's.

Ihnen bleiben noch so viele neue Dinge, die Sie probieren können, so vieles, was Sie sich wünschen können, so viele Sonnenaufgänge, die Sie sich anschauen können. Machen Sie sich von der Vergangenheit los, bringen Sie die Kraft auf, zu zerstören, was Sie sind, um zu einem neuen Menschen zu werden. Ich sage nicht: ohne Liebe und Erinnerung, denn sie wird Sie niemals verlassen. Ich sage: ohne Fesseln, neu. Um neu aufzubauen, muss man zunächst zerstören ...

Mit diesem Brief werden Sie Fotos und ein paar Geschenke finden: Das ist alles, was ich Ihnen hinterlasse. Betrachten Sie sie als ein letztes Vermächtnis. Die Geheimnisse, die darin enthalten sind, werden mehr sagen als irgendwelche großen Worte.

*Ich habe die lange Reise meines Lebens heute Abend mit einem gemeinsamen Essen mit meinen Kindern enden lassen. Die beiden großen Lieben meines Lebens haben mir all meine Lieblingsgerichte gekocht. Wir haben uns die Bäuche vollgeschlagen, wir haben gelacht, wir haben geweint. Nach dem Essen haben sie meine Lieblingslieder aufgelegt, und ich habe mit ihnen getanzt. Ich habe ihre Wangen gestreichelt und sie auf die Stirn geküsst. Wir haben uns umarmt. Dann habe ich verlangt, dass sie den Plattenspieler noch eine Weile weiterlaufen lassen: Ich möchte gerne Musik hören, wenn ich gehe, weil das Leben ein schlecht komponiertes, disharmonisches Lied ist, das dennoch niemals endet, und weil ich große Angst davor habe, dass es still ist, wenn ich sterbe.*

*Jetzt, während ich Dir schreibe (Sie sehen, jetzt duze ich Sie!), sind sie im Erdgeschoss. Ich habe ihnen verboten, nach oben zu kommen. Ich will sie im Moment nicht sehen.*

*Es ist ihre Aufgabe, dafür zu sorgen, dass Sie hierherkommen, damit wir diese schöne Woche, die wir zusammen verbracht haben, vollenden. Sie werden Sie anrufen und dann ein paar Minuten vor der schicksalhaften Stunde bei Ihnen vorfahren, es ist alles vorbereitet.*

*Malen wir uns die Szene aus: Es ist sehr spät, die Stadt liegt im Dunkeln, Sie hasten die Treppe herauf, Sie öffnen die Tür. Ich sitze in meinem Sessel, vor mir die großen Spiegel, die ich überall in meinem Zimmer habe aufstellen lassen: Ich will nichts verpassen. Unter meiner Hand dieser Brief. Auf der alten Frisierkommode die Perücke mit den weißen Haaren. Ich werde mich komplett entkleidet haben, das heißt, Sie werden mich nackt sehen. Haben Sie etwas Nachsicht: Ich bin eine alte Frau mit dem Körper einer alten Frau.*

14

*Dies wird unser letzter kleiner Ausflug sein, oder unser letzter Tanz. Ich hinterlasse Ihnen meine Leiche. Waschen Sie mich vorsichtig. Kämmen Sie mich. Die weiße Perücke ist jetzt perfekt, die anderen Farben will ich nicht mehr, die sind längst out. Parfümieren Sie mich, ein wenig Zimt natürlich. Kein Ring, kein Armband. Reichen Sie mir bitte die Ohrringe, die auf dem Tisch liegen: Charles hat sie mir geschenkt. Das rote Kleid? Es liegt auf dem Bett, und es hat seine Farbe nicht verloren, auch nicht nach all den Jahren. Und die schwarzen Pumps, würden Sie mir die bitte geben? Ziehen Sie mich an. Streifen Sie mir die Schuhe über. Um mehr geht es nicht: Kümmern Sie sich um eine alte Freundin. Lassen Sie mich meinem Charles nicht in allzu schlechtem Zustand wiederbegegnen.*

*Sie müssen, wie sagt man noch mal, die ›Tamponage‹ einführen? Ich habe Watte auf meine Frisierkommode gelegt, was für ein trauriger Zufall! Los, mein Kleiner, tun Sie, was Sie tun müssen! Finden Sie Ihre Magie wieder! Wie früher, als die Schwester und der Pfleger sich um diese alte Frau gekümmert haben.*

*»Das Schönste«, was Sie je gesehen haben? Der Tag, an dem Sie sich wirklich als heilende Person gefühlt haben? Das sind Ihre eigenen Worte! Finden Sie Ihre Gabe dank mir wieder: Heute Abend schlage ich Sie zum Ritter, ich setze Sie wieder neu in Ihren Stand ein.*

*Ich gebe Ihnen all Ihre Erinnerungen zurück.*

*Los! Lassen Sie mich nicht so, lassen Sie mich nicht im Stich.*

*Ich habe große Angst, wissen Sie? O mein Gott, ja, wenn Sie wüssten, wie groß meine Angst ist …*

*Erinnern Sie sich daran, wer Sie gewesen sind und aus welchen Gründen Sie Arzt werden wollten. Betrachten Sie sich in all den riesigen Spiegeln. Keine Möglichkeit, diesem Anblick zu entkommen! Darin besteht Ihre letzte Prüfung, in dem Spiegelbild dieses Mannes, der sich behutsam um mich kümmert und den zu sehen ich Sie zwinge.*

*Ist das grausam? Ja.*

*Ist es notwendig? Ja.*

*Aber es ist die nackte Wahrheit, das Ende einer Straße.*

*Leben … Was für ein Glück! Denken Sie daran: Ich sitze vor Ihnen wie ein Spiegel, der dem Leben das Bild des Todes entgegenhält.*

*Ein Säugling und eine Leiche, die einander gegenüberstehen. Die älteste Geschichte der Welt!*

*Wiegen Sie die Schwere meiner Glieder in Ihrer Hand, das Gewicht meiner Arme und die Schlaffheit meines Körpers! Sehen Sie sich an, wie ich, ohne die Meinen, genauso haarlos und nackt sein werde, wie Sie es sind. Die völlige Abwesenheit von Haaren auf meiner Haut verdanke ich der Krankheit, aber Sie, mein Kleiner, werden von mir ein zweites Mal zur Welt gebracht. Heute Abend bin ich die Mutter, die Du niemals gehabt hast, und ich zwinge Dich zur Wiedergeburt.*

*Das ist das Ende, Teddybär: Ich werde nie wieder unter der Sonne der Menschen wandeln. Meine Hand wird schwer, mein Körper gehorcht mir nicht mehr.*

*Ich fürchte, mit diesem Brief nicht rechtzeitig fertig zu werden und dass es mir nicht gelingt, all die Dinge zu sagen, die mir am Herzen liegen. Ich habe Angst vor dem Tod und davor, zu gehen, bevor ich alles gesagt habe.*

*Ich lasse Dich nun zurück, mein Kleiner. Ich lasse Dich leben. Ich habe Dich am ersten Tag angelogen: Ich kenne den Sinn des Lebens nicht, und ich kann alles, was ich über das Leben gelernt habe, in drei Worten zusammenfassen: Es geht weiter.*

*Nimm mir diesen letzten Streich, den ich Dir spiele, nicht übel. Trauere nicht um mich: Ich kehre nach Hause zurück, wo ich alte Bekannte wiedertreffen werde, die ich liebe, Freunde, die mich zu früh verlassen haben. Und es gibt da einen Künstler, den zu lieben mir auferlegt ist.*

*Lebe!*

*Postskriptum: Die Liebe, die Du für sie empfindest, kann ich ihr von Dir übermitteln. Deinen Tod aber, den nehme ich Dir weg. Bleib am Leben, für die anderen, all die anderen!*

*Sie haben es wirklich nötig, denn sie sind doch so dumm! Sie sind doch so schön! Sie sind doch so ...*

# Der blaue Bauch der Welt

Sie wurde einen Tag vor Weihnachten am frühen Vormittag begraben.

Die Kirche war rappelvoll, und Sarahs Kinder, dicht aneinandergedrängt, winkten dem Arzt zu, damit er zu ihnen kam. Nun, da er keine Rolle mehr zu spielen hatte, war der Verkäufer des Beerdigungsinstituts am Boden zerstört. Sie nahmen einander ohne Zögern in die Arme: »Ich weiß, dass das auch ein wenig deine Tote ist, die da liegt …«, sagte er, und der Arzt fand seine Worte auf schreckliche Weise wahr.

Sarahs Tochter stellte sich auf die Zehenspitzen und küsste ihn auf die Wange.

Während der gesamten Feier schaffte es niemand, den Blick von dem Leichnam abzuwenden. Er hielt ein kleines Köfferchen aus blauer Pappe eng an den Bauch gepresst, dessen Farbe sich mit dem flammenden Rot des Kleides biss. Diese Aufmachung – ein wenig lächerlich für eine alte Frau – verlieh ihr das Aussehen eines kleinen Mädchens von undefinierbarem Alter und regte die Phantasie an.

*Sie ist ertrunken*, dachte man bei ihrem Anblick, *und sie hat diesen Koffer als Boje benutzt. Wie sie sich daran festklammert!*

Dem Arzt kam der Sarg zu klein vor, denn in seiner Vorstellung war die alte Dame größer als in Wirklichkeit. Bevor der Sarg geschlossen wurde, ließ Sarahs Sohn ein kleines Glas mit Erde und einen bunten Hahn aus Gips hineingleiten. Als die Gegenstände auf das Teakholz aufschlugen, gab es einen dumpfen Laut. Dann flüchtete er sich in die Arme seiner Schwester.

*Das ist eine Farce*, dachte der Arzt, *man spielt mir einen fürchterlichen Streich.* Der Sarg war der, den sie am dritten Tag gemeinsam ausgewählt hatten, Sarah und er.

Kurz vor Ende des Gottesdienstes kam eine Dame den Mittelgang entlang, der zum Altar führte. Sie sah unendlich müde aus, näherte sich dem Mikrophon und richtete ihren Blick auf den Arzt. Es handelte sich um die Mutter des kleinen Henry. Sie winkte ihm freundlich zu:

»Von dem Tag an, als mein Sohn krank wurde, hat es nur noch wenige Anlässe zum Lächeln gegeben. Die Frau, die da vor Ihnen aufgebahrt liegt, war bis zum Ende für meinen Sohn da, hat ihn unterstützt und ihn mit Hilfe ihres wunderbaren Einfallsreichtums zum Lachen gebracht. Sie war das, was ihm am allermeisten gefehlt hat: eine Freundin, eine Vertraute, eine Leidensgenossin. Wir können die unerschütterlichen Bande, die kranke Menschen miteinander knüpfen, nicht verstehen …«

Die Dame hielt einen Moment inne, dann blickte sie erneut den Arzt an.

»… Wir können es nicht, weil wir Zeit haben, Sekunden, Minuten und Stunden … Weil wir diejenigen sind, die bleiben, wenn die Krankheit vorüber ist.«

Nach ihr kamen andere Leute, um den Leichnam zu

segnen und ihr Beileid zu bekunden. Dann trug man sie zur Trauerweide und versenkte sie in eben jenes Loch, in das Sarah einen Eimer ohne Inhalt hineingekippt hatte. Dabei hatte sie schallend gelacht. »Im Frühling kommen wir dann hierher und pflücken Erdbeeren für einen Kuchen, Teddybär …«. Dabei wusste sie bereits, dass jenes Grab nicht das des Mannes neben ihr werden würde.

Der Sarg glitt hinein »wie ein Schwert in seine Scheide«, und die Vorstellung, dass seine alte Sarah gänzlich in dieses Loch versenkt wurde, erschien dem Arzt von so unerträglicher Grausamkeit, dass etwas Bedeutsames geschah: Er weinte. Und zwar »wie ein Schlosshund«, wie die Leute gerne sagen. Es tat ihm gut, wie ein Schlosshund zu weinen. Sarah wäre bestimmt zufrieden gewesen, dies erreicht zu haben. Als er sich am Vortag um ihren Leichnam gekümmert hatte, hatte er es in vollkommener Ruhe erledigt. Ohne eine Träne. Aber das hier war anders, da war dieses Loch, und die alte Dame war auf einmal darin.

Er warf eine Rose ins Grab und murmelte etwas Unverständliches. Der Arzt deutete auf den Grabstein der Magierin und wandte sich fragend an deren Tochter. Darauf stand geschrieben: »Erinnere Dich, was das Leben uns schenkt«, und ein Vorname, der dem Arzt unbekannt war.

»Hieß sie gar nicht Sarah?«

»Sieht ganz so aus«, gab sie zurück.

Kurzes Nicken mit dem Kinn Richtung Grab.

»War sie wirklich reich?«

»Mehr als das, Mark.«

»Inwiefern reich?«

»Reich wie das Leben.«

»Und sie war gar keine Taxifahrerin?«

»Auch das anscheinend nicht, Mark.«

»Ich heiße nicht M…«, begann er, ließ es dann aber gut sein: Es war nicht von Belang. Sie konnte ihn gern Théodore nennen, Arthur oder Mark. Er wusste so oder so nicht mehr, wer er war.

»Es ist ein allgemeines Gesetz, dass man jede Person, mit der man in Kontakt kommt, irgendwohin mitnimmt«, sagte sie. »Und sie hatte Kontakt zu vielen Leuten.«

So viele Bereiche, die im Verborgenen lagen … All die Unbekannten, die er hinter sich zurückließ und die er niemals kennenlernen würde … Auf dem Grabstein stand außerdem »Lady«.

»Sie wurde dafür geadelt, dass sie die englische Nation dreieinhalb Mal gerettet hat«, erläuterte ihre Tochter.

Was höchstwahrscheinlich gelogen war, den Arzt jedoch zufrieden stimmte: Diese Lüge ließ es so aussehen, als wäre Sarah noch am Leben.

Die junge Frau erriet, was ihn beschäftigte.

»Machen Sie sich keine Vorwürfe. Die Zeit, die sie mit Ihnen verbracht hat, das hat sie so gewollt. Jeden Moment davon. Sie war meine Mutter«, flüsterte sie stolz. »Eine Frau, die stets Wort gehalten hat. Sie sagte immer: ›Es gibt auf dieser Welt keine Fremden, es gibt nur Freunde, die noch nichts voneinander wissen.‹«

Sie ließ eine Pause entstehen, hob eine Handvoll Erde auf und ließ sie langsam wieder zu Boden rieseln.

»In dem Brief, den sie mir hinterlassen hat, hat sie verlangt, auf dem Bauch liegend begraben zu werden und dass ihr Sarg auf den von Charles gestellt werden soll. Sie möchte ihn solange anschauen, wie der Tod benötigt, um sich in Ewigkeit zu verwandeln, und sie will diese Zeit komplett mit ihm verbringen. Es gäbe Farben, nach denen sie gemeinsam suchen müssten. Die Stadtverwaltung hat es uns verweigert, das sei ›von Amts wegen nicht genehmigungsfähig‹. Also kommen wir im Sommer noch einmal hierher zurück, wenn die Erde weich ist. Wir graben ihren Sarg aus, drehen ihre Leiche um und tun alles so, wie sie es sich gewünscht hat. Heimlich. Der Friedhofswärter ist ein Freund, er wird uns helfen … Werden Sie auch da sein …?«, fragte sie und ließ das Ende des Satzes bewusst in der Schwebe.

Stille. Der Arzt dachte an seine Frau.

Sie verstand und fuhr fort: »Soll es wirklich heute Abend sein?«

»Ja, wirklich«, brachte er mühsam hervor, wie ein Schleusentor, das sich schwerfällig öffnet.

»Wie können Sie so sicher sein?«

Er nahm seine Mütze ab und deutete auf seinen kahlen Schädel.

»Es gibt hier nichts mehr für mich.«

Sie hob ein wenig Erde auf und hielt sie ins Tageslicht, betrachtete sie aufmerksam und ließ sie dann in ihrer Tasche verschwinden. Irgendetwas an ihr deutete auf einen ähnlich eigenwilligen Charakter hin wie den ihrer Mutter.

»Haben Sie die Geschenke meiner Mutter ausgepackt?«

Das Schweigen des Arztes konnte sie als Bejahung ihrer Frage deuten.

Er hatte in dem Paket einen neuen Pass und ein Flugticket gefunden, beides in Seidenpapier eingewickelt, bei dem Ticket handelte es sich höchstwahrscheinlich um dasjenige, das sie am vierten Tag nach ihrer Begegnung am Flughafen abgeholt hatte. Er hatte Angst, er war traurig, er befürchtete, seine Meinung womöglich zu ändern, deshalb hatte er sich beides nicht näher angeschaut. Mehrere Fotos waren aus dem Paket herausgefallen: die Aufnahme von Charles sowie eine Serie von Polaroids. Auf einem sah man Sarah und Ana in ihrem Zimmer, wie sie einander umarmten. Dann gab es ein paar Fotos, die sie im Park des Krankenhauses zeigten. In die Erde vor ihnen sind sechs kleine Löcher gegraben, und sie halten eine Tüte mit Kürbissamen in den Händen. Auf einem Bild sieht man ihn schlafend in einem Sessel sitzen, und Sarah beugt sich über ihn, lächelt über den zauberhaften Streich, den sie beide ihm spielen werden, und hat einen Finger auf ihren Mund gelegt, während Ana auf den Auslöser drückt. Dann gab es noch mehr Fotos. Aber sie ergaben keinen Sinn. Ein mit Kreide gezeichnetes Hüpfekästchenspiel. In dem ersten Kästchen steht eine 1, und anschließend erstrecken sich die Kästchen endlos auf dem Weg: 34 … 677 … 3455 …, bis zum Horizont, wo sie immer kleiner werden, bis man nichts mehr erkennen kann. Dann Bilder von Fenstern, Flugzeugen und Kontinenten, die Erde vom Weltall aus gesehen, erlöschende und neu entstehende Galaxien. Kosmische Wolken, die ihre Form verändern, Sternbilder, tote Raupen und Schmetterlinge, Atome, Moleküle, Säuglinge, die auf die Welt kommen, ausgemergelte Alte in Krankenhausbetten …

»Was war darin?«

»Ein letzter Versuch, mich umzustimmen.«

»Und es hat nicht funktioniert.«

Er hielt ihr den Brief mit dem Pass und dem Ticket hin. Sie wollte ihn nicht, also steckte er ihn wieder in seine Manteltasche. Was sollte er ihr sagen? Wie sprach man mit Lebenden über den Tod? Als Lebender mit den Toten sprechen, das hatte er oft genug getan, aber umgekehrt? Sein Blick fiel auf die Erde, die unter dem Schnee schlummerte. Im Frühling würde alles wieder neu geboren werden.

»Es heißt, dass man nachts in der Wüste ein merkwürdiges Grollen vernehmen kann, das durch das Aneinanderstoßen der Sandkörner entsteht. Das liegt am Wind: Er bewirkt, dass sie rhythmisch gegeneinanderrollen, und es klingt wie eine Welle, die unaufhörlich bricht. Das kann man sich hier nicht vorstellen, stimmt's?«

Er machte eine Geste, die die gesamte, weiße Landschaft einschloss, die sie umgab. Seit seine Frau nicht mehr da war, war die Wüste überall. Er vernahm dieses Grollen, und zwar immerzu, in jedem einzelnen Augenblick. Es ließ nicht von ihm ab, und das ermüdete ihn. Er wollte nicht mehr mit anhören, wie der Wind über eine Welt *ohne sie* hinwegstrich. Er senkte den Kopf, dann hob er ihn abrupt wieder, wandte ihn erst nach rechts und dann nach oben, gen Himmel. Es fühlte sich an, als würde ihm sein Körper nicht mehr richtig passen: Er engte ihn ein wie ein zu klein gewordener Anzug, und seine Bewegungen waren die eines Fremden geworden. Er hatte bereits begonnen, sich von sich selbst zu verabschieden; er war im Sterben begriffen.

»Ich will nichts mehr hören, ich will einfach keine Geräusche mehr.«

4

»Es ist Weihnachten«, sagte sie zögernd. »Am Weihnachtsabend stirbt man nicht, da liest man Märchen.«

»Und ob man da stirbt. Es ist bloß noch trauriger.«

»Es gibt Verrückte, die behaupten, dass man niemals aufgeben sollte, denn es könnte ja sein, dass man es zwei Minuten tut, bevor das Wunder eintritt …«

»Auf Ihr Wunder warte ich bereits seit sieben Tagen.«

»Und wenn es am achten Tag passiert?«

»Nein. Jetzt ist es vorbei.«

»Ich bin der festen Überzeugung, dass es im Leben eines Menschen immer einen Moment gibt, in dem ein ganz normales Taxi den Unterschied machen kann. Im richtigen Moment, am richtigen Ort, mit dem richtigen Fahrer, ein wunderbarer Zufall?«

»Wenn Ihre Mutter dort auf mich gewartet hat, dann war es gar kein echtes Wunder …«

»Sie haben recht«, sagte sie mit wissendem Blick, »es war eine Verabredung.«

Er drückte sie an sich, wollte sich schon umdrehen, hielt dann noch einmal inne.

»Wollen Sie wissen, was ich ihr eben, als ich diese Rose fallen gelassen habe, gesagt habe?«

»Etwas Trauriges?«

»Ganz im Gegenteil, ich habe ihr versprochen, dass wir uns morgen sehen werden.«

Schweigen.

»Und ich halte meine Versprechen immer.«

# Rückkehr unter den Feigenbaum

Er warf sich den alten, gammeligen Mantel von Sarahs Ehemann um die Schultern. Als er von der Beerdigung zurückkehrte, wollte er einen Augenblick vor dem Haus, in dem er wohnte, verweilen. Die Straßen waren endlos gewesen, und seine Beine schmerzten vor Erschöpfung.

Als er die Hütte erblickte, wo *Régis der Fischer* um Almosen bettelte, ließ er sich für einen Moment dort nieder. Der König war nicht da.

*Merkwürdig,* dachte der Mann, *als ich nicht wusste, dass er existiert, war er immer da, und jetzt, wo ich weiß, dass es ihn gibt, ist er nie zu Hause.*

Er besah sich die Hütte genauer: Sie war leer, und dennoch fühlte er sich dort wirklich … wie sollte er es ausdrücken … wirklich geschützt? Ja, das war es, geschützt vor dieser Art von Welt, die man uns als Kind versprochen hat, geschützt vor diesem Raum, nach dessen Eroberung man als Erwachsener strebt und der sich in sechsundvierzig Müllsäcken aus schwarzem Plastik einer billigen Marke verstauen lässt.

Der Arzt nahm Régis' Platz ein. Seine Pobacken wurden nass, als sie mit dem Schnee in Kontakt kamen. Ihm war kalt und heiß, er hatte Hunger, er besaß nichts, und er hatte alles, er wusste nicht mehr, wer er war. Ein Mann?

Ein Obdachloser? Ein König? Sklave? Frei? Was war er eigentlich? Was hatte er jemals erreicht? Das Kind, das er einmal gewesen war, voller Träume und durstig nach Freiheit und Abenteuern, was war aus ihm geworden? Wann war es gestorben?

Er schloss die Augen. Alles, was er sah, gehörte ihm. Die Worte der Alten klangen in seinen Ohren wieder. »Es ist niemals verboten, nein zu der Person zu sagen, die man geworden ist, sich etwas Besseres zu erhoffen, sich zu ändern und sich möglicherweise endlich selbst zu begegnen.«

Er zog für einen Augenblick seine Schuhe aus, er wollte ein letztes Mal an seinem rechten großen Zeh frieren … Genau dort, am großen Zeh seines rechten Fußes. Der Schnee fiel direkt auf seine nackten Fußspitzen. Seine Fersen bluteten, weil er so viel gelaufen war.

Er besah sich seine Schuhe näher und stellte fest, dass er sie wechseln musste. Schnee konnte jeden Schuh versauen.

Da kullerte ihm eine kleine Münze vor die Fußsohlen.

»Tut mir leid, das ist alles, was ich habe.«

Es war sein Nachbar, derselbe, der eine Woche zuvor gemeckert hatte, als Sarah sich geweigert hatte, ihn in ihrem Taxi mitzunehmen.

Der kleingeratene Mann beeilte sich, nach Hause zu kommen, erschreckt von dem Arzt, der von einem unwiderstehlichen Drang zu lachen erfasst worden war. Er saß unter dem Feigenbaum und wiederholte unaufhörlich: »Er hat mich nicht erkannt! Er hat mich nicht erkannt! Er hat mich nicht erkannt! …«

In Wahrheit hatte der Nachbar ihn überhaupt nicht angesehen.

Und der Arzt lachte und lachte, ein spontanes und klangvolles Lachen, und konnte gar nicht wieder aufhören.

Er war ein neuer Mensch geworden, kahl geschoren und frei.

Er war verrückt geworden.

Seine Mokassins waren hinüber.

# Epilog

## Die Legende von Mark Andeya

So endete die Geschichte vom Arzt und der alten Sarah, und so begann meine Geschichte, die Geschichte von Mark Andeya, dem Fröhlichen, dem Mann, der unterwegs ist, Der-der-sich-erinnert.

Ich wurde in einer Nacht geboren, als die Magie sehr laut an die Fensterscheibe dieser Welt geklopft hat. Es war nur ein einziger Schlag, aber was für einer!

Es hatte fast wie ein Schrei geklungen.

Da öffnete ich meine Augen.

Ich wurde geboren, und ein anderer Mann starb. Das ist die älteste Geschichte der Welt, und wenn ich sie erzählen würde, würde ich sagen, dass es an einem Weihnachtsabend geschah, im Verlauf einer eiskalten, stürmischen Nacht.

Es roch nach Schießpulver, nach Zimt und nach Milch. Ich öffnete meine Augen. Der Schnee fiel in großen, wirbelnden Flocken herab und erfüllte den Himmel mit kleinen, weißen, schweigenden Feen.

Ich hörte keinen Laut …

Ich vernahm weder Wind noch Sturm oder Gestöber, ich hörte nichts. Ich kam taub zur Welt, mein linkes Trommelfell vom lauten Knall meiner Geburt zerschlagen. Ich hob die Hand ans Ohr, zu dem unaufhörlichen Sausen, das meinen Kopf fast zum Platzen gebracht hatte. Als ich danach auf meine Finger blickte, waren sie voller Blut, wie das heimliche Blut der Mütter, die unter Schreien und Anstrengungen ein neues menschliches Wesen zur Welt bringen.

Vor mir lagen ein Flugticket und ein Pass mit einem Vor- und einem Nachnamen, die ich noch nie zuvor gehört hatte. Ich erblickte darin mein Gesicht. Daraus schloss ich, dass ich es war. Außerdem lag ein silbernes Amulett vom Heiligen Christophorus darin.

Dieser Name und dieses Amulett haben mich zum Lachen und zum Weinen gebracht.

Ist es seltsam, dass man lacht und weint zugleich, wenn man auf die Welt kommt?

Ich nahm den Brief, das Lachen und das Weinen und verließ jenen Ort. Weiter gab es nichts mitzunehmen, also nahm ich nichts weiter mit.

Ich fühlte mich erholt.

Es ging mir gut.

Ich war soeben erst geboren worden.

Draußen tanzten die Flocken wie die Milch in sehr schwarzem Tee. Fast hätte man an der Haut des Himmels saugen können, und es hätte einen unsagbar glücklich gemacht, wie ein Neugeborenes, das sich an den Bauch seiner Mutter kuschelt.

Da waren Zäune, über die ich mich hinwegschwang, als wären sie nicht da.

Ein blaues Auto, in Wirklichkeit ein gelbes Taxi, das in der Kälte der Welt aber blau aussah, schnurrte im Schneegestöber. Es wartete auf mich. Ich sagte kein Wort. Die

Frau am Steuer startete den Motor. Ich hatte das Gefühl, sie zu kennen, doch das war unwahrscheinlich: Ich weilte kaum seit zehn Minuten auf der Welt.

Meine Fahrerin nutzte eine rote Ampel, um sich zu mir umzudrehen und mir ein paar Fotografien zu reichen. Zwei schöne, kahlköpfige Frauen stehen nebeneinander und sind dabei, die Magazine eines Revolvers zu manipulieren. Ein Magazin liegt vor sechs großen Kürbissen, während sie dabei sind, die Patronen aus dem zweiten herauszunehmen und durch andere Patronen zu ersetzen.

»Platzpatronen?«

»Ja.«

Schweigen.

»Verstehen Sie?«

»Ja.«

»Jetzt müssen Sie nie mehr traurig sein.«

»Nie mehr.«

Wir fuhren lange Zeit. Ich ließ mich von den Lichtern der schlafenden Stadt einlullen und dachte dabei, dass das wirklich sehr schön war, eine nächtliche Stadt, und dass es das erste Mal war, dass ich wirklich eine sah.

»Danke«, sagte ich, als wir am Flughafen ankamen.

Die junge Frau am Lenkrad stieg wortlos aus und nahm mir die Fotos wieder ab: »Die brauchen Sie jetzt nicht mehr, Mark.« Sie half mir, aufzustehen, machte meinen Mantel zu und schloss die Knöpfe an meinem Kragen.

Ich blickte hinter mich. Die Menschen, die Lichter, alles wimmelte durcheinander, ohne irgendein Geräusch zu verursachen, ein gelassenes Chaos.

Ich fürchtete mich ein wenig.

Meine Fahrerin nickte mir aufmunternd zu. Als ich immer noch zögerte, gab sie mir einen Schubs in Richtung des Lichts.

Ich trat ein und reichte das Ticket in seinem Umschlag und den Pass dem Mann am Schalter, der meine Identität überprüfte.

»Herr Andeya? Mark Andeya?«, las er aus meinen Papieren vor.

Ich gab ihm mit Handzeichen zu verstehen, dass ich nichts von dem, was man mir sagte, verstand, er kritzelte etwas auf einen Zettel, klopfte auf die Armbanduhr an seinem Handgelenk: »Beeilen Sie sich, Sie sind spät dran ...«

Ich lächelte.

Mittlerweile wohne ich mal hier, mal dort, die meiste Zeit aber am anderen Ende der Welt. Ich bin unterwegs und gehe viel zu Fuß, von Dorf zu Dorf, von Stadt zu Stadt. In den Krankenhäusern mache ich Halt, und dann kommen die Eltern. Die Kinder wuseln um mich herum. Nach den Operationen versammle ich sie alle um mich herum und erzähle ihnen Geschichten. Es sind alte Worte, die kommen, ich erzähle ihnen von einer blinden Prinzessin und einer alten Magierin, die gegen einen Drachen kämpft und ihn in Asche verwandelt. Es gibt einen Ritter, der keine Kraft mehr hat, um weiter zu kämpfen, endlose Labyrinthe, eine große und noble Liebesgeschichte. Ich erzähle ihnen von brennenden Ländern und dann vom Frieden, der wieder Einzug hält. Die Kinder lauschen, lachen, weinen, zittern, schreien, und sobald die Geschichte zu Ende ist, wollen sie sie wieder und wieder hören. Ich gehorche ihnen, weil Märchen wichtig sind. Ich erzähle ihnen vom Leben und von dem Mut, den es braucht, das Leben zu wagen.

Ich lebe ärmlich, esse wenig, gehe früh schlafen. Ich habe kein Büro, kein Papier und kein Schälchen, das gefüllt werden will. Alles, was ich habe, ist das Bett, das die Menschen mir überlassen. Die Bewohner der Städte, durch die ich komme, mögen mich gern: Ich behandle sie, und im Gegenzug laden sie mich zum Tee ein. Dabei reden wir über die weite Welt. Zwei Türme, die man für unverwundbar gehalten hat, sind eingestürzt. Flugzeuge, Flammen, Ruinen und eine Wunde riesigen Ausmaßes.

»Sie haben angefangen, sie wiederaufzubauen«, versichern sie mir, »sie sollen noch größer und prächtiger werden als davor.«

Ich fahre mir mit der Hand durchs Haar. Es ist lang und dichter geworden. Dann erwidere ich, dass es gut ist, dass man immer wiederaufbauen muss, was zerstört worden ist. Unbedingt. Es wäre schrecklich, wenn man es nicht täte ... Wo sollten wir sonst tanzen in der Nacht?

Nachts träume ich viel.

Ich laufe und laufe, immer weiter, durch unmögliche Felder. Rosen, Hyazinthen und Orchideen. Ich gehe auf eine rothaarige Frau zu. Sie hält einen Finger vor ihre Lippen, und in der anderen Hand hält sie eine kleine, rote, in Seidenpapier eingewickelte Schachtel.

Ich öffne sie: ein langer Brief, eine alte, friedenstiftende Pistole und als allerletztes Geschenk ein Magazin, das sich erst in Schnee verwandelt, dann in Wasser, und dann ... plötzlich wache ich auf! Das Leben greift schon wieder nach mir. Hier sind die Nächte zu klar, zu heiß, manchmal findet man bis zum Morgen keinen Schlaf. Ich werfe mich im Bett hin und her, aber es endet immer auf die gleiche Weise: Ich mache das Licht an und lese noch einmal *Die abenteuerliche Geschichte von der glücklichen, alten Dame und dem Mann, der sterben wollte.* Danach gehe ich aus dem Zimmer, begebe mich auf die Wege, auf die Trampelpfade, raus aus der Stadt, durch die Felder Richtung Meer. Ich laufe unter den Sternen entlang, immer weiter geradeaus, bis zum Morgen. In der Ferne geht die Sonne auf, da hinten am Horizont verblassen die Sterne, ich hebe die Stirn gen Himmel, diesem Leben entgegen – meinem Leben, das ich liebe und wieder neu entdecke, als etwas Unbeschreibliches, nie Dagewesenes. Ich schließe die Augen. Ein Gefühl breitet sich in mir aus. Eine tiefempfundene Gewissheit, die mich aufrecht hält und mich glücklich sein lässt. Die Freude darüber, zu wissen, dass es irgendwo, hier oder anderswo, eine Straße gibt, wenn man will an jeder Kreuzung, eine breite Straße mit einem gelben Taxi, in dem eine alte Dame sitzt und raucht, während sie auf einen wartet.

Alles, was du tun musst, ist, die Hände in die Taschen zu stecken, den Inhalt auszuleeren, sie dann erneut hineinzuschieben, zu einer Jazzmelodie ein paar Tanzschritte anzudeuten und vorwärts zu gehen.

ENDE

# Danksagung

Dieses Buch ist, ebenso wie das erste Buch, Amélie gewidmet. Ich fahre fort, dich fortzusetzen.

Für Augustin, l'enfant-gris.

Für die fünf Säulen meines Lebens, die mir sowohl in meinen Ausschweifungen als auch in den Vergehen, von denen ich berichte, zur Seite stehen, und die (fast) alles wissen, was ich zu verbergen habe.

Für meine Adoptivtanten, die wie große Schwestern über mich wachen und deren Zuneigung und Freundlichkeit für mich so kostbar sind wie eine Boje im Sturm (Heloïse Guay de Bellisen und Laureline Amanieux).

Für meine Adoptivonkel, die wie große Brüder über mich wachen (François R. und Yann M.).

Für Claudia S., Catherine A. und Muriel R., die immer da sind und mir ein paar gewichtige Korrekturen aufgebrummt haben. Danke für eure Unterstützung und eure Hinweise.

Für Véronique und Aline, schöne Menschen, schöne Lachanfälle.

Für meine Freunde, Yann P., Fonzy, Pussy, Sebastien × 2, Annais, Marine, Boud (schöne und zu große Person), Marine, Solveig, Claire, Dede, Myriam, Olivier, Mathias, Will, Kiki, Valentin, die gesamte super Mannschaft, Prof. Stéphane O., Florian le Magnifique, Camille le Raffiné und Samuel le Pirate.

Für alle Leser meines Blogs, die meine Erlebnisse als Assistenzarzt verfolgen! Danke, dass ihr mich lest und dass ihr bei diesem schönen Abenteuer dabei seid.

http://www.alorsvoila.com

Für Katell, Pascal de Auch, Nathalie Couderc, Christian Thorel, Hélene Boyeldieu, das Team von Ombres blanches, Furet du Nord, l'Armitière und meine kleinen Lieblinge Justine, Claire und natürlich die einfach geniale Estelle. Buchhändler brauchen Leser, Leser brauchen Buchhändler. Ihnen sei Dank, diesen Helden, die die Welt und unser aller Menschsein verständlicher machen.

Für den Verlag Fayard, den lebenden Beweis dafür, dass man sich auch woanders zu Hause fühlen kann als im heimatlichen Süden. Ich könnte kein tolleres Team finden, denn ein Buch schreibt man niemals allein. Für alle bei Fayard – Alexandrine Duhin (du weißt alles …), Marie Lafitte, Pauline Faure, Carole Saudejaud, Ariane,

Anna und Véronique (die Überbringerinnen guter Neuigkeiten), Maryline, Diane, Florence, David und natürlich
Sophie de Closets und Sophie Charnavel (endlich haben
wir es gemacht, unser gemeinsames Buch!). Und all jene,
die im Schatten wirken …

Für Benjamin und Isodore Juveneton, denn ein Versprechen ist ein Versprechen. In zehn Jahren im MoMA. Seht
euch schnell seine Seite an, sie ist wundervoll:

http://adieu-et-a-demain.fr/

Für die, welche die Geschichte von Mārkandeya berührt
hat, ihr könnt eure Lektüre fortsetzen, indem ihr die um-
werfende französische Übersetzung des *Mahabharata* von
Jean-Claude Carrière lest. Dieser Mann hat bemerkens-
werte, unglaubliche Arbeit geleistet. Danke.

»Jede Existenz besteht aus einer ununterbrochenen Folge
von ›Prüfungen‹, von ›Toden‹ und Wiederauferstehun-
gen, ganz gleich, welcher Begriffe sich die moderne Sprache bedient, um diese Erlebnisse zu benennen« Mircea
Eliade.

# Inhaltsverzeichnis

Fünf Tage vor der Beerdigung

Vier Tage vor der Beerdigung

Drei Tage vor der Beerdigung

Baptiste Beaulieu
**Leben ist nicht schwer**
Aus dem Französischen von Marlene Frucht
Roman
Band 03114

Ein junger Arzt erzählt mit viel Witz und Charme von den
alltäglichen Wundern und Missgeschicken, die ihm im Krankenhaus begegnen. Seine wahren Geschichten über liebenswerte
Hypochonder, cholerische Chirurgen und tapfere Kollegen
dienen vor allem einem Ziel: seiner schwerkranken Lieblings-
patientin auf Zimmer 7 ein Lächeln auf die blassen Wangen zu
zaubern. Beaulieu zeigt, dass Geschichten uns am Leben halten
und auch in den schwersten Zeiten Leichtigkeit schenken.
Ein Buch über die existentiellen Momente des Menschseins
– einfühlsam und klug.

Das gesamte Programm gibt es unter
www.fischerverlage.de

Jean-Marie Blas de Roblès
**Der Mitternachtsberg**
Roman
Aus dem Französischen von Hinrich Schmidt-Henkel
176 Seiten. Gebunden

Bastien lebt so zurückgezogen wie ein buddhistischer Mönch. Doch als er seine Nachbarin Rose kennenlernt, die gerade mit ihrem kleinen Sohn Paul in das Wohnhaus gezogen ist, begegnet ihm zugleich das unerwartete Glück: Die junge Rose will mit ihm nach Tibet aufbrechen – eine abenteuerliche Reise, auf der Bastien zum ersten Mal das Schweigen über seine dunkle Vergangenheit brechen wird und Rose Unglaubliches erfährt.

Vor der atemberaubenden Kulisse Tibets demaskiert Jean Marie Blas de Roblès in »Der Mitternachtsberg« einen lang gehüteten antisemitischen Mythos.

Das gesamte Programm gibt es unter
www.fischerverlage.de

fi 1-009642 / 1